武者始め

宮本昌孝

祥伝社文庫

目次

烏《う》梅《ばい》新《しん》九《く》郎《ろう》

一

馬上《ばじょう》に揺られるのは、鼻下を伸ばし、口をすぼめ、ちょっと驚いたような顔である。

何か酸《す》っぱいものを食べている、と見えるが、そうではない。

梅干《うめぼ》しを、幼い頃から毎日欠かさず十六粒食べつづけるうち、食べていなくとも、食べているような顔つきが普段のものとなった。

なぜ一日十六粒かと言えば、現代時間の午前四時に起床し、午後八時に就寝するのを基本的な日課とし、その間、一時間毎《ごと》に一粒食べるからである。

無類の梅干し好き。

それが伊勢新九郎盛時《いせしんくろうもりとき》であった。

もっとも、新九郎自身は、梅干しのことを「烏梅《うばい》」と称《よ》ぶ。

医書『医心方《いしんぼう》』に、薬用として、半熟の梅の実を干して煙で燻《いぶ》したもの、すなわち烏梅が記されている。下痢止めや腫《は》れ止めに効果があったらしい。

といって、新九郎の食《しょく》すそれは、烏梅の製法ではない。

梅の実を塩漬けにしてから取り出し、果肉を、昼は天日《てんぴ》干しでしめ、夜は夜露で軟《やわ》らかくするための三日三晩を経て、甕《かめ》に入れて密封、保存する。要するに、梅干しの一般的な製法なのである。

それでも医書における「烏梅」を気に入って称するのは、新九郎が〝薬効《やっこう》〟を強く信じるからであった。

実際、梅干しには、食中毒予防や精神安定、酒や疲労で酸性化しやすい血液の中和など、総じて自然治癒《ちゆ》力を高めるという効用がある。戦陣で息切れしたときに呼吸を調《ととの》える「息合《いきあい》の薬」とも言われた。

それでも一日十六粒では普通なら塩分の摂《と》りすぎだが、活動的な自分には必要量と新九郎は知っている。おかげで、風邪《かぜ》ひとつひいたことがない。きわめて健康であった。

「やあ、幾度《いくたび》見ても、まことに絶景、絶景」

新九郎の前を往《ゆ》く大道寺蔵人《だいどうじくらんど》が、鞍上《あんじょう》より主君を振り返った。

「峠《とうげ》の地蔵さんの前で腹ごしらえをいたすか、弥次郎《やじろう》」

新九郎も、後ろにつづく弟の伊勢弥次郎を顧《かえり》みた。

「よろしゅうございますな」

弥次郎がうなずき、最後尾の騎士《きし》へ、こうべを回す。

「ちょうど腹が鳴っていたところ」

蔵人の同僚の笠原氏冬《かさはらうじふゆ》は、助かったという顔をした。

四騎の会話を聞いて、徒《かち》の従者たちも笑顔になる。

浜名湖《はまなこ》の西岸に近い汐見坂《しおみざか》。

東海道《とうかいどう》屈指の名勝で、渚《なぎさ》の松の鮮やかな緑、大海原の波に揉《も》まれる漁り舟《いさぶね》、波間《なみま》に遊ぶ千鳥、すべてが美しい。ここからは遠州《えんしゅう》七十五里が一望できるともいわれ、旅人は西上ならば富士山《ふじさん》の見納め、東下《あずまくだり》ならばその見始めとなる。

新九郎主従は、京で用事を済《す》ませ、駿河《するが》への帰国の途次《とじ》であった。眺望絶佳《ちょうぼうぜつか》の地蔵堂の前に腰を落ち着け、初夏の陽射《ひざ》しを浴びながら、弁当をつかい始めた伊勢新九郎は、後世、北条早雲《ほうじょうそううん》の名で知られる。名もなき牢人《ろうにん》から下剋上《げこくじょう》によってのし上がった戦国乱世の申し子、と永《なが》く伝えられてきた。しかし、それは俗説にすぎない。

新九郎の血統の備中《びっちゅう》伊勢氏は、室町《むろまち》幕府政所執事《まんどころしつじ》を代々つとめる京都伊勢氏の一族で、父盛定《もりさだ》は幕府申次衆《もうしつぎ》、母は政所執事・伊勢貞親《さだちか》の妹である。名もなき牢人どころか、名門の出身であった。

　八代将軍足利義政《あしかがよしまさ》を幼少時より撫育《ぶいく》し、その絶大な信任を得た伊勢貞親が、権勢を恣《ほしいまま》にしたことから、一族は恩恵を得《え》、盛定も備中守護細川《ほそかわ》氏の仕置《しお》きを輔翼《ほよく》した。その父の下《もと》で、新九郎は長閑《のどか》な日々を送る。

　ところが、応仁《おうにん》元年、日本史上未曾有《みぞう》の大乱が勃発《ぼっぱつ》してしまう。この年、新九郎は、俗説では三十代半《なか》ばだが、まことは十二歳であったらしい。

　京が戦乱の巷《ちまた》と化すや、足利一門で駿河守護の今川義忠《いまがわよしただ》が、将軍警固《けいご》のために軍勢を率《ひき》いて上洛《じょうらく》する。かねて幕府と今川氏との申次役である盛定が、その応接役をつとめた。このとき、義忠は、新九郎にとって姉にあたる盛定のむすめを、正室《せいしつ》として娶《めと》った。新九郎の周辺も何かと騒がしくなったのである。

　翌年、義忠が帰国するさい、新九郎は、姉の北川殿《きたがわどの》とともに駿河へ下り、居所として益頭《ましず》郡の石脇《いしわき》城を与えられた。当時、義忠には後嗣《こうし》の男子がいなかったので、名門の新九郎を、万一のさいは今川の家督《かとく》候補にする、と義政・貞親・義忠の三者で思惑したとも考えられよう。

　しかし、新九郎が十六歳の年、義忠と北川殿の間に男子が誕生する。龍王丸《たつおうまる》である。

　それで新九郎の役目が終わったわけではない。医療の未発達な当時、幼児は病気や事故で死ぬ確率が高かったから、龍王丸が少なくとも七歳に達するまで、代わりの存在は必要であった。「七歳前は神のうち」と言い、その生死も神の手に委《ゆだ》ねられている。

また、同年、隠居した伊勢貞親に代わって、子の貞宗《さだむね》が政所執事となったので、新九郎は義忠の名代《みょうだい》として上洛し、祝賀の品々を届けた。貞宗と新九郎は従兄弟《いとこ》である。

二年後には足利義尚《よしひさ》が父義政より将軍職を譲られ、このときも今川の賀使《がし》として上洛した新九郎は、新将軍の寵臣《ちょうしん》としてさらに権勢の高まった貞宗と、いよいよ昵懇《じっこん》になる。

二十一歳となった新九郎の三度目の上洛目的は、前の二回とは異《こと》なる。義忠が遠江《とおとうみ》へ侵攻し、守護斯波《しば》氏の守護代らと争うことになった経緯を、弁明するためであった。

もともと今川範国《のりくに》が足利尊氏《たかうじ》より与えられた遠江国は、南北朝の動乱期あたりから斯波氏の手に移った。しかし、応仁の乱のさい、東軍総帥《そうすい》であった細川勝元《かつもと》は、駿河今川氏を自軍に引き入れるため、幕府管領《かんれい》職に就《つ》くや、義忠を遠江守護に任じる。これを受けて、義忠の遠江侵攻は繰り返されるが、そのさなかに、西軍総帥の山名宗全《やまなそうぜん》が病死し、まるでこれを追うように二ヶ月後には勝元も逝《い》ってしまう。以後、東西両軍の複雑な事情が絡《から》み、敵味方がころころ変わる中で、この時期の義忠は幕府と敵対関係にあった。

新九郎は、斯波氏の下では遠江の動乱は永遠におさまらない、と将軍義尚と政所執事貞宗に説《と》いた。現実に、斯波氏は、麾下《きか》の最大支援者であった越前《えちぜん》守護代・朝倉孝景《あさくらたかかげ》に見限られ、まったく力を失っており、遠江だけでなく、他の領国の尾張《おわり》・越前でも、守護代以下の争いを停止《ちょうじ》することができずにいる。

斯波氏が無力となったいま、東海の有力大名で足利一門でもある今川氏とは、幕府も事を構えたくない。それと分かっている新九郎は、将軍御所で堂々と陳《の》べた。

「今川治部大輔《じぶのたいふ》でなければ、遠江の平定《へいてい》は成《な》り難《がた》し」

裁定はうやむやになった。要するに、いまや国の斬り取りは実力次第で、最終的に勝った者が正しいということである。

遠江の戦いを優位にすすめる義忠が最終勝者となるのは、時間の問題であった。うやむやにしたのは、新九郎の手柄《てがら》といってよい。

「ご帰国後は、いよいよ駿府屋形《すんぷやかた》へお返辞をせねばなりませぬな」

にぎり飯を頬張《ほおば》りながら、蔵人が主君へ言った。駿府屋形とは今川義忠をさす。

「そうだな……」

新九郎は、梅干しを一粒、口に含んだ。

龍王丸が健《すこ》やかに六歳まで育っており、もはや万一に備える必要は薄れつつある。そこで義忠より勧告がなされた。あらためて今川の一族重臣として取り立てる、と。

同時にまた、早く武者始《むしゃはじ》めをさせて、合戦の経験を積ませ、ゆくゆくはおのが右腕にしたい、と義忠からひそかに明かされてもいる。それほど才覚を認められた。

しかしながら、父の伊勢盛定からも、戻ってくれば、家督を譲り、幕府申次衆の役も引き継《つ》がせると伝えられている。

いずれにせよ、新九郎の望み次第なのだが、本人はまだ決めかねていた。

「兄者《あにじゃ》。あれは……」

弥次郎が、不審げな声を洩《も》らした。視線は、東から峠路《とうげじ》を駆け上がってくる騎馬へ向けられている。鞍上は墨染《すみぞ》めの衣《ころも》姿ではないか。

「賢仲《けんちゅう》」

新九郎は立ち上がった。

石脇城からほど近いところに、太平洋航路の重要港の小川湊《こがわみなと》があり、ここを治める長谷川長重《はせがわながしげ》は、関税収入などで莫大《ばくだい》な利を得て、小川の長者《ちょうじゃ》とよばれている。その領内に長重の開いた林叟院《りんそういん》の若き住職が賢仲繁哲《はんてつ》で、弥次郎と同じく、新九郎の弟であった。

賢仲のほうも、新九郎らの姿を見つけ、おもてを輝かせる。

地蔵堂の前へ達し、馬から跳び下りて、倒れ込んだ賢仲を、弥次郎が抱きとめる。

「出会えて、ようございました」

ぜえぜえと肩で息をしながら、賢仲は言った。汗だくで、顔も手足も汚れきっている。

「まずは、水を呑《の》め。ゆっくりだぞ」

竹筒《たけづつ》の水を、新九郎が手ずから呑ませる。

「小川からここまで走ってまいったか」

二十里をゆうに超える距離である。

賢仲はかぶりを振る。

「遠江の塩買坂《しょうかいざか》からにございます」

それでも十七里はあろう。

「塩買坂と申せば、横地《よこち》の領内。よもや、治部どのが敗れたか」

遠江の南東部に根を張る国人《こくじん》領主の横地氏と勝間田《かつまた》氏は、斯波氏の守護代の狩野《かのう》氏が義忠に滅ぼされると、今川氏についた。が、この春、狩野氏の見付《みつけ》城を復旧し、ともに叛旗《はんき》を翻《ひるがえ》したのである。

義忠が両氏を征伐すべく出陣することは、新九郎も知らされていたが、その前に石脇城を発《た》って上洛の途《と》についている。

「お屋形は、見付城に籠《こ》もった横地四郎《しろ》兵衛《べえ》、勝間田修理亮《しゅりのすけ》を討ち果たされたあと、両人の本拠の城も落とし、駿府へ馬首をお返しなさろうとしたとき、ご不運にも敵の残党どもの流れ矢に中《あた》り、御討死《おんうちじに》あそばされました」

「なんと……」

蔵人が唖然《あぜん》とし、皆はおもてに動揺を走らせる。ただひとり、新九郎だけは表情を変えぬ。

「お屋形御討死の混乱の中、藤兵衛《とうべえ》どののもご落命」

藤兵衛とは、長谷川長重をさす。

こんどは、微《かす》かに眼《まなこ》を泳がせた新九郎である。

新九郎は、駿河入りした当初から、綺羅《きら》を飾ることもなく、日々の食事も質素そのもので、針を倉に積み重ねるほどの倹約ぶりにより、年少の身で吝嗇家《りんしょくか》、と多くの人から嗤《わら》われた。長重だけがそういう新九郎に興味を持ち、石脇城へ真意を訊《たず》ねにきた。

「ふだんの暮らしなぞ、見苦しくないていどであれば充分にござる。常にいくさに備えて、貯《たくわ》えるだけ貯えておくのが武士と申すもの」

そうこたえた新九郎は、その後、義忠が足利義政の要請に応じて三河《みかわ》へ出陣するにさいし、軍費の足《た》しに、とそれまでに貯《た》めた倉の財物をすべて無償で提供している。ときに十八歳であった。この一件により、新九郎は、駿河守護から絶大な信頼を得られ、小川の長者とも親しく交《まじ》わるようになる。

「拙僧《せっそう》は、その場から駿河へ逃げ帰るより、新九郎兄上に一刻《いっこく》も早く伝えるべきと思い、こうして西へ駆けつづけてまいったのでございます」

外交僧のひとりとして従軍した賢仲なのである。

「よき思案であったぞ、賢仲」

新九郎が弟を褒《ほ》めてから、皆に宣《せん》した。

「これより駿府へ走り、和子《わこ》とご母堂《ぼどう》さまをお救い申し上げる」

龍王丸と北川殿のことである。

「兄者。そこまでなさる必要はないと存ずる。勝間田、横地の残党が駿河へ攻め入るなどありえぬこと。かれらも大将を失《うしの》うたのでござるゆえ」

もうひとりの弟の弥次郎が、ちょっと宥《なだ》めるように言った。

「弥次郎。わたしが案じているのは、お身内《みうち》だ」

「お身内とは……」

「小鹿新五郎《おしかしんごろう》どの」

「小鹿どのが何か……」

弥次郎には分からない。

小鹿新五郎範満《のりみつ》は、義忠とは従兄弟の関係だが、今川家臣に列している。

「放っておけば、あの御仁《ごじん》は必ず和子に仇《あだ》なす」

「まさか、さようなことが……」

「それより、弥次郎。わたしは駿府へ往くが、そなたはここから京へ取って返せ」

「えっ……」

ますますわけが分からず、弥次郎は目を白黒させる。

「今川治部どの御討死のことを、父上に報《しら》せるのだ」

京の父上とは、伊勢盛定のことである。

「それはようござるが……」

「もし和子の幼いうちに治部どのがお亡《な》くなりになられたら、今川では必ず血を見ずにはおかぬ家督争いが起こる。それも、今川のうちだけでは済まぬ。わたしは、その理由を父上に語ってあるゆえ、早々《そうそう》にご対処下されよう。往け、弥次郎」

「ははっ」

釈然としなかった弥次郎のおもてが引き締まった。思慮深く周到で、果断でもある兄がそこまで言うのだから、黙って従うのみ、と納得したのである。

弥次郎は、鞍上の人となるや、馬首を西へ向けて、鞭《むち》を入れた。

「賢仲。そなたにも、やって貰《もら》いたいことがある。道々《みちみち》、話すゆえ、疲れているところを悪いが、いますぐわれらと共に発ってくれ」

「これでも修行を積んでおります。疲れてなどおりませぬ」

「頼もしいぞ」

「されば、殿《との》。それがしが先駆《さきが》けをいたす」

蔵人が真っ先に乗馬《じょうめ》に跨《また》がった。

二

今川の先々代の範政《のりまさ》が、跡目《あとめ》を、嫡男《ちゃくなん》の彦五郎範忠《ひこごろうのりただ》ではなく、末子の千代秋丸《ちよあきまる》に嗣《つ》がせようとしたことで、この兄弟は図《はか》らずも争うこととなった。

その紛争は、今川一族のみならず、将軍家、幕府、鎌倉公方《かまくらくぼう》、関東管領まで巻き込んだ。というのも、駿河国は、東海地方の要《かなめ》というだけでなく、将軍家にとっては対立する鎌倉公方の押さえであり、逆に鎌倉公方にすれば、だからこそ奪取したい地だったからである。

千代秋丸を推す者らは鎌倉公方とひそかに通じたが、ときの六代将軍義教《よしのり》は範忠にその権利があると断じた。ところが、争いに嫌気《いやけ》のさした範忠が剃髪《ていはつ》したために、事はさらにこじれ、幕府管領細川持之《もちゆき》の裁断により、暫定措置として範政の二男・弥五郎《やごろう》が家督の座につく。しかし、その直後に範政が没すると、千代秋丸派が範忠につき、一層の内紛が憂慮された。そこで、幕府は一転して、将軍義教の意を重んじ、弥五郎を斥《しりぞ》け、範忠に還俗《げんぞく》を命じて正式に家督と定めたのである。

この範忠の後《あと》を嗣《つ》いだのが、塩買坂で戦死した今川義忠である。そして、家督争いに敗れた千代秋丸改め範頼《のりより》の子こそ、小鹿新五郎範満であった。

範満は、今川宗家その人から後嗣と認められながら、周囲の思惑によって栄光への梯子《はしご》を外されたばかりか、改姓も余儀《よぎ》なくされた亡父・範頼の無念の思いを受け継いだ。

その思いをおくびにも出さぬ範満だが、ひとり気づいた鋭敏な者がいる。伊勢新九郎であった。

好機到来すれば、範満は必ず今川を乗っ取ろうとする、と新九郎は確信していた。

それは、永きにわたる関東争乱と無縁ではない。

鎌倉公方は、五代の足利成氏《しげうじ》が、幕府の命を奉じた今川範忠に攻め入られ、鎌倉を捨てて下総《しもうさ》古河《こが》に拠《よ》って以後は、代々、古河公方と称ばれて関東の諸将を従え、幕府方である関東管領の上杉《うえすぎ》氏とその与党を対手《あいて》に、戦いつづけている。

幕府は、古河公方に対抗させるべく、関東の新たな正式の統治者として、義政の弟・政知《まさとも》を供廻《ともまわ》りも少ないまま派遣した。だが、関東ではすでに幕府の権威は失墜《しっつい》しており、政知にも兵を現地調達する力はなく、荒廃した鎌倉の回復など到底成しえなかった。結局、政知は、相模《さがみ》入りすら叶《かな》わず、関東管領・山内《やまのうち》上杉氏の領国である伊豆《いず》の堀越《ほりごえ》に居館を設けて留《とど》まったことで、堀越公方と称《よ》ばれるようになった。

この堀越公方の重臣・上杉政憲《まさのり》と、小鹿範満はつながっている。母が政憲の息女なのである。幕府からほとんど見捨てられ、伊豆で燻《くすぶ》る政知が、表舞台に出るべく、政憲を介して、今川の家督に範満を推すに相違《そうい》ないことは、容易に想像される。

実際、龍王丸が六歳の幼児であることを思えば、義忠と同じく、今川の先々代・範政の孫にあたる小鹿範満が、家督となることに無理はない。実《じつ》は伴《ともな》わずとも、幕府より関東の統治者に任ぜられている堀越公方の後ろ楯《うしろだて》をうければ、範満にとっては大義を得たことにもなろう。

とはいえ、義忠の遺児は幼くとも嫡男なのである。龍王丸が存命の限り、今川の一門、家臣団が何の抵抗もなく範満の家督相続を容認することはありえない。

もし範満が梟雄《きょうゆう》の資質を持ち合わせているのなら、あるいはこれを唆《そそのか》す者がいるのなら、義忠討死直後の混乱の中で、龍王丸を亡き者《もの》にしてしまうはず。そのことを、新九郎は恐れた。なればこその駿府急行なのである。

新九郎の一行が駿府に入ると、深夜にもかかわらず、あちこちで篝火《かがりび》が焚《た》かれ、見廻りの軍兵《ぐんぴょう》が往来し、府内は騒然としていた。

勝間田、横地の残党が攻め入ってくることはないにしても、義忠の死は国内に不安をもたらし、暴動を起こす者や、早くも離反する者が出ないとも限らない。また、近隣諸国に伝われば、間者《かんじゃ》が駿府へ放たれる。だから、しばらくは厳戒態勢を布《し》かねばならないのである。

新九郎の供は大道寺蔵人と数人の徒の者だけで、笠原氏冬と賢仲の姿は見えない。

府内の辻々で、いちいち見咎《みとが》められて足止めを食らうのを避けるため、新九郎は、面識ある今川の将領《しょうりょう》を見つけ、その先導でただちに駿府館へ入ることができた。

徒の者を遠侍《とおざむらい》に残し、新九郎は蔵人ひとりを従え、義忠の遺骸が横たえられているという奥御殿の寝所へ、真っ先に向かった。

「叔父上《おじうえ》じゃ」

香《こう》の焚かれた寝所の上段之間《じようだんのま》の御簾《みす》内にあって、足音だけで新九郎と気づいた龍王丸が、父の亡骸《なきがら》の枕辺《まくらべ》から立ち上がる。よく遊んでくれる新九郎叔父を大好きな甥《おい》であった。

沈み込んでいた北川殿も、わが子と同じくおもてを輝かせる。

「和子」

駆け出しそうになる龍王丸を、乳母《めのと》の志女乃《しめの》が袖《そで》を摑《つか》んで引き留めた。

下段之間《げだんのま》に居並ぶ一門、重臣の中で、ひとりだけ、微かに眉を顰《ひそ》めた者がいる。小鹿新五郎範満であった。

戸が開けられ、新九郎が入室した。蔵人は廊下に控える。

新九郎は、下段之間の御簾に近いところで胡座《あぐら》を組み、両拳《りようこぶし》を畳につけた。

経済力の豊かな今川氏の守護館は、畳敷きの間《ま》が多い。寝所には蠟燭《ろうそく》もふんだんに灯されている。

「龍王丸さま」

開口一番、新九郎は幼子《おさなご》へ呼びかけた。

「伊勢新九郎、ただいま京より戻り申した。将軍家より、ご当家の遠江攻めに、咎めなしの御言質《おんげんち》を賜《たまわ》りましてござる」

　すると、新九郎の意を咄嗟《とっさ》に察した北川殿が、素早く小声で龍王丸に耳打ちする。

「新九郎、大儀《たいぎ》」

　龍王丸のはきとした労《ねぎら》いの声に、

「ははっ」

　と畳にひたいをすりつける新九郎である。

　下段之間の人々は、思わず、互いの顔を見合わせてしまう。

　いまの新九郎の龍王丸への接し方は、明らかに駿河守護に対するそれである。義忠が亡くなった直後にもかかわらず、伊勢新九郎はいち早く龍王丸を今川の家督として認める意思を示した、ということであった。これに、幼い龍王丸もこたえた。

　この頃の伊勢新九郎は、今川氏にとって、家臣とも客将ともつかぬ曖昧《あいまい》な立場である。だが、今川氏を京都とつなぐ重要な任を負っており、出自《しゅつじ》、将軍・幕府との関係、才覚、いずれをとっても代《か》えはきかないので、その言動の影響力は決して小さくない。

「御方《おかた》さまには、お屋形御討死のご無念とお悲しみ、お察し申し上げる」

　つづけて、新九郎は、姉である北川殿に向けて悔やみを述べた。

「御亡骸を拝してもよろしゅうござろうや」

「苦しゅうない」

「御免」

　北川殿の許しが出たので、新九郎は御簾の一部を巻き上げて金具の鉤《こ》に掛けると、上段之間へ入り、亡骸の枕辺に端座《たんざ》した。御簾の巻き上げた部分を下ろさないのは、範満に不審を抱かせないためである。

　死化粧《しにげしょう》を施された義忠のおもては、少し険しい。敵将を討ち、敵城も落として勝利したあと、思いもよらず流れ矢を浴び、さぞや口惜《くちお》しかったことであろう。

（御安《おんやす》らかに……）

　数珠《じゅず》を手に、新九郎は合掌瞑目《がっしょうめいもく》した。死が身近な戦国乱世なので、数珠を常に携行している。

「ああ……」

　切なげな声を洩らして、北川殿が亡骸の掛け具へ突っ伏した。

「母上……」

驚き、心配した龍王丸が、膝立《ひざだ》ちになって、母の背中へ手を置く。

「御方さま」

新九郎は、北川殿の両肩をそっと摑んで、ゆっくり引き起こしてゆく。

「新九郎」

弟の胸へ、姉が顔を埋《うず》め、さめざめと泣き始めた。

新九郎は、北川殿の左の耳許《みみもと》へ唇を寄せ、何事か囁《ささや》いた。下段之間の人々の視線からは、新九郎の顔は北川殿の頭の向こう側で、死角に入っている。

かれらには、新九郎が悲しむ北川殿を無言で慰めているようにしか見えない。実の姉弟だからことばは要《い》らないのであろう、と。

やがて、新九郎が、北川殿をやんわりと押しやり、真正面から見つめて、叱咤《しった》の声を放った。

「御方さまは、幼きご家督のご母堂にあられますぞ。泣くのはこれまでにござる。気をたしかにお持ち下され」

これには、下段之間の人々の大半がうなずいた。登場からここまでの新九郎の拍子《ひょうし》に引き込まれたといってよい。

「伊勢どのも戻られたゆえ……」

にわかに、範満が声を張った。

「これより早々に、ご当家の先々のことを談合せねばなりませぬな」

龍王丸が家督と決まったわけではない、と暗に匂わせたのである。

このとき、新九郎は、素早く下段之間の人々の表情を窺《うかが》った。誰が範満派であるか、すでに知ってはいるが、あらためて確認したのである。

「小鹿どの」

新九郎は、声をかけてから立ち上がり、御簾内より出て、下段之間へ下りた。

「夜半《やはん》を過ぎており申す。御方さまと和子はもとよりのこと、皆さまもお疲れと存ずるゆえ、談合は明日にいたしませぬか。かく申すわたしも、京より戻ったその足で馳《は》せつけたゆえ、正直、しばし体を休めとうござる」

すぐに新九郎に同調する声が相次《あいつ》いだので、範満も、さればそのように、と引き下がる。

実際、範満以外の大半の顔は疲労の色が濃かった。主君戦死の直後だから無理もない。

列座の一門、重臣は、それぞれ、駿府館内のあてがわれた部屋へ引き揚《あ》げた。

半時《はんとき》もすると、駿府館は、見廻りの警固兵を除いて、すっかり寝静まった。

「和子。お厠《かわや》へまいりましょう」

龍王丸の寝所では、乳母の志女乃が、ひそやかな声で幼子を起こした。

「尿《しと》は出ない……」

寝ぼけ眼《まなこ》で、龍王丸がかぶりを振る。

就寝前に済ませており、それからほとんど時は経《た》っていない。

「念のためにございます」

「出ない」

こんどの龍王丸の声は少し高い。

「お静かに」

その可愛《かわい》い唇に指を押しあててから、志女乃は龍王丸を抱き上げた。

「お秀《ひで》。お秀」

小声だが、鋭く呼ばわる。

「これに」

控えの間から、仕切戸を開けて、侍女がひとり入ってきた。

「こちらへ」

と侍女の秀は、志女乃を誘導する。

室外には、廊下にも庭にも宿直《とのい》の侍がいるので、かれらに気づかれてはならない。

同じ動きが、北川殿の寝所でも起こっていた。北川殿も、信頼する侍女・徳《とく》の手引きで、寝所を忍びやかに脱した。

ほどなく、皆は風呂場の前に集まった。

「あ、叔父上」

新九郎を見つけた龍王丸が、目覚めた。

「召《め》されるか、飴烏梅《あめうばい》」

新九郎は、微笑みかけながら、腰に提《さ》げた薬籠《やくろう》から、梅の実を一粒、取り出してみせた。

「下され、下され」

と乳母の腕の中から乗り出した龍王丸を、新九郎は左腕一本で抱きとり、その口に梅の実を含ませた。

塩漬けの梅干しではない。飴に浸《つ》けた梅の実で、新九郎特製の龍王丸のための甘味である。飴烏梅と称んでいる。

これを口中で転がしているうちは、龍王丸は声を立てない。

「では、わたしもひとつ」

自身は、梅干しを口にする新九郎であった。本日はとうに十六粒を超えている。

龍王丸を抱いたまま、新九郎は、北川殿、志女乃、秀、徳という女人四名を引き連れ、忍び足で奥御殿の郭《くるわ》を出た。

出たところには、大道寺蔵人と従者らが待っていた。

「殿。御下知《おんげぢ》に従い、府外には笠原がお輿《こし》と警固衆を率いて待っており申す」

笠原氏冬は、いったん石脇城へ戻って、その準備を調えてから、駿府西側の間《かん》道《どう》の出入口まで駆けつけているのである。

何もかも、新九郎の指示であった。

「姉上。いましばらくのご辛抱にござる」

新九郎が北川殿を姉上とよんだのは、侍女の秀と徳も含めて、心安き者ばかりだからである。

やがて、新九郎の一行は、駿府を脱し、間道の出入口へ達して、氏冬らに合流した。

「この先もそなたを信じますぞ、新九郎」

「おまかせ下され」

北川殿・龍王丸母子は、輿の人となった。志女乃は蔵人に背負われる。

その場に新九郎ひとりを残し、氏冬の指揮の下、かれらは暁闇《ぎょうあん》に紛《まぎ》れ込んだ。

新九郎が、急ぎ、駿府館に戻ると、奥御殿のほうが騒がしかった。

（早《はや》、露見《ろけん》したか……）

奥御殿の庭へ入るや、血が匂った。瞬間、暗がりから躍《おど》り出て来た影とぶつかりそうになり、新九郎は横っ飛びに身を避けた。

影は走り去った。

「追え、追え」

「曲者《くせもの》を逃がすな」

「誰か医者《くすし》をよべ」

「和子がおわしませぬ」

「御方さまはいずこに」

男たちの怒号と女たちの悲鳴が飛び交《か》っている。

それで新九郎には、おおよその察しがついた。

龍王丸と北川殿を亡き者にせんと、奥御殿に刺客《しかく》が放たれたのである。放ったのは、小鹿範満その人か、範満派の者と断定して間違いない。

（ひと足、後《おく》れていたら……）

この凶変を予期していた新九郎だが、さすがに膚《はだ》が粟立《あわだ》つ。母子を早々に駿府より脱出させてよかった。

新九郎は東の空を見やる。暁《あかつき》の光が射《さ》し染めた。

三

朝の駿府館の会所《かいしょ》に、険悪の気が充《み》ちている。

「幾度も申しているように、伊勢どののお手柄は隠れもない。皆がさよう認めておる。和子と御方さまをいずこに匿《かくま》われたのか、明かして貰いたい」

「そうじゃ。おふたりのご無事を、われらは確かめたいのだ」

今川の重臣筆頭の朝比奈《あさひな》備中守と三浦次郎左衛門《みうらじろうざえもん》が、新九郎に詰め寄った。

「わたしの返答は同じにござる。刺客の正体が分からぬうちは、またいつお命を狙《ねら》われるか知れぬゆえ、誰にも明かすことはでき申さぬ」

夜陰に紛れて龍王丸と北川殿の寝所を襲った刺客を、警固衆はまったく予期していなかったこともあって、うろたえ、結局ひとりも討ち取ることができず、取り逃がしてしまった。だから、正体も人数も不明である。はっきりしている事実は、宿直番の侍が二名と侍女一名が斬り殺されたことぐらいであった。傷を負った者も数人いる。

そこへ、新九郎から母子を逃がしたと明かされて、今川の一門、重臣衆は胸を撫で下ろした。

ただ、刺客の襲撃を予見できたとなれば、何者の仕業《しわざ》なのか、新九郎は見当をつけているということに他ならぬ。皆にそれも明かすよう迫られた新九郎だが、義忠の不運な死に方で胸騒ぎをおぼえた、とこたえた。範満の名を出したところで、刺客が何の証拠も残さなかった以上、否定されたら終《しま》いだからである。名を出せば、むしろ事態は一層悪化するに違いない。

「伊勢どの。よもや、おぬしこそ、御方さまと龍王丸さまを亡き者にしたのではあるまいな」

その範満が、新九郎へ疑惑の目を向けた。刺客の正体が露見しなかったのをよいことに、大胆な出方といえよう。

「わたしが、実の姉と甥を殺《あや》めた。さよう申されたか」

「ありえぬことではあるまい。亡きお屋形はおぬしを重用しておられた。龍王丸さまご誕生以前は、養嗣子《ようしし》として迎えるという話も出ていたはず。ご当家の家臣の中にも、おぬしの才を買う者は少のうない」

「やめよ。ことばが過ぎる」

と範満をじろりと睨《にら》んだのは、今川一門の堀越一秀《ほりこしかずひで》である。

「そうだ。伊勢どのに無礼ぞ」

同じく今川一門の関口越後守《せきぐちえちごのかみ》が、一秀に追随した。

「褒められたり、疑われたり、わたしも忙しい」

当の新九郎は、いま範満の挑発にのるつもりはない。

「龍王丸さまがご存命としても、駿府におわさぬのでは、ご家督にはなれぬ」

範満が、いよいよ本題を持ち出し、列座を見渡しながら、さらに語を継いだ。

「いや、たとえお戻りになっても、いまだ六歳のご幼少。どうして駿河守護職をおつとめになられよう。ここは、今川一門の中から、ふさわしき者を家督に立てるのがよいのではないか」

すると、幾人もが異口同音に言い募《つの》る。

「ならば、小鹿どのがふさわしい」

「そうじゃ。亡きお屋形のお従兄弟にあたられるゆえ、お血筋も申し分ない」

「文武ともに秀《ひい》でておられるしの」

範満が言わせたのだ、と新九郎は察した。

「それがしは、おのれがふさわしいとは思えぬが、もし皆さまがお望み下さるのなら……」

ちょっと頭を下げる範満であった。

「いまご家督を決めるのは早計と存ずる」

重臣のひとり、庵原左衛門尉《いはらさえもんのじよう》が待ったをかけた。

「まずは御方さまのお考えを訊《き》くのが筋《すじ》」

もっともな異見《いけん》である。

「いずれにおわすか分からぬお人に、いかにしてお考えを聞くというのだ」

「御居所《おんいどころ》をご存じの伊勢どのに訊いて貰えばよろしゅうござろう」

「相《あい》分かり申した」

と新九郎が請《う》け合う。

「御方さまのお心が落ち着かれたところで、そのように」

新九郎のほうも、懇意の左衛門尉とは事前に談合をしていた。この庵原左衛門尉という武将は、のちに今川の軍師として名を馳せる太原雪斎《たいげんせっさい》の父《はよ》である。

「お心が落ち着かれたところでとは、いつのことか。早うご家督を立てねば、ご葬儀もできぬ」

範満の声が剣呑《けんのん》なものになった。が、新九郎は穏《おだ》やかに語る。

「これほどの大事を拙速《せっそく》に運んでは、取り返しのつかぬことになりかねませぬ。いまは御亡骸を荼毘《だび》に付し、ご葬儀については、こたびの合戦の諸々《もろもろ》の始末をつけてのち、あらためて行うのが穏当でありましょう。その頃には、刺客の正体も露見しておるのではないかと存ずる」

「悠長すぎる」

「悠長は、名門のご当家の家風にござりましょう」

「ふざけたことを申すな」

「ちょっとご無礼を」

新九郎は、腰の薬籠を開けて、梅干しを一粒、摘《つま》み出し、おのが口へ放り込んだ。

新九郎が所《ところ》嫌わず梅干しを食べることはよく知られており、義忠からも許されていた。

「話にならぬわ」

場合が場合だけに、範満は憤然として座を立ち、会所を出ていった。

列座の半数余りが、追随する。

「気短《きみじか》なお人だ」

もごもご、と新九郎は言った。

「小鹿どのこそ烏梅を服《ふく》されるのがよい」

梅干しを薬と信じる新九郎だから、動詞は「食べる」ではなく「服す」を用いる。

四

風雲は、にわかに動いた。

小鹿範満が、今川の家督相続に、公然と名乗りを挙げた。徒《いたずら》に時を費《つい》やして周辺が落ち着いてから動くのは得策ではない、と判断したのである。

当然ながら、龍王丸を奉戴《ほうたい》したい者たちが反発し、駿河国は一触即発の火薬庫のような危険な状態となった。

すると、新九郎の危惧《きぐ》したとおり、範満の要請をうけた上杉政憲が、堀越公方・足利政知の命により、駿河へ出陣することが決まった。

「蔵人。この儀、ただちに関東へ広めよ」

「畏《かしこ》まった」

新九郎は、即座に牽制《けんせい》策をとった。

この頃の関東管領・上杉氏は、宗家の山内上杉の顕定《あきさだ》と、家宰《かさい》の太田資長《おおたすけなが》の手腕によって飛躍的に地位の高まった扇谷《おうぎがやつ》上杉の定正《さだまさ》とが、表向きは同族として連携しつつも、それぞれ勢力伸張を図っている。

駿河守護の家督争いに、山内上杉の庇護《ひご》下の政知が口出しするとなれば、扇谷上杉がこれを黙過《もっか》するはずはない。そう新九郎は踏んだのである。

案の定、太田資長も、上杉定正の命を奉じる形で、堀越公方に迫って下知を賜り、今川氏の内訌《ないこう》鎮定のために、居城の武蔵江戸《むさしえど》城を発った。

上杉政憲と太田資長は、いずれも兵三百を率いて、それぞれに駿河入りした。が、駿府を侵《おか》すのは穏当ではないので、政憲は狐ケ崎《きつねがさき》、資長は八幡山《やはたやま》に陣を布いた。

政憲は明らかに小鹿範満の支援だが、資長のほうは調停を目的としているので、互いに出方を窺った。

そして、今川の一門、重臣衆と、政憲、資長との間で、話し合いがもたれることとなり、一同が駿府館の会所に参集したのである。政憲も資長も、兵を陣所に残し、おのが軍装を解《と》いて、わずかな供を従えての列席であった。

また、当事者の一方である小鹿範満は出席するも、他方の北川殿・龍王丸母子は依然として姿をみせない。

むろん、家督の首座《しゅざ》は空席である。

「伊勢どのはまだか」

「この大事の場に遅れるとは、怪《け》しからぬ」

「不在のまま始めればよいことじゃ」

範満派の者らが非難の声を上げ始めたそのとき、新九郎が登場した。

次の瞬間、誰もが仰天してしまう。新九郎が迷いのない足取りを首座まで運び、剰《あまつさ》え着座したからである。

「慮外者《りよがいもの》っ」

範満が、怒号を噴《ふ》かせ、片膝立ちになって、腰刀《こしがたな》の柄《つか》に手をかけた。

「退《さ》がれっ、無礼者」

新九郎の思いの外《ほか》の大音《だいおん》に、皆、息を呑み、動きを停める。

新九郎は、懐中より、書状を取り出して披《ひら》き、両手を前へ突き出して、文面を列座へ向けた。

「将軍家の御内書《ごないしょ》である」

大半の者があっけにとられて茫然《ぼうぜん》としたが、

「御免」

ひとり進み出て、御内書の近くへ寄り、文面を声に出して読み始めた者がいる。太田資長である。

内容は、伊勢新九郎を幕府申次衆・伊勢盛定の名代として派遣し、駿河守護今川氏の家督争いの 曖《あつかい》 をこの者に一任するというものであった。

紛争や訴訟などの仲裁や調停をすることを、曖という。

「将軍家の御花押《おんかおう》に相違ない」

資長にやや遅れて進み出た上杉政憲が、末尾の花押を、将軍足利義尚のそれと認めた。関東管領上杉氏の者は、将軍家の花押を見慣れている。

途端に、一同は平伏した。範満も渋々《しぶしぶ》ながら倣《なら》う。

「こちらが副状《そえじょう》」

新九郎は、御内書を畳んで、別の一通を披いてみせた。

副状とは、天皇・将軍など貴人の意を奉じて文書を作成した侍臣《じしん》や右筆《ゆうひつ》が、それを発給したことを伝えるために副《そ》える文書を言う。こちらの花押は、幕府政所執事の伊勢貞宗である。

将軍家の下知を奉戴して嗳を任された新九郎が、首座を占めるのは当然と言わねばならない。

二通の確認を了《お》えて退がった資長と政憲も、あらためて平伏する。

「御覧《ごらん》の通り、お聞きの通りの次第」

再び声を張る新九郎である。

上洛行から駿河へ帰国の途次の遠江汐見坂より、弟の弥次郎を京へ取って返させたのは、これがためであった。

今川の家督は嫡流の龍王丸に嗣がせるのが筋目《すじめ》であり、生母は政所執事・伊勢氏に近しい出身でもあるから、将軍家のためにも幕府のためにもなる。一方、かつて鎌倉公方と通じた千代秋丸の子で、当時の幕府の裁定をいまだに恨んでいる小鹿範満を家督に推すのは危うすぎる。龍王丸の幼少時に今川義忠が没したときは、そのことを伊勢貞宗と将軍義尚に説いてくれるよう、前々から父の盛定に託していた。弥次郎より義忠の訃報《ふほう》をうけて、盛定は新九郎の思惑に沿って動いてくれた。

将軍家と幕府の権威は、関東では失墜しているが、足利一門の今川氏の領する駿河ではまだまだ通用する。幕府方である関東管領・上杉氏の一族や家臣、すなわち政憲や資長に対しても同様である。

とはいえ、頭ごなしに家督を龍王丸と決定しては、範満派の暴発を誘うのは必定《ひつじょう》。それでは、駿河に大乱が起こる。だから、義尚と貞宗には、あくまで嘘を新九郎に一任するという形をとって貰ったのである。

「一同、おもてを上げられいっ」

新九郎の号令に、誰もが従った。

（おのれ、伊勢新九郎……）

してやられたという悔《くや》しさと怒りとで、範満の顔は真っ赤である。

範満派の者らも、似たりよったりであった。

龍王丸派は安堵《あんど》の色が濃い。

そういう中で、ひとり太田資長だけが、新九郎を眩《まぶ》しげに眺めている。

「畏《おそ》れ多くも、将軍家より噯を一任されたわたしの存念を申し上げる。よろしいか」

列座は居住《いず》まいを正す。

「駿河守護今川氏の家督は、嫡男龍王丸といたす。但《ただ》し、幼少の身ゆえ、その成人までは小鹿新五郎が後見《こうけん》をつとめること」

列座はざわついた。龍王丸派にとっても、範満派にとっても、意想外の裁定というほかない。

「なるほど」

と資長が、会所内に強く響きわたる声を発したので、ざわめきは瞬時に収まった。

「どちらか一方だけを立てれば、必ずいくさが起こる。それを避けるには、噯《あつかい》手《て》どののお裁きこそ、まことに正しきものと存ずる」

調停者、仲裁者を噯手、あるいは噯人《あつかいびと》という。

「ではござらぬか、上杉どの」

資長は、並んで座す政憲を見た。

「それは、まあ……」

ことばを濁《にご》す政憲である。

「よもやとは存ずるが、上杉どのは、上意を奉じられた曖手どのに、異を唱えるおつもりであろうか」

「な……何を申される。それがしも、よろしき曖と思うたところじゃ」

慌《あわ》てて、政憲は同意した。

「うえす……」

こちらも慌てて、上杉どのと言いかけた範満だが、資長の鋭い視線に気づき、口を閉ざした。東国《とうごく》では隠れもない武名を誇《ほこ》る太田資長を、敵にまわすのはあまりに恐ろしい。

資長が入道《にゅうどう》し、後世によく知られる〝道灌《どうかん》〟と号するようになるのは、この二年後のことである。

「ほかに異見ある者、あるいは不服の者は、いまこの場にて申し立てよ」

新九郎は、列座をゆっくり睥睨《へいげい》してゆく。

粛《しゅく》として、しわぶきひとつ発せられない。

「申し立てはござらぬようだ。されば、方々《かたがた》にはわたしの曖を受け入れていただく。よろしいな」

ははっ、と真っ先に平伏したのは、資長である。

ひとり残らず、順じた。

一同が頭を下げている間に、新九郎は、薬籠から素早く取り出した一粒の梅干しを、宙へ放り上げてから、ぱくっと口で受けた。勝利の美酒ならぬ、勝利の美《び》梅《ばい》である。

「されば……」

と新九郎は首座を下りて、会所の出入口へおもてを向けてから、腹の前で右の掌《てのひら》を上向け、そこへぽとりと梅干しのたねを落とす。

「今川宗家の新しき御《おん》家督、龍王丸さまのご出座《しゅつざ》にあられる」

また列座はざわついたが、新九郎の、お静かに、というひと声で緊張が戻る。

廊下を伝ってきて現れたのは、まさしく龍王丸であった。生母の北川殿も一緒で、乳母の志女乃のほか、侍女の秀と徳が付き添い、警固衆もついている。

（あっ……）

警固衆を率いる者に、範満は声を上げそうになった。

塩買坂で戦死した長谷川長重の女婿《むすめむこ》の次郎左衛門政宣《まさのぶ》ではないか。

小川湊における関税や商利で潤《うるお》い、小川の長者とよばれた長重だが、本人は今川家臣としての任に比重をかけており、それらの実務を担《にな》っていたのが政宣である。だから、政宣のほうは、駿府へ出仕《しゅっし》することも稀《まれ》で、今川家臣の中では目立たぬ存在であった。長重の死後も、主家に家督争いの内訌が始まって、長谷川家の正式な相続の認定など後回しになったので、ほとんど顔を出していない。

（なんと……小川に匿われていたのだ）

範満は、新九郎の弟の賢仲が住職をつとめる林叟院がどこよりも怪しいと睨んで、間者に常に見張らせ、時には忍び込ませもした。が、北川殿と龍王丸を発見することは叶わなかった。

それでも賢仲の挙動が不審だったので、賢仲その人の行動からも片時も目を離さずいたものの、結局は無駄足に終わったのである。

いまにして、範満は理解した。新九郎は賢仲と林叟院をおとりに使ったのだ、と。

（伊勢新九郎とは、これほどの男であったのか……）

新九郎が明かしてくれるはずもないが、範満のこの推理は的中している。ただ、新九郎はさらに周到であった。遡《さかのぼ》ること数年前、小川城内に快適な隠し居住区を設けてくれるよう、長重と政宣へひそかに頼んでおいたのである。小川の長者の財力ならば、それくらいは造作《ぞうさ》もないことであった。

龍王丸は首座に着き、北川殿がその横に並んだ。

「後見人どの。ご家督のおそばへ」

新九郎が範満を促《うなが》した。

もはや言われるままにするほかない。敗北感に打ちのめされながら、範満も今川宗家の横に並んだ。

「皆の者、大儀である」

幼いだけに透明な龍王丸の発声は、新九郎の耳に心地よく響いた。

このあと、一同揃《そろ》って浅間《せんげん》神社に詣で、龍王丸と範満は神水を酌《く》み交わし、和《わ》睦《ぼく》の誓いを立てた。

資長が、駿府館を発つ前、新九郎に声をかけてきた。

「伊勢どのは、幾度いくさに出られた」

「お恥ずかしい限りにござるが、いまだいちども出ており申さぬ」

「さようであったか」

「上意を奉じた噯手とは申せ、名高き武人《ぶじん》、太田どのの前であのような不遜の振る舞い、顔から火の出る思いにござった」

「見事な武者始めにあられたな」

「は……」

新九郎にはわけが分からない。資長は何か聞き違えたのであろうか。

「初陣《ういじん》も武者始めも同じ意味と思われているが、それがしは違う。初めていくさに出て、弓矢刀槍をふるえば初陣であろうが、いくさに出なくとも、武士として初めて命を懸《か》けたことなら、それをもって武者始めとすべきと存ずる。伊勢どのは、知謀《ちぼう》をもって、命懸けで今川の争いごとを未然に禦《ふせ》がれた。むしろ、いくさをいたすよりも至難のこと。あっぱれな武者始めと申すほかなし」

「思いもよらぬご褒詞《ほうし》……」

戸惑《とまど》ったのは一瞬のことで、資長の温かい微笑みに、新九郎はうれしさが込み上げた。

「おことばに従い、こたびの儀を、わたしの武者始めといたしとう存ずる」

和睦後、龍王丸と北川殿は丸子《まりこ》に建てられた新御殿へ移り、範満は駿府館にあって後見人として政務を代行する、という今川の新体制が始まった。

これで駿河における役目を全《まっと》うできた新九郎は、京へ戻り、父盛定の輔佐をつとめながら、建仁寺《けんにんじ》や大徳寺《だいとくじ》で禅修行を積む日々を送るようになる。

それでも、今川のことを忘れたわけではない。三年後には、新九郎は念のため、大御所《おおごしょ》足利義政から、龍王丸の跡目相続と遺領安堵を正式に認めて貰った。

ところが、家督相続争いからちょうど十年後、太田道灌が主君の上杉定正に誘殺されるや、駿河では小鹿範満の専恣《せんし》が目立つようになった。最も恐ろしい存在が消えたので、秘めていた非望を再び露《あら》わにしたのである。

龍王丸もすでに十六歳。聡明に育ち、みずから守護職の任をつとめても無理のない年齢《とし》に達したのに、範満のほうは政務を返上して駿府館を出ようという気持ちなど、すっかり失《う》せたと言わねばならない。

その頃には、父の任を継いで正式に幕府申次衆に列せられていた新九郎だが、弟の弥次郎や家臣の蔵人らに諮《はか》った。

「わたしは官を辞して、駿河へ下る。皆、従《したご》うてくれるか」

否《いな》と返辞をするどころか、わずかに躊躇《ためら》う者すらいなかった。

「いつそれを仰《おお》せ出《いだ》されるか、われらは首を長《なご》うして待っており申した」

それを聞いて、新九郎は、梅干しを嚙みしめ、頗《すこぶ》る美味《うま》そうな顔をした。

「うばい」

新九郎がしょっちゅう口にするくだらない駄洒落《だじやれ》である。「美味い」と「烏梅」

をかけ、本人は気に入っていた。

相模北条氏の本拠・小田原《おだわら》は、現今《いま》に到るも梅干しの産地として有名だが、それは城内、家臣屋敷内、領内の畑、いたるところで、尋常でないくらい梅を栽培したからであろう。相模北条氏の創業者・伊勢新九郎の遺産といってよい。

「こたびは、わが初陣ぞ」

家督争いの曖を、あっぱれな武者始めと褒めてくれた太田道灌に思いを馳せながら、新九郎は馬上の人となった。

新九郎が、駿河入りして、駿府館を急襲し、小鹿範満を滅ぼしたのは、京をあとにしてからわずか半年後のことである。電光石火の初陣であった。

北条氏百年の栄光の嚆矢《こうし》が射放《いはな》たれた。

さかしら太郎《たろう》

一

繭形《まゆがた》の雲の浮かぶ空は、明るい。

青葉若葉の中に、桜が咲き残っている。

釜無川《かまなしがわ》の浅瀬をゆったり徒渉《としょう》する騎馬が三騎。若者ばかりで、二騎に左右から寄り添われて警固《けいご》される恰好《かっこう》の一騎は、小袖《こそで》も袴《はかま》も上等である。

甲斐《かい》国の巨摩《こま》郡大井庄《おおいのしょう》鮎沢《あゆざわ》に建つ長禅寺《ちょうぜんじ》から、甲府《こうふ》へ戻る途次《とじ》の主従であった。

「いつものことだが、帰りの源助《げんすけ》は生き生きしてるなあ」

あるじの左側の聡明そうな顔つきの者が、右側の小柄《こがら》な者を笑った。

「兵学《へいがく》だけにしてくれれば、楽しいのに。ほかの学問は全然、頭に入ってきやしない。源四郎《げんしろう》は学問に向いているんだ、きっと」

ひとり前髪立《まえがみだ》ちで、紅顔の美少年と称すべき春日《かすが》源助は、年長の飯富《おぶ》源四郎に向かって、手をひらひらと振る。

「それがしなど、御曹子《おんぞうし》のお足許《あしもと》にも及ばない。太郎《たろう》さまの飲み込みの早さには、和尚《おしよう》も常々舌を巻いておられる」

あるじを温かい目で眺めやる源四郎であった。

「わたしは、机の前が性《しよう》に合っている。争いごとは嫌いだから」

と武田《たけだ》太郎は冷めた口調で言った。

「また、さようなことを仰《おお》せに……」

源四郎が溜《た》め息をつく。

甲斐源氏《げんじ》の宗家たる武田信虎《のぶとら》は、甲斐国を平定《へいてい》する過程で、多くの国人《こくじん》、土《ど》豪《ごう》、地侍《じざむらい》と戦い、かれらを次々と従わせた。

大井庄の椿《つばき》城を本拠とし、巨摩郡に勢力を張る国人・大井氏は、駿河《するが》今川《いまがわ》氏の助勢を得て信虎に抵抗したが、連歌師《れんがし》宗長《そうちよう》の斡旋《あつせん》により和議を結んだ。和議の条件として、大井信達《のぶさと》のむすめが信虎に正室《せいしつ》として嫁《とつ》いだ。もともと大井氏も、信虎より七代前の信成《のぶなり》の同母弟を祖とする武田一門なので、釣り合いはとれていた。信達のむすめは、後世に大井夫人の称で知られる。

夫婦の間に生まれた最初の男子が太郎である。

いくさに明け暮れる信虎は、太郎と接する機会がほとんどなく、教育はすべて妻の大井夫人に任された。

大井夫人は、臨済宗《りんざいしゅう》の碩学《せきがく》・岐秀元伯《ぎしゅうげんぱく》を、大井氏の菩提《ぼだい》寺の長禅寺へ招き、太郎の学問の師に任じた。それと同時に、跡取《あとと》りの近習《きんじゅ》にも、みずから見込んだ子弟を選んだ。その中でも、幼少期より文武ともに秀《ひい》でる素地《そじ》を持っていた飯富源四郎には、太郎自身が出会ったときから惹《ひ》かれた。

春日源助というのは、石和《いさわ》の豪農・春日大隅《おおすみ》の子で、岐秀に兵学だけを学びたくて、長禅寺へ通ううち、太郎から弟のように可愛《かわい》がられ、そのまま家来も同然となった。ただ源助は、信虎が好きではないので、まだ甲府へは出仕《しゅっし》していない。

実は、ひとり源助に限らず、信虎嫌いは甲斐の国中に広まっている。

「余リニ悪行《あくぎょう》ヲ被成《なさる》」

と『妙法寺記《みょうほうじき》』にも記されたほどの暴君だからであった。

政事《せいじ》の非を諫《いさ》めた家臣三十六人を無惨に処刑する。寺僧を多数焼き殺す。胎児を見たいがために妊婦の腹を割《さ》く。枚挙《まいきょ》に暇《いとま》がない悪行三昧《ざんまい》なのである。それでも、いくさには頗《すこぶ》る強いので、誰もが服従を余儀《よぎ》なくされているのが現実であった。

「源助。御曹子を」

川を渡りきったところで、にわかに源四郎が緊迫の声を出し、太郎の前へ馬を進めた。

わらわらと走り寄ってきた者らに、川を背にして囲まれたのである。

源助は、あるじの左斜め後ろへ退《さ》がって、全体を視野に入れた。年少でも、落ち着き払っており、腰の小太刀《こだち》を能《よ》く遣《つか》う。

数えて十人。土豪、地侍の若者たちとみえる。

かしらとおぼしい者だけが馬に乗り、なぜか空馬《からうま》も一頭曳《ひ》かれている。

「ふんっ。おぬしが武田の小童《こわっぱ》のお守《も》りとはな」

かしらが、せせら嗤《わら》いながら、面識ある源四郎へ声をかけた。

「教来石《きょうらいし》の民部《みんぶ》か。御曹子への無礼はゆるさんぞ」

源四郎は、包囲陣を睥睨《へいげい》する。

高峻な山々に囲繞《いにょう》され、幾筋《いくすじ》もの川が縦横に流れる甲斐国では、地域が幾つにも分断され、交流も容易でないことから、甲府盆地周辺の各山間部ごとに同族的な武士集団が割拠した。巨摩郡の武川《むかわ》筋の集団は、武川衆と呼ばれ、教来石氏はその一方の旗頭《はたがしら》である。

「これは心外よ。甲斐守護家の跡取りどのにどうして無礼なんぞ働こう。ご元服《げんぷく》なさったと伝え聞いたゆえ、祝詞《しゅくし》を述べにまいったのだ」

武田太郎は、十六歳となったこの年の春、元服式を行い、将軍足利義晴《あしかがよしはる》の偏諱《へんき》を賜《たまわ》って、名乗りを晴信《はるのぶ》とし、朝廷より正式に従五位下大膳大夫《じゅごいのげだいぜんのだいぶ》に任ぜられた。

「殊勝《しゅしょう》なり。ならば、早々《そうそう》に祝詞を述べて、去《い》ぬるがよいぞ」

と震えもせずに言ったのは、源助である。小さな体から堂々たる大音《だいおん》であった。

「祝詞を述べるのは、跡取りどのの器量を見極《みきわ》めてからのこと」

民部は、故意に細めた目で、太郎を見やった。

「僭越者《せんえつもの》っ」

源四郎が怒鳴《どな》りつけたが、ひときわ雄偉《ゆうい》な体軀《たいく》をもつ民部はまったく怯《ひる》まない。

「おのが在地を命《いのち》懸《が》けで守るのが武士ぞ。頼みがいなき者を国主《こくしゅ》に戴《いただ》けば、われらの土地はたちまち余所者《よそもの》に蹂躙《じゅうりん》され、奪われる。それにおわす跡取りどのが、国主たる将器ならば、われらも支えよう。なれど、将器にあらずと断じれば、いま見限る」

民部のこの宣言は、愚《おろ》かでもなければ、理不尽でもない。戦国武士の去留《きよりゆう》の自由、というものである。かれらの生き方は、「二君《じくん》に仕《つか》えず」が当たり前の江戸期の武士とは、根本的に違う。

大井信達にしても、むすめを嫁がせ、武田の重臣に名を列《つら》ねてからでも、やはり信虎の在地領主たちへの強圧的なやり方が気に入らず、再度の戦いと和睦《わぼく》に到っている。

翻《ひるがえ》って言えば、そういう去留自由の武士を多く従える戦国大名というのは、一頭地《いっとうち》を抜く存在であることを、おのが実力をもって証明しつづけなければならなかった。

信虎に対しては、怨嗟《えんさ》の声が絶えないものの、その実力の凄《すご》さは誰もが認めざるをえない。果たして、跡取りの太郎晴信が父譲りの麒麟児《きりんじ》なのかどうか、それは、在地の次代を担《にな》う若者らの最も気になるところであるのは、当然といえよう。

「武田の跡取りどの」

民部が太郎を呼ばわった。

「あれを御覧《ごろう》じられい」

民部の指さす緩《ゆる》やかな丘の頂《いただき》で、若者がひとり、笠形《かさがた》の板を高く掲げて振っている。

「武士は弓馬《きゆうば》の道。笠懸《かさかけ》にて、われらと、文字通り、弓と馬の勝負をして貰《もら》おうではないか」

笠懸とは、馬上《ばじよう》より遠距離の的《まと》を射る競技である。もとは射手の笠を懸けて的としたことから、その名が付いた。儀式化した流鏑馬《やぶさめ》と異《こと》なり、射芸鍛練《たんれん》ではあっても、遊びの要素を取り入れて、様々に愉《たの》しまれた。

「跡取りどのとこちらと、ふたりの射手が、同じだけの距《へだ》たりで東西に分かれ、合図とともに同時に馬で丘を駆け上がり、先に的を射たほうの勝ちとする」

この競技法では、二騎の走りに差がつかなかった場合、的を間に挟《はさ》んで、双方からほとんど同時に射るという事態も起こり、下手をすれば、互いの体が的になりかねない。

「黙って聞いていてやったが、卑怯な申し出よな」

と源四郎が言った。

「それは、教来石が得手《えて》とする駆け違《たが》え笠懸ではないか」

「じゃによって、おれはやらん。あれにおる工藤源左衛門《くどうげんざえもん》にやらせる」

空馬の近くに立つ者を、民部は指さした。

「源左は教来石の者ではない。跡取りどのと同じく、駆け違え笠懸を初めてやるのだ」

太郎と同年ぐらいに見える源左衛門は、武田の跡取りへ早くも挑むような視線をあてている。

（御曹子に怨《うら》みでもあるのか……）

危険を察知した源四郎は、差料《さしりよう》の栗形《くりがた》に左手を添えた。

「初めてだろうがそうでなかろうが、どうでもよい。退《の》け、民部。そのほうらの対手《あいて》をしているひまはない」

「逃げるのかあっ」

民部のその凄まじい怒号に、空馬が驚き、嘶《いなな》きながら棹立《さおだ》った。

轡《くつわ》をとっていた口取《くちとり》は、ひっくり返り、馬沓《うまぐつ》に踏まれそうになる。そこへ恐れげもなく飛び込んだ源左衛門が、間一髪、口取の体を抱き上げて救った。動きが俊敏で、膂力《りよりよく》もある。

「逃げるのか、と訊《たず》ねたのだな」

太郎が初めて応対の声を出した。

「太郎さま。こやつらに応じられる必要はありませぬ」

鞍上《あんじょう》より、源四郎がこうべを回す。

「わたしがこたえたほうが、用件は早く済む」

「少しは見所《みどころ》があるようだ」

と民部が、ちょっとうなずく。

「わたしは逃げる」

悪びれもせず、太郎は言った。

「なんだとっ」

「聞こえなかったのか。わたしは逃げると申した」

「そ……それでも、武士か」

民部は、怒るというより、開いた口が塞《ふさ》がらないというようすである。

「武士も人だ。人が百人いれば、百人の色があってこそ、国は栄えるし、いくさでも融通が利く。こういうとき、そのほうは逃げぬ人間、わたしは逃げる人間というだけのこと。武士か否《いな》かだの、良い悪いだのの話ではない」

「なんという臆病者か」

「むやみに勇武を誇《ほこ》らんとする者は、犬死《いぬじに》をいたす。臆病であるほうが、生き残れる。死ねば何も成《な》せぬが、長く生きれば、あるいは大いなる事を成せるやもしれぬ。それゆえ、わたしは周密《しゅうみつ》を期す」

「なんだ、しゅうみつとは」

「手抜かりのないこと。敵と戦う前に、対手のことをよくよく探っておけば、おのずから勝つ戦い方は導き出される。どういう対手か分かっておらぬうちに戦うのは、博奕《ばくち》と同じで、たいてい負ける」

「いくさは、機に臨《のぞ》み変に応じて対処するものだ。事前の策など役に立たぬわ」

「それは、天才か阿呆《あほう》の申すこと」

「おれを阿呆だと言うのか」

「少なくとも、わたしは天才ではない」

「結句《けっく》は、負けるのが怖いだけではないか」

「さよう。負けるのが怖いから周密を期すのだ。ただ、勝ちすぎるのも怖いものだ」

「訳《わけ》の分からんことを言うな」

「勝ちすぎれば、対手の怨みをかう。勝ちはほどほどがよい」

「さかしらなことばかり申しおって……」

眦《まなじり》を吊り上げ、怒髪天《どはつてん》をつくがごとき民部であった。

さかしらとは、物知りぶるとか、利口そうに振る舞うことをいう。

「もはや問答無用。勝負せえっ」

「問答をして解《わか》り合えるのが、人と申すもの。問答無用を叫ぶは、おのれが獣だと認めたのと同じぞ」

「汝《うぬ》があっ」

教来石民部は、背負いの野太刀《のだち》を抜いた。

守護家の跡取りを斬るのは、行き過ぎである。余の若侍たちがうろたえた。

「民部どの」

「それはなりませぬぞ」

「刀を収められい」

すると、激したあまりとはいえ、おのれの右手に抜き身があるのを見て、民部も微《かす》かに動揺の色をみせる。

だが、思い切ったように、その鋒《きつさき》を太郎の顔へ向けた。

「やめよ、民部。引くに引けなくなったのであろうが、おぬしの面目《めんぼく》はそれがしが立ててやる」

と源四郎が言ってから、太郎を振り返る。

「太郎さま。駆け違え笠懸は、それがし仕《つかまつ》る」

「向こうが名代《みようだい》ゆえ、わたしも名代を立てるということか」

「ご賢察」

「……」

小さく吐息をつくと、太郎は乗馬《じようめ》を源四郎の横まで進めた。

「短慮《たんりよ》よな、教来石民部」

「おれは……」

「刀を抜いたからには、それなりの覚悟があろう。その覚悟に、わたしもこたえよう」

太郎は馬腹《ばふく》を蹴《け》った。

「まいれ、工藤源左衛門とやら。勝負いたす」

「御曹子っ」

仰天し、制止しようとする源四郎を、しかし、鞍上より顧《かえり》みた太郎が、

「案ずるな」

と逆に制して、とどまらせた。

太郎は、丘を駆け上がってゆく。

源左衛門も、馬に乗って、つづく。

若侍のうち、それぞれに弓矢を持つ二名が追いかけた。

それとみて、丘の頂の若侍も、笠形の的板を、地面に立てた的串《まとぐし》の縄に吊るす。

「よき眺めだ」

先に頂へ上った太郎は、源左衛門が到着したところで、釜無川の流れを見下ろしながら、ぽつりと洩《も》らした。

源左衛門は何も言わない。ただ太郎を凝視《ぎょうし》するばかりである。

「わが父が憎いか」

と太郎が訊《き》いた。

「は……」

怪訝《けげん》と警戒の表情になる源左衛門である。

「忠臣の諫言《かんげん》に、誅殺《ちゅうさつ》をもって応じたのだ。憎くて当然であろうな」

「御曹子は、それがしのことを……」

「工藤下総守《しもうさのかみ》の子であろう」

鎌倉期より、甲斐巨摩郡から信濃《しなの》伊那《いな》郡に跨《また》がる大草郷《おおくさごう》を領してきた工藤氏は、武田宗家に近侍する名族であった。が、源左衛門の父・下総守虎豊《とらとよ》が、信虎に諫言して怒りをかい、殺された。そのとき、処罰は一族に及ぶと伝わったので、源左衛門は兄とともに出奔《しゅっぽん》したのである。

「わたしの代になったら、仕えてくれぬか」

と太郎が申し出た。

「帰参せよと……」

思いもよらぬことに、源左衛門は眼《まなこ》を剝《む》く。

「もっとも、わたしがたしかに武田を嗣《つ》ぐとは申せぬがな。父は弟に期待をかけておられるゆえ」

太郎の四歳下の同母弟の次郎《じろう》を、信虎はおのが子らの中で露骨に偏愛している。

「それがしは、仕えたとしても、いずれ御曹子に仇《あだ》をなすやもしれませぬぞ」

「そのときは、わたしの見る目がなかったということゆえ、そのほうを怨みはせぬ。なれど、そうはなるまい」

「なぜさように思われる」

「そのほう、憎き男の倅《せがれ》に会うのに、下馬《げば》しておった。わたしの勝手な思い込みだが、いまだいささかでも武田を敬《うやも》うてくれているとみたのだ」

「……」

「帰参を望むや否やの返辞は急がぬ。とくと考えてくれ」

源左衛門の眼から、川原で太郎と対していたときの強い光が急速に薄れてゆく。代わりに、大いなる困惑の色が浮かんだ。

「なれど、いまの話とこの駆け違え笠懸は、別儀《べつぎ》」

と太郎が微笑む。

「工藤源左衛門。思うさま挑んでまいれ」

「畏《かしこ》まった」

源左衛門の表情も明るくなった。

そこへ、若侍二名がようやくやってきて、弓矢を差し出した。

「作りも張りもまったく同じの弓にござるが、お選び下され」

若侍の一方が、太郎へ告げた。

太郎は、迷わず、手近《てぢか》の弓を取った。

矢は、通常、的を傷つけぬよう、鏃《やじり》を除き、鏑《かぶら》の大きな笠懸蟇目《ひきめ》を用いる。

が、教来石の駆け違え笠懸では、鏃付きの本身《ほんみ》の矢で行う。それも一矢《いっし》のみである。

径一尺八寸の笠形の的板も、割れないように防護の牛革を張るのが通例だが、これも張らない。的中したとき、板が割れ散る面白さを、教来石では好むのである。

「空穂《うつぼ》を」

と矢入れが差し出されたが、太郎も源左衛門も、無用と断った。

「あの者らのところまで、下りていただく」

的串に的板をかけた若侍が、丘の東西の麓《ふもと》を両手を伸ばして指し示す。

いずれにも、やはり若侍が立っている。

「しかと測り申したゆえ、距たりは等しゅうござる」

丘のうねりも似ている。

「矢を射るのは、あの籬《ませ》の向こうから」

竹木で作った目の粗《あら》い垣根を、籬という。的の南と北、それぞれ五丈《じょう》を隔《へだ》てたところに、その簡易なものが、いずれも五間《けん》ばかりの長さで設《しつら》えてある。

笠懸の的間《まとあい》、つまり的と射手の距離というのは、十丈を通例とするが、丘の頂の平坦地がそこまで広くないので、距離を半分にした。馬術、弓術ともに優れた者ならば、決して外さぬ距離といえよう。

「どうぞ、お先に」

源左衛門に譲られ、太郎は、これも迷わず、西の麓へ向かう。

源左衛門は東麓《とうろく》へ下りた。

ともに、それぞれの出発地点の標《しるべ》である若侍の前で、馬首を転じると、差料の下《さ》げ緒《お》を外して、それで両袖をたすき掛けに括《くく》り止めた。

太郎と源左衛門は、互いの姿が見えない。振り仰《あお》いだ視線の先には、的串とその前に立つ若侍の姿がある。

その若侍が、両腕を高く上げた。

振り下ろしたときが、出発の合図である。

釜無川の川原では、源四郎も源助も、民部と仲間たちも、固唾《かたず》を呑《の》んで見戍《みまも》る。

ヒヨロヒヨロ、ヒヒヒヒ……。

河鹿《かじか》の清亮《せいりよう》な声が聞こえた。

太郎も源左衛門も、矢柄《やがら》を口にくわえる。

合図係の両腕が勢いよく振り下ろされた。

二騎の馬沓が、地を蹴った。

どちらの乗馬も、土と草を蹴り上げて、力強く丘を駆け上がる。

頂の平坦地へ躍《おど》り上がったのは、わずかに源左衛門のほうが早い。

西から馳《は》せた太郎は的の南側の籬へと、東から馳せた源左衛門は北側の籬へと、乗馬を走らせながら、手綱《たづな》より離した両手で、弓に矢をつがえる。この動作は鏡の如《ごと》くであった。

両騎とも弓弦《ゆんづる》を引き絞《しぼ》る。

乗馬は、籬の道へと入った。

刹那《せつな》、源左衛門が瞼《まぶた》を震わせた。陽光をまともに浴びたのである。それでも、勘で先に射放《いはな》った。

対する太郎は、太陽を背に、眼にすっきりと的を捉《とら》えている。躊躇《ちゅうちょ》なく西麓を出発地点に選んだ理由は、これであった。

源左衛門の矢は、的のわずか下を掠《かす》めて、地へ斜めに突き刺さった。太郎のそれは、的の真ん中を捉え、乾いた音を響かせて、板を割った。

「やったあっ、太郎さまの大勝利」

川原では、源助が乗馬から跳《と》び下り、全身を無茶苦茶に動かして、歓喜の雄叫《おたけ》びを上げた。

源四郎は、鞍上のまま、安堵《あんど》の息を吐《つ》く。

「武田太郎は父親に似ず、さかしらなだけの柔弱者《にゅうじゃくもの》と聞いていたに……」

茫然《ぼうぜん》とそう呟《つぶや》いたのは、民部である。

「鷹は賢けれど烏《からす》に笑わるる、と申す」

と源四郎が言う。

「なんだ、それは」

「賢人の真価が解されず愚人どもに軽《かろ》んじられる、という譬《たと》えよ」

「武田太郎は能ある鷹……ということよな」

おのれの不明を慚《は》じたように言ってから、民部は下馬し、地へ端座《たんざ》するや、野太刀の抜き身の半《なか》ばあたりを両手に摑《つか》み、鋒をおのが腹へ向けた。

源四郎は止めない。民部の仲間たちも、身を竦《すく》ませるだけで、声をかけることもできなかった。

国主の跡取りに刃《やいば》を向けたばかりか、強引に勝負を迫った駆け違え笠懸に敗れた。仲間の罪を赦《ゆる》して貰うためにも、民部がみずから責めを負うのは、武士の覚悟として当然なのである。

ひょう、と風を切る音がして、民部の膝許《ひざもと》へ矢が突き立った。

振り返った民部の目に、丘を駆け下りてくる太郎の姿が映る。源左衛門があとにつづいていた。

太郎は、源左衛門が外した矢を拾い上げて、射放ったのである。

川原へ戻ってくると、太郎は下馬し、民部から抜き身を取り上げた。

「教来石民部。わたしの申したことを、聞き違《たが》えたか」

「は……」

「いかに死ぬか。それが武士の覚悟であり、潔《いさぎよ》さであると信じておろうが、さように楽なことはない」

懐中より手拭《てぬぐい》を取り出し、刃で裂いて血塗《ちまみ》れの民部の両手に握らせる太郎であった。

「いかに生きるか。そのほうがはるかに難しいのだ。武士ならば、至難の道を往《ゆ》け」

それを別辞に、太郎は再び馬上の人となった。

「帰ろう、源四郎、源助」

去りゆく太郎主従の後ろ姿を、工藤源左衛門は川原に折り敷いて見送った。

その傍《かたわ》らで、教来石民部が男泣きに泣いている。

「おれは……おれは……御曹子のために生きる」

二
「鬼鹿毛《おにかげ》が欲しいじゃと……」

武田信虎は、大きな眼を血走らせて、太郎を睨《にら》みつけた。鬼の如き形相である。

「『尉繚子《うつりようし》』曰《いわ》く、良馬《りようば》は策ありて遠道《えんどう》致すべく、と」

尉繚子とは、中国の戦国時代の尉繚の著といわれ、兵法家の格言をもって兵道を説《と》いたものである。良馬云々《うんぬん》の一文は、良馬もよき騎手を得てこそ遠路を走る、という意であった。

それを、ほとんど無学の信虎を気遣《きづか》うでもなく平然と言った太郎は、列座の家臣たちの目には、学問のひけらかしとも、逆に愚鈍とも映っている。

「父に解るように申せ」

苛立《いらだ》つ信虎であった。
「要するに、今から乗り慣れておけば、武者始《むしゃはじ》めで敵に後《おく》れをとることは決してないと思うのです」
太郎は、元服はしたものの、いまだ武者始めを許されていない。
『甲陽軍鑑《こうようぐんかん》』には、元服の年の初陣《ういじん》で大手柄と記されているが、これは、のちの
武田信玄《しんげん》は幼少年期より英雄の質であったと喧伝《けんでん》したいがためで、年齢にしても
合戦の起こった年と詳細に関しても疑点が多い。
太郎を疎《うと》んじた信虎は、頃合《ころあ》いをみて、弟次郎のほうへ家督《かとく》を譲ろうとしてい
たふしがある。次郎が十五、六歳に成長したら、ともに武者始めをさせて、愚兄《ぐけい》
賢弟《けんてい》のさまを敵味方に知らしめようと目論《もくろ》んだのではないか。
「そのさかしらさが父の癇《かん》に障《さわ》るのだと、なぜ分からぬ」
「申したことは間違《まちご》うておりませぬ」
実は、太郎は、工藤源左衛門と駆け違え笠懸を行ったとき、馬の速《はや》さではわず
かに後れをとっており、改善の必要を感じたのである。信虎秘蔵の駿馬《しゅんめ》・鬼鹿
毛ならば、それは解消されよう。
「汝は元服と家督相続は同じだとでも思うているのか」

「さようには思うておりませぬが、なれど、同じならば何かと手間が省けましょう」

「この、くそたわけがっ」

信虎は、置き畳から立ち上がるや、面前に座す太郎の顔を、拳《こぶし》で思い切り殴《なぐ》りつけた。

血が飛んで、太郎の体も横へすっ飛んだ。

「郷義弘《ごうのよしひろ》の太刀《たち》、左文字源慶《さもんじげんけい》の脇指《わきざし》、甲斐源氏宗家二十七代の御旗《みはた》と楯無《たてなし》の鎧《よろい》」

ひとつ名称を挙げるたびに、信虎は太郎の体を足蹴《あしげ》にした。

「これら武田重代の家宝に、わが名馬も加えて、家督相続の折りに、すべてとらせてやろうと期していたに、なんという増上慢《ぞうじょうまん》か。この先、汝が心を入れ替えねば、家督は次郎に譲り、汝は追放じゃ。さよう心得よ」

最後のひと蹴りは腹に入った。

信虎は、憤然たる足取りで、会所《かいしょ》を出ていった。

家臣たちの多くも、起き上がれない太郎をそのままにして、それぞれに会所をあとにする。下手に太郎に優しくすれば、信虎に睨まれ、次郎がやがて武田当主を嗣いだとき不利になる、という思惑が過《よぎ》るからであった。

そういう中で、まだ会所に残っていた老臣《おとな》三名が、太郎のもとへ歩み寄り、抱え起こした。

「太郎さま。あのような物言いをされては、お屋形《やかた》がお怒りになるのも無理はござらぬぞ」

武田家代々の族臣・板垣《いたがき》家の駿河守信方《するがのかみのぶかた》である。

「さよう。秋には三条《さんじょう》家の姫を娶《めと》られる身。ご分別をもちなされ」

軍略家として知られる甘利備前守虎泰《あまりびぜんのかみとらやす》も、溜め息をついた。

秋の初めに、公家《くげ》の名門で、権大納言《ごんのだいなごん》三条公頼《きんより》のむすめが、太郎の正室となるべく、甲府へ嫁いでくることになっている。

「いや。源四郎がしかとお支えしておらぬせいにござろう。面目ない」

ひとり謝ったのは、武田のいくさでは常に先陣をつとめ、その剛勇を近隣に鳴り響かせる飯富兵部少輔虎昌《ひょうぶしょうゆうとらまさ》。太郎の随一の近習、飯富源四郎の兄である。

「そちたちは、あんな荒々しいお人によく仕えているな。わたしは、人には優しくしたいなあ……」

腹を押さえ、おもてを顰《しか》めながら、しみじみと言う太郎だが、老臣たちは一様に苦笑いを泛《う》かべる。

よかった」

「『尉繚子』のあの格言、つづきがあるのだけれど、父上に説いて差し上げれば

「つづき、とは」

信方が促《うなが》す。

「賢士《けんし》は合《あ》うありて大道《だいどう》明らかなるべし」

「して、太郎さま。その意は」

「賢士もしかるべき君主を得てこそ才能を揮《ふる》える。賢士はそちたちのことだ」

「されば、しかるべき君主とは太郎さま」

言われて、あはは、と太郎は笑った。

「それはない。わたしより次郎のほうが百倍も傑《すぐ》れている」

これには、思わずといったようすで、三人ともうなずいてしまう。

うなずいたそばから気づいて、いずれもかすかに狼狽《ろうばい》する。

「あ、痛《い》たたたたっ……」

三

太郎十八歳、次郎十四歳の元旦のことである。信虎は、年頭の祝賀の盃《さかずき》を、兄に与えず、弟にとらせた。

いよいよ次代の当主は定まったとみられたが、事はそう単純には運ばない。

「わらわは、甲斐守護家の跡取りに嫁いでまいったのです。殿《との》が家督を嗣げぬのなら、この子とともに帰京させていただきます」

太郎の正室・三条ノ方が、膨《ふく》らみの目立ち始めた腹をさすりながら、夫に迫った。

「わたしが決めることではないのだ。相済《あいす》まぬ」

素直に謝る太郎である。

「まあ……なんと情《なさ》けない」

名家のむすめで、太郎とは同い年でもある三条ノ方は、夫婦というより、姉《きょう》弟《だい》のような接し方をする。

「京へ戻るのなら、この先の入り用のものは何でも申してくれ。できる限り、支度する」

「帰れるわけがございませぬでしょう」

「なれど、いま帰京いたすと……」

「そのようだから、次郎どのの後塵《こうじん》を拝し、家臣どもには侮《あなど》られるのです」

三条ノ方の姉は室町《むろまち》幕府管領《かんれい》・細川晴元《ほそかわはるもと》の室である。また、のちに妹が本願寺《ほんがんじ》十一世顕如《けんにょ》へ嫁ぐことになる。そういう名門の誇りは、自身が負け犬になることを容認できるはずもなかった。

「わたくしが必ず、殿を武田の当主にして差し上げます」

「頼もしいなあ……」

「他人事《ひとごと》のように申されますな」

ぴしゃりと妻は夫を叱った。

「あ、いや……相済まぬ」

三条ノ方は、ただちに、駿河の今川義元《よしもと》の生母・寿桂尼《じゆけいに》へ宛てて書状をしたためた。

寿桂尼もまた公家の出身で、中御門宣胤《なかみかどのぶたね》のむすめである。

太郎元服の年でもある一昨年、駿河では家督争いの内紛が起こっている。寿桂尼の夫・氏親《うじちか》の死後、当主となった嫡男氏輝《ちゃくなんうじてる》も夭折《ようせつ》したことから、出家の弟たちのうち二人が対立した。すなわち、寿桂尼の産《う》んだ承芳《しょうほう》と、その庶兄《しょけい》の恵探《えたん》とである。

女戦国大名ともよばれた遣《や》り手の寿桂尼は、その頃まだ敵対していた武田信虎の支援をとりつけ、恵探を討つことに成功して、めでたくわが子承芳に家督を嗣がせた。今川義元の誕生である。これを花蔵《はなくら》ノ乱という。

乱後、武田と今川は正式に同盟を結び、太郎の姉が義元へ嫁いだ。その見返りとして、京の貴顕《きけん》と交流の深い寿桂尼が働きかけ、太郎の妻に三条家の姫君を斡旋した。

甲斐という海を持たぬ辺境の山国《やまぐに》で、京のきらびやかさを纏《まと》いたいと渇望していた信虎である。寿桂尼の中御門家よりも家格が上の三条家の姫君を、わが子の正室に迎えられることを、手放しで喜んだ。

この流れは、義元の幼少期からの養育係である太原雪斎《たいげんせっさい》を仲介役として、当初に寿桂尼と信虎との間で取り決められた。

当時、恵探を奉じたのは、その生母の実家で、今川氏の重臣中でも有力な福島《くしま》左衛門尉《さえもんのじょう》である。左衛門尉が敗れて、残党が甲斐国へ逃れてくると、信虎はこれを徹底的に掃討《そうとう》したばかりか、武士の情けでかれらを匿《かくま》った武田家臣には切腹処分を科している。行き過ぎの観を拭えなかった。結果、信虎の独断専行への不満から、武田の奉行衆が甲斐国を退去するという騒動まで起こっている。

信虎は信虎で、福島氏の復活を恐れる寿桂尼を安心させ、三条家の姫君の下向《げこう》をたしかなものにしたかったのである。

寿桂尼と信虎とは、そういう持ちつ持たれつの関係であった。

三条ノ方の書状を受けて、寿桂尼は信虎へ、家督をどの子に嗣がせるにせよ、決めるのは長子《ちょうし》である太郎がせめて二十歳になってからでもよいのではないか、と提案した。寿桂尼にしても、三条ノ方の思いを蔑《ないがし》ろにすれば、三条家の面目を潰《つぶ》すことになり、ひいては今川氏そのものが京の公家衆の信用を失いかねないからである。

信虎のむすめである義元の妻も、口添えした。

すると、この年、信虎が武田の家督の儀を持ち出すことはなかった。一方、太郎と三条ノ方の間には男子が生まれた。のちの義信《よしのぶ》である。

ところが、信虎は、あろうことか、相模《さがみ》の北条氏綱《ほうじょううじつな》と和議を結んでしまう。

今川と北条は、伊勢新九郎《いせしんくろう》（北条早雲《そううん》）が今川の内訌《ないこう》を鎮《しず》めて、幼少期の氏親の家督相続を援《たす》けて以来、良好な同盟関係にあった。それが、花蔵ノ乱で、にわかに今川は武田へ鞍替《くらが》えする。その裏切りに腹を立てた北条氏綱は、乱の翌年には駿河へ侵攻し、駿東《すんとう》・富士《ふじ》の二郡を席巻《せっけん》した。このときは、信虎も出陣して、今川氏を赴援《ふえん》している。

ただ、信虎が北条との講和に到った理由は、寿桂尼の差し出口を鬱陶《うっとう》しくは思ったものの、それとは別儀であった。信虎は、西北方の信濃の攻略へ本格的に乗り出すため、北条という東の脅威を除いておきたかったのである。

氏綱は、武田と講和した次の年、またしても駿河を侵《おか》す。信虎の支援を得られない義元は、苦戦を強《し》いられた。

四

梅雨《つゆ》入りの頃、信虎が告げた。

「太郎。次郎。兄弟揃《そろ》うて武者始めじゃ」

信濃佐久《さく》郡への侵攻作戦である。

太郎晴信は二十歳、次郎信繁《のぶしげ》が十六歳であった。

両人よりも、むしろ家臣たちが身を引き締めた。太郎が武者始めで失態を犯せば、家督は次郎に決する、と大半の者は予想したからである。もっとも、信虎の次郎へ向ける満面の笑みを見れば、出陣前からその儀は定まっているようなものだが。

ところが、思いがけないことが起こった。

出陣当日の朝、次郎が発熱と下痢で、体調不良を訴えたのである。寝冷《ねびえ》であった。前夜、蒸し暑くて寝苦しかったので、次郎は布団を剝《は》いで寝てしまったらしい。

信虎は、次郎のお付きの者らを殴りつけた。職務怠慢である、と。

しかし、かれらは訝《いぶか》った。

次郎信繁というのは、幼年期より、文武は申すに及ばず、日常生活においても非のうちどころがない。聡明で、何事もお付きの者らより先に気づくので、まったく手がかからない。暑い日でも、明け方の寝冷予防に、必ずみずから腹当《はらあて》をするはず。その前に、暑さ寒さに関係なく、寝姿を乱すことすらないのが常なのである。

いかに次郎を溺愛する信虎でも、軍勢の支度が万端整っているのに、大病ならまだしも、寝冷ていどで出陣の取り止めも延期もできない。出立は予定どおりと全軍に告げられた。

太郎は、小具足《こぐそく》姿で、寝間《ねま》の弟を見舞うと、人払いした。

「お恥ずかしゅうございます」

兄弟ふたりきりになったところで、次郎が力なく言う。

「下薬《くだしぐすり》を服したな」

太郎は言いあてた。下剤のことである。

途端に、次郎が頰《ほお》を赧《あから》めた。

「兄上には気づかれると思うておりましたが……」

次郎が故意に下薬を飲んで病気を装《よそお》ったということである。

「さまで、この兄を気遣わずともよい。わたしは、そなたこそ武田の跡継《あとつ》ぎに相応《ふさわ》しいと思うているのだ」

「それは、兄上、お心得違いにございます」

「そうかな」

「有体《ありてい》に申せば、世が治まっていれば、あるいはそれがしのほうが国主の任を果たせるやもしれませぬ。なれど、この戦国乱世では、本心を韜晦《とうかい》し、知謀《ちぼう》に優《すぐ》れ、かつ清濁《せいだく》を併《あわ》せ呑むことを躊躇《ためら》わぬ者でなければ、一国どころか、おのれの一族郎党すら率《ひき》いることも叶《かな》いませぬでしょう。まさしく、兄上はそういう御方《おかた》です」

「褒《ほ》められたと思うてよいのか」

「戦国の御大将《おんたいしょう》として褒めました」

「人としては、褒められたものではないのだな」

「善人は戦国武将には向きませぬゆえ」

「わたしは悪人か」

「悪人にもなれる、とご解釈下さい」

微笑む次郎である。

「これほどの賢弟をもつ仕合《しあ》わせ者は、天下にこの武田太郎ひとりであろうな。礼を申すぞ、次郎」

戦国史上、大名の副将という立場で、同時代の武士たちにも、後世の人々にも、至高の名将と絶賛されたのが、典厩公《てんきゅうこう》こと武田次郎信繁である。武田信玄と干戈《かんか》を交《まじ》えた上杉謙信《うえすぎけんしん》も北条氏康《うじやす》も、さらには織田信長《おだのぶなが》までもが、

「褒むること無限」

であったという。

父の信虎は、次郎への溺愛によってかえって目が曇り、兄弟の絆《きずな》の強さにはまったく気づかなかったというほかない。

五

武田軍は、富士川《ふじがわ》沿いに北上し、八ケ岳《やつがたけ》東麓を回って甲信国境《くにざかい》を越え、野辺《のべ》山《やま》高原から信州《しんしゅう》佐久郡へ入った。率いる兵は、五千とも八千ともいわれた。

佐久郡を斬り取るために、まずは国境寄りの地に足場を確保しなければならない。

野辺山高原北端の峠《とうげ》は交通の要衝《ようしょう》であり、その要害の地に築かれた海ノ口《うみのくち》城は、絶好の足場となる。

城将の平賀源心《ひらがげんしん》は、佐久郡に勢力を拡《ひろ》げる平賀氏の一族で、長剣を自在に操る剛力の武辺者《ぶへんもの》として知られていた。

城方《しろがた》は、兵三千と号しているが、それは城上がりの農民、老幼婦女子も含めた数なので、まともな戦闘要員は三分の一程度であろう。

「源心など、小物《こもの》よ」

信虎は、一挙に落とすべく、最初から総攻めを敢行する。が、案に相違《そうい》し、籠《ろう》城《じょう》勢が天険の地を利して、怯むことなく抗《あらが》うので、早期の陥落は難しいと判断しなければならなかった。

そこで、信虎は、籠城勢から後詰《ごづめ》の希望を奪うため、板垣信方をして周辺の城砦《じょうさい》を悉《ことごと》く落とさせた。

それでも、源心が堪《た》え、武田軍の海ノ口攻城は一ヶ月に及んだ。

折しも、大雨がつづき、甲斐国からも災害の報告が幾度ももたらされている。

武田軍自体も、雨中の野陣は限界にきていた。

「陣払いじゃ」

不機嫌に、信虎は命じた。

「されば、父上。わたしにしんがりをお命じ下さい」

と太郎が申し出たので、誰もが驚いた。

本隊を安全に撤退させるため、最後尾にあって、敵の追撃に備えるのが、しんがりである。後駆《しりがり》より転訛《てんか》したことばで、「殿」と書く。「殿軍《しんがりいくさ》」と言えば、文字通り、しんがりが敵といくさすることで、「尻払《しっぱら》い」とも称す。

最も難しく危険な役目なので、いくさ慣れした武将でもしくじることがある。武者始めの若造にこなせるものではない。

「死にたいのか」

と信虎は嗤笑《ししょう》した。

「死にとうはありませぬが、万一のときは、武田には次郎がおります」

「そこまで申すのなら、やってみよ」

「ありがとう存じます」

降雨の中、太郎は、自身の手勢《てぜい》三百を率いて、本隊の退却を見送った。

あとは、しんがりとして、敵の追撃を警戒しながら少しずつ退《ひ》いてゆく。そのさい、伏兵《ふくへい》を配するなど、追撃勢への罠を仕掛けるのが通常だが、太郎は何もしなかった。

「太郎さま。これでは、敵に一挙に攻めかかられてしまいましょう」

不安を口にしたのは、飯富源四郎である。

すると、太郎は、自信ありげに微笑んだ。

「平賀は決して追ってこぬ。そうだな、源助」

自分の名を太郎が呼び間違えたかと思った源四郎だが、そうでないことがすぐに分かった。太郎の背後からひょいと現れた者が、雨に打たれる笠のつばを上げて、いたずら小僧の笑みをみせたのである。

「春日源助っ……」

「やあ、源四郎」

「やあではない。そなた、どうしてここに」

「どうしてって、おれも太郎さまの家来だぞ」

「甲府へ出仕もしておらぬではないか」

「それは、太郎さまが家督を嗣がれてからのことさ」

「源助は、海ノ口城内のようすを、ずっと探っていてくれたのだ」

と太郎が明かした。

「どうやって、城内へ……」

それも源四郎には驚きである。

源助は、おのれの前髪を、指ですくってひらひらさせた。

「こんな餓鬼《がき》に誰が要心なんかするもんか」

「なるほど……」

「源助。城内のようすを皆に説いてやれ」

命じられた源助は、源四郎以下、太郎の子飼《こが》いの若き将領《しょうりょう》たちに、海ノ口城内の現況を語り始めた。

城将の平賀源心はまだ余力があるようにみせていたものの、その実、一ヶ月のいくさで兵糧《ひょうろう》がすでに底をつき、兵は疲弊《ひへい》しきっていたのである。それこそ、あと一日、二日でも長引けば、降伏開城もやむなしであった。だから、武田軍の撤退が伝わるや、籠城兵は皆、その場にぶっ倒れ、生き残れたことを涙ながらに歓《よろこ》んだ。追撃など思いもよらない。

「源心は、籠城の土豪、地侍衆には、里へ帰ってよく息《やす》むようにと命じておりました。陽《ひ》が落ちる頃には、戦える城兵はおそらく百人にも充《み》たない数に減っておりましょう」

当然ながら追撃を覚悟していた将領たちは、これで緊張感より解放され、安堵の息をついた。が、次の太郎の下知《げぢ》に、唖然《あぜん》としてしまう。

「これより、われら一手《いって》で海ノ口城を落とす」

もしやと予測のついていた源四郎だけが、真っ先に大きくうなずいた。

「おう」

「畏まった」

勇躍の声を発した者も、ふたりいた。

太郎の陣中へ入ってきた両人は、教来石民部と工藤源左衛門である。

「おぬしら……」

つづけざまの思いがけない者らの登場に、源四郎は呆気《あっけ》にとられてしまう。

「民部も源左も、わたしの武者始めには何としても参陣したいと……」

とうに許可していた太郎なのである。

「されば、皆さま。案内いたしましょう」

源助が、勢い込んで言った。

六

日暮れ前に雨が上がったことで、急ぎ足で城を出ていく者が続出した。

源助の情報通り、海ノ口城に籠城したほとんどの者が、それぞれの里へ戻り、城中はきわめて手薄になったのである。

城の近くまで寄っていた太郎と兵三百は、陽が沈むや、薄闇《うすやみ》に紛《まぎ》れ、楽々と城内へ侵入できた。

警戒する兵も見当たらなかった。それも当然で、源心と家臣たちは本丸の内で酒盛りをしていたのである。強敵武田を退《しりぞ》けた祝宴であった。

「一番槍《やり》は、この教来石民部ぞ」

「悪いな、民部」

一言ことわってから、先駆けて本丸へ討ち込んだのは、工藤源左衛門である。

「不覚っ」

後れじ、と民部はつづいた。

両人の勢いに引っ張られ、余の兵もどっと鬨《とき》の声を上げてから跳び込んだ。

平賀源心と七、八十名ばかりの家臣は、疲労した体に酒を入れたことで早々に酔いがまわっており、抵抗らしい抵抗もできずに、次々と武田太郎隊の槍先にかけられた。

太郎は、みずから源心を追い詰めて、名乗った。

「武田太郎晴信である」

「なにっ……」

酩酊《めいてい》している源心には、まだこの状況が飲み込めていない。

「武者始めに、大将首を貰い受ける」

「む……武者始めだと……」

それでも、源心は長剣の鞘《さや》を払いざま、上段から太郎へ斬りつけようとした。が、長押《なげし》に刃の物打《ものう》ちを噛《か》ませてしまう。

不意の襲撃への狼狽と、酔いで頭も体も鈍っていたことが、いくさ慣れした源心に、屋内における刀槍戦であることを、すっかり忘れさせてしまったのである。

太郎は、源心の喉首《のどくび》めがけて、真っ直ぐに鋒を突き出し、盆《ぼん》の窪《くぼ》まで貫《つらぬ》いた。

「お見事っ」

「天晴《あっぱ》れっ、御大将」

源左衛門と民部が同時に歓喜の声を上げる。

その場で、太郎は源心の首を掻《か》いた。

「この首を持って、ただちに父上のもとへまいる」

「お待ち下され、太郎さま」

と源四郎が制した。

「かようなときは、太郎さまは落とした城にお留《とど》まりになり、お屋形へは使者を遣わすのが至当《しとう》と存ずる」

「分かっている。分かっていて、さよういたすのだ」

「仰せの意が……」

「源四郎。これまで同様、あと一年か二年は、わたしのやることに黙して従《したご》うてくれ」

主従の視線が熱く絡《から》む。

源四郎は、黙って、うなずいた。承知したのである。

太郎は、源四郎に海ノ口城を託して、自身は馬廻《うままわり》衆を十騎ばかり引き連れ、武田本隊のあとを辿《たど》り、夜のうちに追いついた。

策を用いて、海ノ口城を落とし、城将・平賀源心の首まで持参した太郎に、武田の将兵はどよめきを上げた。

だが、信虎は冷やかである。

「太郎。その策、そなたが立てたものではあるまい」

「いえ……それは……」

途端に、太郎がうろたえたので、重臣らも疑い始めた。

「申せ。すぐに知れることぞ」

「飯富源四郎の献言《けんげん》にて……」

小声になる太郎である。

「源心を討ったのも源四郎であろう」

「……」

「まあ、それはよい。汝の愚かさは、手柄を見せびらかしとうて、大将である身が、奪った城に留まらず、危うい夜道を急《せ》いてまいったことだ。使者を遣わせば済んだことぞ」

「武者始めの大手柄を誇ってはいけませぬか」

一転して、太郎は、毅然《きぜん》とあごを突き出した。

「これくらいで、大手柄と申すか」

「駿河はどう思う」

と太郎は、板垣駿河守信方に異見《いけん》を求めた。

「なんとも」

どちらともとれるような返辞をする信方である。

「備前はどうか」

太郎は、甘利備前守虎泰へも視線を振った。

「さて……」

虎泰も曖昧《あいまい》である。

「兵部っ」

太郎が飯富兵部少輔虎昌を見やったところで、信虎の鉄拳が飛んできた。

太郎は泥濘《ぬかるみ》の中にひっくり返った。

「おおかた、そのまま城に留まっているのが恐ろしゅうなったのであろう。臆病者めがっ」

この瞬間、太郎の武者始めはしくじりと決定したのである。

七

太郎の武者始めの年から、翌年の春にかけて、天災が相次《つ》ぎ、飢饉《ききん》で餓死者の絶えぬ日がつづいた。

それでも、信虎は、版図《はんと》拡大に躍起《やっき》となるばかりで、領民の塗炭《とたん》の苦しみを顧みなかった。

太郎二十一歳の夏、信濃小県《ちいさがた》郡の海野棟綱《うんのむねつな》を降《くだ》して、甲府に凱旋《がいせん》した信虎は、太郎へある提案をする。

「信濃攻めも着々と進んでおるゆえ、このあたりで、先を見越し、今川治部《じぶ》どののもとで、よき守護の政事、軍事を学んでまいれ」

「わたしをゆくゆくは信濃守護にという思《おぼ》し召しでしょうか」

「当たり前じゃ。治部どのもさように期待しておられる」

五年前の元服で、大膳大夫に任ぜられたさい、太郎は同時に信濃守の称も許されている。これらは、その後の嫁取りも含めて、すべて後見《こうけん》を今川治部大輔《じぶのたいふ》義元に仰いだ。

「ありがたき仕合わせに存じます」

おもてを輝かせる太郎であった。

「されば、時機はいつ頃がよいか、わしが先に駿府《すんぷ》へ赴《おもむ》いて談合してまいろう。孫の顔も見たいゆえな」

義元の正室が信虎のむすめであり、すでに嫡男の五郎（のちの氏真《うじざね》）を産んでいる。

「姉上もお喜びになられましょう」

信虎は、駿府行きにさいし、本拠・躑躅ケ崎《つつじがさき》館の留守居《るすい》を次郎信繁に命じ、太郎についてはなぜか甘利虎泰に預けた。

信虎の甲府出立後、甘利屋敷を板垣信方と飯富虎昌が訪れた。

「お気づきになられませぬのか」

と信方が太郎に訊いた。

「何のことだ」

目をぱちくりさせる太郎である。

「お屋形は、いよいよ太郎さまを駿河へ追放し、次郎さまに家督を嗣がせるご所存」

「愚かなことを申すな。父上は、信濃平定のあかつき、わたしに守護職を授けると約束して下されたのだぞ」

「なんたるおめでたさ……」

虎泰があきれる。

「無礼を承知で申すが、さかしらなわりには、肝心なところが抜けておられる」

つづいて、残るひとりの虎昌が膝を進めて迫る。

「太郎さまは武田のご家督を欲するのか、欲せぬのか、はきと仰せられよ」

「それは、長子に生まれたからには……」

「そのお気持ちを強う持ちなされ」

と信方が言って、虎泰、虎昌とうなずき合った。

「これより、われらが起こすことを、すべて受け容《い》れるとお約束いただきたい。さすれば、太郎さまに必ず武田のご家督を嗣がせ、家臣一同、ひとつとなって支え奉《たてまつ》ることをお誓い申す」

三重臣の眼には、覚悟の色がありありと窺《うかが》える。

「ならば……よしなに」

太郎は承諾した。

それをうけて、三重臣は慌《あわ》ただしく動きだす。

そして、太郎の駿河への追放を義元に容認して貰う約束をとりつけた信虎が、帰国の途《と》につき、甲駿《こうすん》往還の国境付近へ差しかかったときに、事件は起こった。

「出迎え、大儀《たいぎ》」

軍勢を率いて国境線で待っていた板垣信方に、信虎が労《ねぎら》いのことばをかけたところ、

「出迎えではござらぬ」

という返辞を投げられたのである。

「どこぞでいくさでも起こったか」

信虎にすれば、これは当然の反応であった。

「いくさは、いまこの場にて」

「何を申しておる」

「駿府へお戻り下され」

「なぜだ」

「お屋形には、今川どのの御館《みたち》にてご隠居していただく」

「たわけたことを申すな」

「残念ながら、お屋形は暴君というほかなく、もはやついていけませぬ」

「駿河守。そちひとりで、わしに刃向かうつもりか」

「これは武田家臣団の総意にござる」

「さような嘘《うそ》はすぐに露見《ろけん》するぞ」

「総意でなければ、それがしもかようなことはいたさぬ。また、われらの総意なればこそ、今川治部どのもご承知下された」

「なにっ……」

「お屋形のお命ある限り手厚くもてなす、とのお言質《げんち》を賜り申した」

「さようなそぶりは……」

「おみせになるわけがござらぬ。治部どのもなかなかの狸《たぬき》にあられるゆえ」

義元は、信虎を信用して、永《なが》く盟友であった北条と断交した。それなのに、その後、信虎は、義元にことわりなく、勝手に北条と和議を結んだ。乱世では昨日の友は今日の敵とはいえ、名門ゆえに大人然《たいじんぜん》としたところのある今川にとって、信虎の言動というのはどこか下品な印象を拭えなかった。今後も同盟関係をつづけるのなら、信虎には当主の座を降りて貰わねばならない。

そういう義元の思いや利害が、武田家臣の信方らと一致したのである。

「一戦交えてでも押し通ってくれる」

信虎が、馬上で、太刀の鞘を払った。

供衆《とも》も、一斉に、刀槍を構える。

「皆、得物《えもの》を引け」

と信方は信虎の供衆に命じた。

「そのほうら、妻子を甲府へ人質として差し出しておろう。いま甲府は、われらの支配下にある。ここで抵抗した者の妻子の命は、不憫《ふびん》だが、奪わねばならぬ」

明らかに供衆は動揺し始める。

「そのほうらが、ここからお屋形を恙《つつが》なく駿府へお送り申し上げてのち、甲府へ帰ってまいれば、一切咎《とが》めぬ」

すると、供衆は皆、それぞれの得物の戈《ほこ》を収めて、主君を痛ましげに見た。

「汝ら……」

おもてをひきつらせ、歯軋《はぎし》りする信虎である。もはや、いま、この苦境から自身を救う道はないと観念するほかなかった。

「新しき家督は、次郎よな」

と信虎が信方に言った。

「太郎さまにあられる」

ちょっと笑う信方である。

「あれを武田の当主に据《す》えると申すか」

「次郎さまは秀ですぎておられ、われらは何でも見透《みす》かされているように思えてなりませぬのでな。御《ぎょ》しやすいのは、底の浅い太郎さま。利口そうにみせておられるところを、時に感心してくすぐってやればよろしい」

「そのほうら、家臣どもで武田を意のままにいたすつもりよな」

「武田宗家を奉じることとは、この先もかわり申さぬ」

この電撃的な国主交代劇のあと、板垣信方と甘利虎泰は、武田の政治機構の最高機関である「職《しき》」の座につき、ともすれば宗家を超える権力をふるうことになる。

「さようか……」

信虎は、抜き身を鞘に収めると、ふっと微笑んだ。

「ご自嘲《じちょう》はお似合いになりませぬぞ」

「わしが自嘲などするかよ」

信虎は、馬首を転じた。

背を向けてから信虎が何か呟いたが、信方には聞こえなかった。

「意のままにされるのは、どっちであろうな」

甲山《こうざん》の猛虎はそう言ったのである。

武田信虎は、桶狭間《おけはざま》で敗死することになる義元の跡目《あとめ》を嗣いだ今川氏真によって追放されるまで、足掛け二十三年にわたって駿府で隠退生活を送る。その後、京で足利将軍家の相伴衆《しょうばん》になり、次いで西国《さいごく》を流浪した挙げ句、信州高遠《たかとお》で没した。ついに甲斐へ帰郷することは叶わなかったが、太郎よりも長く生き、八十一歳の大往生であった。

八

赤褐色の樹皮をもち、幹も枝もうねるような姿の古木《こぼく》が、庭の四隅から蒼天《そうてん》へ向かって伸びている。

五山《ござん》文学と庭園芸術で知られる臨済宗の高僧、夢窓疎石《むそうそせき》が長禅寺を開山したさい、みずから植えたという四本のビャクシンである。

客殿の縁《えん》に並んで腰を下ろし、これを眺めているのは、武田太郎、飯富源四郎、春日源助、教来石民部、工藤源左衛門の五名であった。

「いよいよにございますな」

源四郎が嬉しそうに太郎へ言った。

明日、太郎は、武田の新当主として躑躅ケ崎館へ入る。

「御曹子にはびっくりさせられたよ」

最年少の源助が、かぶりを振る。

「お父上を怒らせたり、家臣にはちょっと間抜けなところをみせたりして、ついにはまわりが勝手に太郎さまを武田の家督へ押し上げるよう、仕向けてしまったのだから」

「本当に大変なのは、これからだ。わたしひとりの力では、とてものこと、真の国主になどなれぬ」

この七年後、武田の両「職」である板垣信方と甘利虎泰が、信州上田原《うえだはら》の戦いで、村上義清《むらかみよしきよ》軍の猛攻の前に、ともに討死《うちじに》する。信方については、なぜか本軍と離れたところで首実検《くびじっけん》をしているさなかの不覚であり、不可解な最期《さいご》と言わねばならない。

太郎晴信、すなわち信玄が、家臣団より名実ともに武田の当主と認められ、本領を発揮して、稀代《きたい》の名将への道を進み始めるのは、信方・虎泰という重《おも》しが取り除かれてからのことである。

太郎は、庭へ下り、大股に数歩進んだ。

「夢窓国師《こくし》は、あのビャクシンを四天王《してんのう》に象《かたど》って植えられた」

仏法とこれに帰依《きえ》する人々を守護するのが四天王で、すなわち持国天《じこくてん》、増長天《ぞうちょうてん》、広目天《こうもくてん》、多聞天《たもんてん》である。それらの像はいずれも、武将の形《なり》をして、邪鬼《じゃき》を踏みつけにしている。

「わたしにも四天王が必要だ」

と言って、太郎は振り返る。

「なってくれるか、わたしの四天王に」

もとよりのこと、と返辞をしながら最初に庭へ下りて、太郎の前に折り敷いたのは源四郎である。

余の三名は、互いの顔を見合わせた。

「源助、民部、源左。そなたらも、わたしと共に躑躅ケ崎館へまいろうぞ」

太郎より直々《じきじき》に正式の家臣と認められた三名は、まさに勇躍の態《てい》で、縁から跳び下り、源四郎と並んで主君の御前《ごぜん》に折り敷く。

武田信玄に忠節を誓い、政事・軍事とも強力に支えることになるかれらは、その過程でいずれも名を改めた。

源四郎は、山県昌景《やまがたまさかげ》。

民部が、馬場信春《ばばのぶはる》。

源左衛門が、内藤昌豊《ないとうまさとよ》。

源助は、高坂昌信《こうさかまさのぶ》。

信玄が最も華々《はなばな》しく活躍した時代の名臣として、四者とも後世に語り継がれている。

「お屋形さま」

四天王の潑剌《はつらつ》たる声が揃った。

それを受けて、太郎も高らかに宣《せん》した。

「明日こそが、われらのまことの武者始めぞ」

いくさごっこ虎《とら》

一

粗末な袖無《そでな》しの胴着《どうぎ》に褌《ふんどし》ひとつという、薄汚れた若い男が、後ろ手に縛《ばく》され、馬場の砂地に引き据《す》えられている。

「この浮牢人《ふろうにん》めは、火の番衆を揶揄《からか》いおった。いかに処すべきか、弥六郎《やろくろう》」

長尾為景《ながおためかげ》が、嫡男《ちゃくなん》の弥六郎晴景《はるかげ》に問うた。

「は……」

為景の顔色を窺《うかが》う晴景は、少しおどおどしたようすである。

「疾《とく》、申せ」

為景が苛立《いらだ》って急《せ》かす。

「畏《おそ》れながら……火の番衆に危害を加えたわけではないということゆえ、敲《たた》きの刑に処してのち、ご領外へ追放なさるのがよろしいかと存じます」

「さようか」

無表情に応じてから、為景は、晴景の後ろに控える弟たちを見やった。

「そちどもは、どうか」

景康《かげやす》と景房《かげふさ》は、一瞬、互いの顔を見合わせた。どうこたえれば、父が気に入ってくれるのか、両人とも困惑と媚《こび》と恐怖が綯《な》い交《ま》ぜの表情である。

「よいわ」

即答を得られず、さらに苛立った為景は、視線を元へ戻した。すると、前髪を揺らしながら罪人へ寄ってゆく小さな男の子が、目に入った。

「和子《わこ》。危のうござる」

慌《あわ》てて引き戻そうとする傅役《もりやく》の金津新兵衛《かなづしんべえ》を、

「虎《とら》の好きにさせよ」

と為景は制した。

為景の末子《まっし》・虎千代《とらちよ》は、長兄の晴景とは二十歳以上、次兄、三兄ともかなり年《と》齢《し》が離れており、ようやく六歳であった。

「怖いのか」

震えている罪人の傍《かたわ》らにしゃがんだ虎千代は、その顔をまじまじと見ながら訊《き》いた。

幾度《いくど》も小さくうなずく罪人に、冷たく言い放つ虎千代である。

「自業自得《じごうじとく》と申す。仏《ほとけ》の教えじゃ」

観音菩薩《かんのんぼさつ》を信奉する生母のもとで育てられているせいか、仏語《ぶつご》を多く諳《そらん》ずる。

立ち上がった虎千代は、帯《おび》にたばさんでいた扇《おうぎ》を抜くと、それで罪人の頸《くび》をぴしりと打った。

「虎はそやつの頸を刎《は》ねよと申すか」

幼童の行動の意味を、為景が本人に質《ただ》すと、虎千代から怪訝《けげん》そうに問い返された。

「ほかに致《いた》し様《よう》があろうや」

「さまでの大罪と思うのだな」

「火の番衆は、城と城下で火事の起こらぬよう、見廻《みまわ》り、よびかける大事の役目。こやつがその者らを揶揄《からこ》うたは、火事が起こって人も家も焼き尽くされてもかまわぬと思うていたからじゃ。斬首いたすべし」

とても六歳とは思われぬ考えと物言いであった。

「虎。言うは易《やす》く、行うは難《かた》しぞ」

為景は、床几《しょうぎ》を蹴《け》ると、小姓《こしょう》が捧げ持つ太刀《たち》を執《と》って、抜刀するや、大股に罪人へ歩み寄った。

罪人はおもてをひきつらせる。

太刀、一閃。罪人の首が、血潮の尾を引いて飛んだ。

晴景は思わずおもてを背《そむ》け、弟らはふたりともひいっと悲鳴を発して床几から転げ落ちた。

虎千代だけが、仁王《におう》立《だ》ちで、両の眼《まなこ》を見開いたまま、罪人の首の失《う》せた体を見つめつづけていた。幼い顔は血飛沫《ちしぶき》を浴びて、赤く斑《まだら》に彩《いろど》られている。

虎千代が目を逸《そ》らしたり、腰を抜かしたりしたら、こっぴどく打擲《ちょうちゃく》するつもりでいた為景である。が、この瞬間、満足の笑みを湛《たた》えた。

後年、虎千代は上杉謙信《うえすぎけんしん》となる。謙信は、火の要心について、日暮れ後は放火対策として町人たちの外出を禁止させ、胡乱《うろん》な者を発見したり、火の番を揶揄う輩《やから》がいるなどしたら、即座に成敗せよと家臣に厳命している。生涯、風紀に厳格で容赦《ようしゃ》のなかったところは、父親譲りであったというべきであろう。

「虎。年が改まり次第、林泉寺《りんせんじ》へ入れ」

為景が命じた。

林泉寺は、この春日山《かすがやま》城の城下に建つ曹洞宗《そうとうしゅう》の大寺で、長尾氏の菩提《ぼだい》寺でもある。

「親父《おやじ》さまはおれに坊主になれと仰《おお》せか」

一層、眼を剝《む》く虎千代であった。

「不服か」

「不服じゃ。坊主になんぞ……」

言い終わらぬうちに、為景の鉄拳が飛んできた。虎千代は吹っ飛ばされた。

二

「坊主が兵学を説《と》くのか」

虎千代は、机上に置かれた書の『孫子《そんし》』と、正対して座す禅僧の天室光育《てんしつこういく》とを、目を丸くして幾度も交互に眺めやる。

「お前は武人《ぶじん》の子である」

林泉寺第六世住職の光育は、当然のことのように言った。お前は敬称である。

「では、おれは坊主にならずともよいのじゃな」

おもてを輝かせた虎千代だが、たちまち一喝される。

「たわけ者がっ」

しかし、これくらいで怯《ひる》むような子ではない。

「おれを怒鳴《どな》るな。おれを怒鳴ってよいのは親父さまひとりじゃ」

「本日より、この天室光育がお前の父」

「なに吐《ぬ》かす、くそ坊主っ」

虎千代は、文机《ふづくえ》をひっくり返しざま、光育へ跳《と》びかかった。が、手もなくひねられ、床へうつ伏せに押しつけられてしまう。

「寺入りしたからには、必ず坊主になる覚悟で修行いたせ。迷いも懈怠《けたい》も一切、赦《ゆる》さぬ。しかと心せよ」

「ううう……」

武人の子であると言われたそばから、必ず坊主になる覚悟をもてと叱咤《しった》された。訳《わけ》が分からないではないか。獣のような唸《うな》り声を洩《も》らしながら、溢《あふ》れる悔《くや》し涙を止められない虎千代であった。

こうして、師僧天室光育のもと、虎千代の仏門修行が始まった。

達磨大師《だるまだいし》の面壁九年《めんぺきくねん》に同様、壁に向かって黙してひたすら坐禅を組む只管打坐《しかんたざ》を専《もっぱ》らとする曹洞宗の戒律は、きわめて厳しい。日常の動きひとつひとつも忽《ゆるが》せにしてはならず、料理することも食べることも修行であった。七歳になったばかりの腕白《わんぱく》盛りの男の子には、おそろしく窮屈《きゅうくつ》なものである。

それでも虎千代は、弱音ひとつ吐《は》かず、黙々と修行の日々を送る。もともと生母の影響で、仏の教えを信じやすい心をもっていた。

それだけではない。兵学や君主論などの受講は愉《たの》しいものであり、丈夫な体づくりという名目で行われる武術稽古《けいこ》に到ってはむしろ望むところであった。

武将の子は、仏門入りしたからといって、実家と無関係になるわけではない。寺で広汎《こうはん》な学問や深い教養を身につけ、長じて実家の政事《せいじ》・軍事の顧問を要請されることが、しばしばだったのである。実家の主家に招かれたり、名声が高まれば他国の武将から必要とされ、外交役をつとめることもめずらしくない。場合によっては還俗《げんぞく》もありえた。そうしたことに備えておかねばならぬので、修行はたんに仏門のそれのみにとどまらなかったのである。

虎千代は、幼心《おさなごころ》にも、おのれのそういう立場を、次第に受け容《い》れ始めた。

やがて、為景の命により、武術と兵学を虎千代と共に学ぶ家臣の子弟たちが、林泉寺へ送り込まれた。

大喜びの虎千代は、かれらに指示して、一間《けん》四方の城の模型と人形兵を造らせ、攻城、籠城《ろうじょう》の模擬戦を行うことを、みずからの兵学受講の項目に入れた。光育もこれを許した。

武術にしても、虎千代自身は木太刀《きだち》ではなく、持ち上げるのもままならぬ重い刃引《はび》きの刀を好んだ。対手《あいて》をする子弟は、それで直《じか》に体を打たれてはたまらぬと必死に闘《たたか》うので、おのずから実戦さながらとなった。

人数がいれば印地《いんぢ》打ちができる、と虎千代はこれも日課とした。敵味方に分かれて石を投げ合う遊戯だが、あたりどころが悪ければ死ぬ。

さらに、印地打ちだけでは飽《あ》き足《た》らず、鏃《やじり》をまるめた矢の射ち合いも至近で行った。これも、まともに中《あた》れば、軽傷では済《す》まない。

幼童のいくさごっこの域を超えている。林泉寺へ送り込まれた子弟たちは、毎日が命懸《いのちが》けとなったのである。

「鬼若殿《おにわかどの》」

かれらは、虎千代にその異称を奉《たてまつ》った。

弾正左衛門尉《だんじょうさえもんのじょう》を称する長尾為景も、悪《あく》弾正と恐れられている。

越後《えちご》守護代の為景は、守護の権限拡大を図《はか》る上杉房能《ふさよし》に反発する国人《こくじん》・土豪《どごう》を率《ひき》い、房能と戦って自刃《じじん》へ追い込んだ。次《つ》いで、房能の兄で関東管領《かんれい》の上杉顕定《あきさだ》を迎え撃って敗死せしめると、みずからが擁立《ようりつ》した新守護の上杉定実《さだざね》より実権を奪い、事実上の越後国主《こくしゅ》に納まったのである。

だからといって、悪弾正の「悪」は、悪者とか非道者とかいう文字通りの単純な意味ではない。源平《げんぺい》時代の源義朝《みなもとのよしとも》の子で剛《ごう》の者だった義平《よしひら》を「悪源太《あくげんた》」、平氏滅亡後も源氏に抗《あらが》いつづけた平景清《たいらのかげきよ》を「悪七兵衛《あくしちびょうえ》」と呼んだように、群を抜いて猛々《たけだけ》しく強い者への畏怖《いふ》の念を表す。為景もまた、生涯に合戦百度という稀代《きたい》の猛将であった。

虎千代に対する「鬼」にも同様の意が込められており、子弟たちはむしろ、この為景の末子を頼もしいと思ったのである。

しかし、鬼若殿が林泉寺で修行を愉しみながら成長をつづけている頃、悪弾正のほうは力を失いつつあった。

為景の専横を悪《にく》む国人・土豪が、国内各地で挙兵し、挑んできた。これに対して、朝廷と幕府に献金し、その権威をもって抑えつけようとしたものの、収拾がつかず、譲歩を余儀《よぎ》なくされたのである。すなわち、上杉定実に守護権を返上し、為景自身も家督《かとく》を晴景に譲って隠退することを条件として、ようやく敵対勢力の鎮静化にこぎつけた。

その後、為景と反為景派は、一触即発の気を孕《はら》みつつも、どちらも暴発を避けている。

為景にとっての憂いは、跡取《あとと》りの晴景であった。常に反為景の急先鋒《きゅうせんぽう》たる揚《あが》北衆《きた》の機嫌をとって、和平第一主義を掲げると、さらには、為景を嫌う同族の実力者で、魚沼《うおぬま》郡坂戸《さかど》城主・長尾房長《ふさなが》の嫡男に、いずれ妹を嫁《とつ》がせる約束までしてしまう。要するに、気弱なのである。その上、晴景は、体も弱いのに、酒と女色に溺《おぼ》れ、政務を顧《かえり》みないことがしばしばであった。

これでは、足許《あしもと》へ付け込まれて、いずれ晴景は守護代の座を奪われ、御家《おいえ》の存続すら危ぶまれよう。自身が再度、表に立つほかないと思い決した為景だが、不運にも、その矢先に病魔に襲われ、動けなくなった。

為景はなかなか病床を払えず、余命幾許《いくばく》もなしとの噂が流れた。折しも、守護上杉定実が後継者を決めぬまま勝手に隠退してしまい、晴景の力不足も露呈していたところである。これを絶好機と捉《とら》えて、揚北衆が叛《そむ》く。

南北に長い越後国は、大きくは上郡《かみごおり》（上越《じょうえつ》）、中郡《なかごおり》（中越《ちゅうえつ》）、下郡《しもごおり》（下越《かえつ》）に分かれるが、春日山城のある上郡と、阿賀野川《あがのがわ》以北の下郡すなわち揚北とは、よほど離れていて遠い。遡《さかのぼ》れば、揚北衆は蝦夷《えみし》の住人でもあったから、もともと威令が届きにくいのである。

「虎を呼べ」

臨終の床で、為景は晴景に命じた。

長尾為景の没年は、明確ではない。虎千代が寺入りした年である天文《てんぶん》五年の冬、十二月二十四日といわれる。しかし、その数年後の生存を示す史料も伝わり、天文十一年ともいう。死に方についても、病死説が有力だが、戦死説も伝わる。

後年、謙信が天室光育に宛《あ》てた書状の中に、父為景の葬儀のさい敵が春日山城下に迫っていたので、自身も甲冑《かっちゅう》を着けて臨《のぞ》んだと記されている。七歳ではどうかと思われるが、天文十一年の十三歳ならば、うなずける。

為景は深慮遠謀《しんりょえんぼう》を胸に秘めていた。

四人の男子のうち、晴景、景康、景房はまったく頼りにならぬ、と早くから見切りをつけた。しかし、おのれに最もよく似ている末子の虎千代は、ひとりだけ幼すぎる。そこで信頼する光育に預けて、数年の間、文武を徹底的に鍛《きた》えさせたのち、十代半《なか》ばで還俗を命じて、晴景の後《あと》を嗣《つ》がせる。

「ただちに参上させ申す」

晴景は、意識の遠くなりゆく為景にそう返辞をしたものの、家臣を林泉寺へ走らせなかった。

永年、恐ろしい父の顔色を窺って生きてきた晴景である。その秘めた思いを察していた。重臣らも見戍《みまも》る死際《しにぎわ》に、虎千代本人へ還俗を命じ、自分には養嗣子《ようしし》とするよう遺言《ゆいごん》されては堪《たま》らない。

結局、晴景は、為景が息絶えてから、虎千代へ訃報《ふほう》を届けた。

それを受けて、虎千代はその場より春日山城へ登城《とじょう》しようとしたが、金津新兵衛に止められた。

「ご葬儀の席に列《つら》なればよろしゅうござる」

虎千代の傅役であった新兵衛は、寺入り後も後見《こうけん》をつとめている。

「そうか」

虎千代はあっさり承知した。

一度でも父と共に戦場を駆けめぐっていれば、それなりの感情も湧《わ》いたであろうが、寺入り後は会う機会も滅多になかった。だから、悲しいとも思わなかったのである。

虎千代の知るところではないが、新兵衛には考えがあっての制止であった。

葬儀は、本来なら林泉寺をその場とすべきである。だが、城下に敵影がちらつくので、参列者も軍装を命ぜられるという異例の厳戒態勢の中、春日山城内で執り行われた。

それでも、雪が降ったのは幸いといえた。身動きを制限される雪中では、敵も攻めてこない。

葬儀場へ最後に現れた武者に、どよめきが起こった。

金箔置《きんぱくおき》の革《かわ》製の風折烏帽子《かざおりえぼし》形兜《なりかぶと》が、積雪の白い庭を背負って光り輝いている。猩々緋《しょうじょうひ》の陣羽織は艶《あで》やかで、対照的に、鞘《さや》に黒の糸巻《いとまき》が施された太刀は、帯取《おびとり》に鎖《くさり》を用いて武張《ぶば》った拵《こしら》えである。

軍装もさることながら、何より、甲冑の上からでも肉体の強靭《きょうじん》さを想像させて、紅顔なのに堂々たる風姿《ふうし》と言わねばならない。

「あれは誰か」

「さぞや名ある御方《おかた》のお子であろう」

「よもや守護家のお血筋か」

参列者の大半は分からなかった。

紅顔の武者に随従《ずいじゆう》の金津新兵衛が、かれらに向かって告げた。

「紋竹庵さまが御末子《おんまつし》、虎千代君、ご着到《ちやくとう》」

晩年の為景の号が紋竹庵である。

もう一度、一堂はどよめいた。

「幼い頃に寺入りされたあの虎千代君《ぎみ》なのか……」

「殿《との》にも、兄君たちにも似ておられぬぞ」

殿とは晴景をさす。

「逞《たくま》しゅうなられたものよ」

「まっこと、よき武者ぶりじゃ」

新兵衛の狙《ねら》いは、ここにあった。成長した虎千代を、劇的な形で家臣団の前に登場させ、かれらの心に強く印象づけたかったのである。それがために、訃報を受けたときには春日山城へ駆けつけさせなかった。

「方々《かたがた》、お静かに」

ざわめきの収まらない人々を新兵衛がぴしゃりと鎮《しず》めると、一堂は粛《しゅく》とした。しんしんと雪の降る音が、気配として聞こえるほどの沈黙に支配されたそのとき、虎千代が口を開いた。

「殿」

低く、しかし、よく通る声であった。新兵衛以外の者は知らぬが、声変わりしたばかりなのである。

「弔《とむら》いの読経《どきよう》を仕《つかまつ》らん」

人々も、一斉に喪主の晴景を見た。虎千代の読経を聞きたい、と誰もが望んでいる目である。晴景を、兄上ではなく、殿と呼んだことが、かれらをして虎千代に一層の好感を抱かせている。

虎千代の登場の仕方を気に入らなかった晴景だが、場の空気に気押《けお》された。

「亡《な》き父上も望んでおられよう」

許可するということである。

霊前へ進んだ虎千代は、日々、鍛えている喉《のど》で、立ったまま経文《きようもん》を唱えはじめた。

その姿に皆は見とれ、多くの者が同じ錯覚に襲われた。後継者が為景を供養している、と。

上杉謙信の忠義の側近《そつきん》として、晩年は春日山城の留守居《るすい》を任されることになる金津新兵衛は、ひとり、してやったりの笑みを泛《う》かべた。

三

虎千代の惚《ほ》れ惚《ぼ》れするような武者姿に、還俗を切望する声が澎湃《ほうはい》として起こったが、晴景は何のかのと理由をつけて渋った。

有体《ありてい》に言えば、嫉妬を湧かせたのである。若き日の為景と姿も言動も重なる虎千代は、紛《まぎ》れもない麒麟児《きりんじ》であり、いったん武門の世界へ飛び込ませたら、自分など及びもつかない勇将となるであろう。結果、おのが地位を奪われかねない。

しかし、越後の乱世は、虎千代がのる風雲を呼び寄せることとなる。

為景の死後、晴景を侮《あなど》った下郡の揚北衆は、守護代の命令を蔑《ないがし》ろにし、あまつさえ春日山への登城も怠《おこた》るようになったが、いよいよいくさ支度を始めた、と伝わってきた。

これに呼応するように、中郡でも急速に不穏の気が漂う。この地域では、守護代長尾氏の与党である栃尾《とちお》本庄《ほんじょう》氏や、虎千代の生母の実家の栖吉《すよし》長尾氏などが領地を保っているが、その奪取の機会を窺いつづけてきた一帯の豪族たちは、梟雄《きょうゆう》の為景が亡きいま、叛旗《はんき》を翻《ひるがえ》すのに躊躇《ためら》いはないのである。

すると、栃尾城の本庄実仍《さねより》から、春日山城へ急使が馳《は》せつけた。栃尾城より六里ばかり北の三条城《さんじょう》の長尾俊景《としかげ》が兵を挙げたという。

「中郡平定《へいてい》のため、殿のご出馬を仰《あお》ぎたい」

晴景は窮した。

みずから出陣してしまうと、いまだ、周辺が平穏でない春日山城は、城主不在の隙《すき》を狙われかねない。といって、景康、景房という凡庸《ぼんよう》な弟たち、あるいは、家臣の誰かを大将として差し向けるなどしては、中郡の味方の士気は下がるであろう。

晴景自身が出馬するほかないとすれば、春日山城の留守居を、安心できる者に任せねばなるまい。

実は、本庄実仍も虎千代の還俗を強く望んでいたひとりである。

「林泉寺へ使いせよ」

晴景も嫉妬で何もかも失うほど愚《おろ》かではない。

やがて、天室光育と共に急ぎ登城してきた虎千代に、晴景は還俗を命じたのである。

「勝手なものだな」

恐れげもなく、虎千代は皮肉を言った。

昨年末の葬儀の場で晴景を殿と敬称したのは、新兵衛の指図による。それに、生母が異《こと》なるし、年齢も離れすぎていることもあって、兄であるとすら思ったことがない。

「そなたとて、還俗は望むところのはず。毎日のいくさごっこはそのためであろう」

「いくさごっこを嗤《わら》うのか」

「まことのいくさは、ごっこ遊びとは比べものにならぬ」

「ごっこは比擬《ひぎ》じゃ」

「ひぎ……なんだ、それは」

「擬《なぞら》えること、同様のものと考えることにござる」

と光育が、口を挟《はさ》んで説いた。

それを引き継《つ》ぐように、虎千代が言う。

「なれど、誰もがしてよいことではない。凡夫《ぼんぷ》の有念《うねん》と諸仏《しょぶつ》の有念と、はるかに異なり、比擬することなかれ。道元禅師《どうげんぜんじ》の教えじゃ」

凡夫云々《うんぬん》は、曹洞宗の開祖道元の著述『正法眼蔵《しょうぼうげんぞう》』の中の一節である。

「虎千代。そなた、おのれを仏に擬えておるのか……」

「われは仏の正義を執行する者じゃ」

後年、自身を毘沙門天《びしゃもんてん》そのものと信じる偏執的宗教心を、すでにこの頃から心身に纏《まと》っていた上杉謙信であったといえよう。

晴景は、体が震えそうになるのを、辛《かろ》うじて怺《こら》えた。が、いまさら寺へ戻れとも言えない。言えば、この場で虎千代に殺されるに違いない、という恐怖心も湧いた。

「して……還俗は承知か」

虎千代が自分から否《いな》と言ってくれることを願いつつ、晴景は最終確認をした。

「承知」

間髪《かんはつ》を容《い》れず応じた虎千代は、この年、十四歳。

その場で元服《げんぷく》式が執り行われた。

「本日より、長尾平三景虎《へいぞうかげとら》と名乗れ」

晴景が命じた。

「平三景虎……」

兄を睨《にら》みつけながら、虎千代は復唱する。

「気に……入らぬか」

「気に入った。よき名を貰《もろ》うた」

「わしの命名ではない」

「どういうことか」

「そなたが寺入りした日、父上がしたためて、文箱《ふばこ》の奥にしのばせた名よ」

「親父さまが寺入りの日に……」

　虎千代には思いもよらなかったことである。

「父上がまことに愛していたのは、そなたひとりであったということだ」

　いまさらそんなことを明かされても、すぐには心の整理がつかぬ虎千代改め平三景虎であった。だが、なぜか胸を塞《ふさ》がれた。

　それでも、景虎はその動揺を顔には出さない。

「わしはこれより三条へ出陣いたす。そなたは二の丸に入って留守居せよ」

「武者始めが留守居役で、それも二の丸とは気づまりな。おれが三条へ参ろう」

「思い違いをいたすな、平三。俗名《ぞくみよう》を名乗るからには、もはやそなたはわしの家臣ぞ。主命を謹《つつし》んで奉ぜよ」

　景虎は、一度、床へ視線を落とし、気持ちを落ち着かせてから、あごを上げた。

「仰せのとおりに」

四

夜明けと同時に、晴景は兵を率い、中郡へ向けて出陣した。

これを見送ったあと、金津新兵衛が、林泉寺で虎千代と共に文武に励《はげ》んできた子弟たちはもとより、ほかにもその還俗を待ち望んでいた者たちへも、早々《そうそう》に春日山城へ参上せよと触《ふれ》を出した。

やがて、かれらが登城し、城中は沸《わ》き立った。その浮かれ気分が油断を生んだ。

物が見えにくくなる黄昏時《たそがれどき》、城中で謀叛《むほん》が起こった。首謀者は胎田常陸介《たいだひたちのすけ》である。

不意をつかれた留守居衆は、慌ててしまい、劣勢に立たされた。

常陸介とその兵どもが、晴景不在中の城代たる景虎の居室へ、あっという間に迫った。景虎の警固《けいご》衆より人数が多い。

だが、景虎自身は落ち着いている。

「弥太郎《やたろう》。両断せよ」

警固衆より渡された槍《やり》を、胸の前で横たえて差し出し、その柄《え》を半ばあたりで小島《こじま》弥太郎に断《た》ち切らせた。屋内では長いものは扱いづらい。弥太郎というのは、共に励んだ子弟の中でも、随一の剛力で、のちに鬼小島と敵から恐れられることになる。

景虎は、真っ先に飛び込んできた敵兵の槍の刺突《しとつ》をたやすく見切って、その懐《ふところ》へ飛び込みざま、柄を短くしたおのが槍の穂先《ほさき》を、瞬時に対手の喉へ突き入れた。

「長尾平三景虎である」

大音《だいおん》に名乗りをあげて、そのまま敵兵の群れの中へ躍《おど》り込んだ。警固衆もつづく。

無勢《ぶぜい》が、しかも城代みずから先頭きって挑んでくるなど予想だにしていなかった胎田勢は、怯んだ。

景虎みずから機先を制した長尾勢は、多勢を押し返す。

「城内には常陸介に与《くみ》する者らがなおいよう。誰も信用してはなるまい。頃合《ころあ》いを見て、城を脱し、殿に報じようぞ」

冷静に新兵衛へ告げた景虎である。

「畏《かしこ》まった」

時が経《た》てば、寡兵《かへい》は疲れ、攻め込まれる。景虎たちも押され始めた。

「皆、裏手へ走れ。本丸へ上がるぞ」

景虎は警固衆へ命じた。敵にも聞こえている。

陽《ひ》が落ちきって、灯火が必要になった頃合いである。景虎は、皆で裏手へ逃げるとみせて、新兵衛、弥太郎のほか数名と、床下へ潜み隠れた。

その間に、山頂の本丸めざして、長尾勢が逃げ、胎田勢が追撃する。

「与八郎《よはちろう》。源蔵《げんぞう》。対馬谷《つしまだに》の口《くち》に馬を曳《ひ》いてまいれ」

戸倉《とくら》与八郎と秋山《あきやま》源蔵へ、景虎は命じた。

「承知仕った」

「必ず成《な》し遂げ申す」

林泉寺で共に学んだ者らは皆、沈着である。

「往《ゆ》くぞ」

喧騒《けんそう》が遠ざかったところで、景虎たちは床下より這《は》い出て、迷うことなく谷へ下りた。

多くの城の模型を造った景虎だが、むろんのこと春日山城も含まれる。製作に完璧を期すため、目立たない獣道《けものみち》も含めて、おのれと子弟たちの足で、その山容を精査した。

難なく春日山城を脱した景虎は、およそ半日先行している晴景軍を追って、乗馬《じようめ》に鞭《むち》を入れた。

早くも、夜更け前に追いついた。景虎にとっては幸運にも、晴景軍は行軍が遅々《ちち》として進んでおらず、春日山城からわずか四里ばかり北の潟町《かたまち》に留《とど》まっていたのである。

「殿のお気色《けしき》がすぐれず」

今夜は療養すべく、晴景は近くの温泉に浸《つ》かっているという。もともと病がちなので、めずらしいことではなかった。

景虎が湯治宿《とうじやど》へ行くと、湯のおかげか、晴景はまだ起きていて血色も悪くなかった。

「何しにまいった。留守居を命じたはずぞ」

気色《けしき》ばむ晴景に、景虎は冷然と言い放つ。

「それくらい元気なら、三条まで赴《おもむ》くのは無理でも、春日山へとって返すぐらいはできるだろう」

「そなたの思いどおりにはさせぬ。長尾家の当主はわしぞ」

「胎田常陸介が謀叛を起こした」

「なにっ……」

晴景の出陣後、春日山城で起こった出来事を、景虎は手短《てみじか》に報じた。

気の毒なほどうろたえる晴景であった。

「三条へはおれが往く。殿は全軍を率いて早々に春日山へ戻れ。謀叛人どもは恐れて逃げるだろう」

「まことに逃げるか」

不安そうな晴景である。

「彼奴《きやつ》らは殿の軍がすぐに引き返してくるとは思うておらぬ。必ず大慌てで逃げる」

「相《あい》……分かった」

「されば、これにて」

「待て、平三。そなたは、兵も率いず、三条へ向かうのか」

「おれを慕《した》う者らが、やがて追いついてくる」

「と申して、せいぜい数十人であろう。直江大和《なおえやまと》を付けてやろう」

為景の代からの重臣・直江大和守実綱《さねつな》をさす。後年、関ケ原《せきがはら》合戦で、石田三成《いしだみつなり》の盟友となり、徳川家康《とくがわいえやす》に喧嘩を売る直江兼続《かねつぐ》の義父である。

「無用だ。いよいよとなれば、栃尾か栖吉に援《たす》けを求める」

座を立った景虎が戸を開けたとき、夜風が吹き込んだ。押された晴景は床に手をついた。

五

中郡の蒲原《かんばら》郡三条城は落とすまでもなかった。守護代の大軍が攻めてくると伝わり、城主の長尾俊景以下、全員が城を捨てて逃げてしまったからである。

「つまらぬことよ」

道中で追いついてきた者らを従えて、景虎が苦もなく三条城へ入った翌々日、春日山城の晴景から書状が届く。これを持参したのは、兵を率いた山吉政久《やまよしまさひさ》である。

景虎の読みどおり、晴景軍のにわかの帰陣に驚いた胎田常陸介ら謀叛勢は一散《いっさん》に城外へ逃げ散ったのである。城の長尾勢がそれまで持ち堪《こた》えたことも手柄《てがら》であった。

三条城には政久を城代として入れ置き、景虎は同じ中郡の古志《こし》郡栃尾城へ向かうよう命ぜられた。城将・本庄実仍のたっての願いでもあった。

中郡を鎮定して長尾領を確保し、合わせて下郡の揚北衆を牽制《けんせい》するという重大な任を、景虎はわずか十四歳にして負わされたのである。

折しも、雪の季節が迫っていた。

「近隣の土豪は、おれを小僧と侮って攻めてまいろうが、おそらく年が改まってからだ。それまでに、備えを万全にいたす。新左《しんざ》、山を案内《あない》せよ」

景虎は、栃尾城へ到着するやいなや、そう命じた。本庄実仍は新左衛門尉《しんざえもんのじょう》を称す。

実仍もその家臣たちも、若武者の下知《げぢ》に自然と従ってしまう。人をたちまち心酔させる霊力めいたものを若年時より漂わせていたのが、上杉謙信なのである。

景虎は、栃尾城と周辺の地形をおのが体に叩き込むべく、雪が積もる前に、連日、実仍の案内で歩き回った。

越後国の真ん中あたりの土地である栃尾は、信濃川《しなのがわ》支流の刈谷田川《かりやたがわ》と西谷川《にしだにがわ》の合するところで、その西方の丘陵上に築かれているのが栃尾城である。丘陵といっても、なだらかではなく、なかなかに急で険しい。本丸の建つ山頂までの高さも七、八十丈《じょう》ある。

鉢巻《はちまき》石垣で守られた本丸の南に二の丸、北に松の丸が位置し、山腹を縦に抉《えぐ》る数条の空堀が特徴的であった。最大のものは、長さ二丁《ちょう》にも及ぶ。

「水の手は」

景虎が訊《たず》ねると、実仍は早くも決死の形相でこたえた。

「これまでに御覧あそばしたとおり、二カ所にござる。本丸を東へ下って、千人溜《せんにんだ》まりとの間に金銘泉《きんめいせん》、西側へ下りたところには銀《ぎん》銘泉。すでに申し上げたように、どちらも夏でも涸《か》れませぬ。もし敵に攻め上られても、いずれかは死守せねばなりますまい」

「新左。そもそも、この人数で守れる城ではない」

城兵は四百そこそこである。大軍に攻められたら、ひとたまりもない。

「されば、栖吉に後詰《ごづめ》をお命じになられては」

栃尾より南へ二里ばかりの栖吉の長尾氏は、景虎の生母の実家である。

「乳臭《ちくさ》い」

と景虎は切り捨てた。

子どものように幼稚、浅慮、未熟であることを、乳臭いという。ちちくさいとも読む。

「武者始めの早々から、おれに恥をかかせるつもりか」

「愚かなことを申しましてござる」

深々と頭を下げる実仍であった。

「よいわ。そういう誰でも考えつく策も知っておく必要がある」

雪が降り始めると、景虎は搦手《からめて》の城主館に籠《こ》もり、林泉寺以来の側近衆を指図して、栃尾城と周辺の模型造りに専念する。

完成したところで、実仍ら将領《しょうりょう》たちを集め、攻城にさらされたときの対抗策を幾つも明かし、実際に人形兵を動かしてみせた。

「これらの策をもって、雪解《ゆきど》け後、ただちに比擬の合戦をいたす」

すなわち実地訓練をする、ということである。

年が明け、景虎は十五歳となった。

雪が解けるや、景虎は、みずから先頭に立って軍扇を振り、宣言通りの実地訓練を行った。栃尾城内はもとより、城下、城外まで出張《でば》って細かく修正を施し、夜戦の訓練も幾度も試《ため》した。

雪はまだ残るが、街道の往来が可能になった頃、三条城を捨てた長尾俊景が近隣の反守護代勢力を糾合《きゅうごう》し、いくさの支度を調《ととの》えたという報が伝わった。

「兵力は」

実仍が、急報者へ質した。

「定かならず。数千とも、あるいは一万ともいわれておる由《よし》」

軍議に臨んだ将領たちは、緊張した。もし一万なら、城方《しろがた》の二十五倍もの兵力である。おそらく半日も持ち堪えられない。いや、もっと早く落城させられてしまう。

「多くとも千五百といったところ」

と言ったのは、景虎である。ひとり平然としている。

「なにゆえ、さように思われまするか」

実仍が訊ねる。

「長尾俊景はさしたる将ではない。あやつのために命を懸ける者などおらぬ。従うのは、よほどの利を説かれて目が眩《くら》んだ者だけだ。かような奴原《やつばら》は、緒戦《しょせん》で威《おど》してやれば、命惜《いのちお》しさに算を乱して逃げる」

「畏れながら、そのようにきめつけられるのは……」

反論しかけた実仍だが、景虎のひと睨みにぶるっと身を震わせ、口を閉じた。

余の者らも、恐れて俯《うつむ》く。かれらは一様に、景虎に為景の俤《おもかげ》を見たのである。

「よいか。いくさは、おのれの利を欲して起こすものではない。義を奉じて起こすものと心得よ。長尾俊景のごとき、越後守護家の被官でありながら、守護家の名代《みょうだい》たるわが守護代家に刃《やいば》を向ける者らに、義はない。われらにこそ義がある。そのこと、そのほうらも努々《ゆめゆめ》忘れるでない。もしこの中に、利は義に優《まさ》ると思う者がいるのなら、前へ出よ。この長尾平三景虎が、義によって成敗してくれる」

列座は粛として、誰ひとりぴくりとも動かない。

「われらは、義を奉じて戦うのだ」

下剋上《げこくじょう》の世にもかかわらず、おのが戦いはすべて義戦である、と生涯信じつづける上杉謙信の特異な思想は、十五歳にして磐石《ばんじゃく》であったといえよう。

六

「坊主あがりのいくさも知らぬ小僧が、たった四百の兵で守る小城《こじろ》だ。ひと揉《も》みよ」

城方の三倍余にあたる千三百の兵を率いる長尾俊景は、勝利を確信して、上機嫌であった。

俊景が本陣を布《し》いたのは、栃尾城外の傘松《かさまつ》という地である。

そこで城攻めの布陣が決められ、一隊、また一隊と本陣をあとにしてゆく。

やがて、総大将の俊景と旗本衆ほか、総勢三百が傘松に残った。

「明るいうちに本丸へお移りになれましょう」

既定事実であるかのように、側近が俊景に告げたとき、裏手より鯨波《とき》が押し寄せた。

「えい、えい、おう」

青天の霹靂《へきれき》とは、まさにこれを言うのであろう。

九曜巴《くようともえ》の旗を翻し、飯綱権現《いづなごんげん》の前立《まえだて》の金箔押し兜を陽にきらめかせ、馬腹《ばふく》を蹴って、真っ先に駆け向かってくる若武者に、俊景は初めて見《まみ》える。

「長尾平三景虎である」

景虎は天まで届きそうな大音声《だいおんじょう》で名乗った。

「そこな推参者《すいさんもの》っ、わが正義の刃を授けてしんぜる。素《そ》っ首《くび》、差し出せいっ」

大将のこの壮語に、後続の兵どもはどっと勇躍して足を速《はや》める。

景虎は、俊景が傘松に本陣を布く、とあらかじめ見当をつけていた。そこで、大胆にもみずから総兵力の半数の二百を率いて城を出て、近くで待ち伏せしたものである。

先制攻撃のみで結着《けっちゃく》をつけてしまうつもりであった。籠城など、景虎の策の中に端《はな》からなかったのである。

俊景勢には立て直す余裕などない。命あっての物種《ものだね》とばかり、大半の者が我先《われさき》にと逃げ出した。これも景虎の読みどおりであった。

「討て、討て、討ていっ」

麾下《きか》の兵どもを叱咤しながら、景虎自身は寡兵の旗本に警固されてこけつまろびつ逃げてゆく俊景を追う。

本陣が不意討ちに突き崩されて潰走《かいそう》を始めたことは、攻城方のほかの隊にもすぐに伝わった。

動揺したかれらが、どうすべきか逡巡しているところへ、

「長尾俊景どのを討ち取ったりいっ」

という歓喜の声が聞こえてきた。

実は、これも景虎が策した虚《きょ》である。が、狼狽《ろうばい》し始めた攻城方は少しの疑いも抱かぬ、と予見していた。

現実に、攻城方の戦意を瞬時に喪失せしめたのである。

恐怖はあっと言うまに伝染する。攻城方の将兵は皆、悲鳴を撒《ま》き散らしながら、死に物狂いの遁走《とんそう》にかかった。

「いまぞ、討って出よ」

千人溜まりで待機していた実仍が、残る二百の兵を率いて、山を駆け下った。

これで城は空となるが、かまわない。すでに逃げのびることに必死の攻城方が、城内へ上ってくるなどありえないからである。

実仍の本庄隊は、敵兵の多くを刈谷田川へ追い落とした。

雪解け水で嵩《かさ》が増し、流れも激しくなっている川へ落ちれば、重い上に動きの自由を奪われる軍装では、溺死するほかない。阿鼻叫喚の地獄絵図が現出した。

すべて景虎の描いた策戦図どおりである。

城方は、掃討《そうとう》戦を了《お》えると、大手門前へ集まった。味方の死傷者は数少ない。

「お味方、大勝利」

「おめでとう存ずる」

「無双の御大将《おんたいしょう》にあられる」

実仍以下、皆が口々に景虎を称揚し、畏敬の眼差《まなざ》しで仰ぎ見た。

「しくじったわ」

と当の景虎は吐き捨てた。肝心の長尾俊景を討ち洩らしたからである。

これが、後世に伝わる上杉謙信の武者始めの合戦で、戦国時代最強のいくさびと誕生の瞬間でもあった。

景虎の声望は一挙に高まるが、それは敵を増やすことにもなってしまう。若き勇将景虎を得て、守護代長尾家は力を回復し、為景時代に戻ってしまうのではないか、と上杉定実の老臣・黒田秀忠《くろだひでただ》が恐れた。

翌《あく》る天文十四年の初冬、秀忠は春日山城内において、晴景の弟たちの景康・景房を殺害してしまう。

最大の標的とされた景虎であったが、常住坐臥《じょうじゅうざが》戦場に在りの気構えを貫《つらぬ》いているだけに、変事が起こることを直前に察知し、刺客《しかく》たちを斬り捨てて城を脱した。

「黒田は家国《かこく》の瑕瑾《かきん》である」

春日山城より逃れ、蒲原郡の黒滝《くろたき》城に拠《よ》った秀忠を、景虎は討伐しようとした。しかし、早々に降伏した秀忠に命乞《ご》いをされると、晴景がこれを追放刑のみで赦してしまった。

晴景の弱腰に不満の人々から、景虎を新守護代にという声が上がる。

すると、他国へ追放されたはずの秀忠が、翌春にはひそかに帰国し、再び黒滝城に籠もった。

景虎は、頼りにならぬ晴景の頭越しに、上杉定実の許可を得て、黒滝城へ攻めかかった。

「黒田一族は、女子供も一人《いちにん》とて赦すまじ。皆殺しにいたす」

十七歳の景虎は、冷然と口にし、違《たが》えることなく実行した。

そういう弟に、晴景は名状し難い恐怖をおぼえた。景虎を先に討ってしまわねば、次は自分が討たれる。

ここに、累卵《るいらん》の危うきを孕んで、晴景派と景虎派が越後を二分した。

戦えば、この内乱は長期化することが目に見えている。晴景、景虎両人を林泉寺へ呼んで、話し合いの場をもったのが、上杉定実であった。

「守護代はどうでもいい。おれは、越後を平穏にしたいだけだ」

と景虎は言った。本音である。

「そなたが守護代にならねば、おさまらぬ者どもが大勢いるのだ。それも、名うての強者《つわもの》ばかりよ」

晴景も正直に応じた。

景虎派のほうが、実力者といわれる者が圧倒的に多い。

「それは仕方あるまい。おれの下《もと》には、自然といくさに強い将が集まる」

「戦えば決して負けぬ、か」

「負けぬだけではない。おれは、おぬしも、おぬしの一族も殺す」

「恐ろしいことを……」

「それが、いくさだ」

「平三。国を治めるというのは、いくさをするだけではないのだぞ」

「戦国乱世ゆえ、いずれ近隣の国々とも干戈《かんか》を交《まじ》えることになろう。まずはいくさに勝つことよ」

「そなたの得意ないくさとて、やがては誰かに敗れよう」

「案ずるな。おれは勝ちつづける」

「愚かなことを」

「愚かと申すのなら、長生きして見届けよ、おれが勝ちつづけるところを。なれど、いまおれと戦うのなら、おぬしは長生きできぬ」

「まこと父上に似ておるわ」

「おれなら、長尾為景と戦《たたこ》うても勝つ」

「さようか……」

それなり声を失った晴景だが、稍《やや》あって、首座《しゅざ》の定実へおもてを向ける。

「お屋形《やかた》。それがしは怪物を弟にもったようにござる。とても話は通じぬゆえ、すべてはお屋形のご裁可に委《ゆだ》ねとう存ずる」

これを受けて、定実が提示した和睦《わぼく》案は、景虎を晴景の養嗣子として守護代職を継がせるというものであった。

生前の為景が胸に秘めていた計画と同じである。晴景は定実の案を呑《の》んだ。

「異存はない」

景虎も承諾する。

武者始めの大勝から、以後、四十九歳で没するまで、三十数年間で七十度以上も戦場を馳駆《ちく》した上杉謙信は、一度も負けなかったといわれる。戦国大名として版図《はんと》を拡《ひろ》げる野心を持たなかったが、こと軍事に関しては、独自の比擬を怠らず、勝つべくして勝ったのである。まさに軍神であった。

ついに相容《あいい》れなかった兄晴景に宣言したことを、そのとおりにしてのけた生涯であったともいえよう。

ただ、晴景その人は、弟の生涯不敗を見届けることなく、謙信二十四歳の年に病没した。

母恋《ははこ》い吉法師《きつぽうし》

一

「ううう っ……」

苦痛を怺《こら》えようというのか、若い女が、脂汗《あぶらあせ》を滲《にじ》ませたおもてを歪《ゆが》め、歯を食いしばって、呻《うめ》き声を洩《も》らしつづけている。

周囲に居並び、固唾《かたず》を呑《の》んで見戍《みまも》る女たちは、なぜか皆、たすき掛け姿であった。何か危ういことでも起こるのであろうか。

「痛いっ……痛い痛い痛いっ……」

とうとう音《ね》を上げた若い女は、おのが左の乳首を吸っている赤子《あかご》の頬《ほお》を、力まかせに押し下げた。

「何をいたすっ」

「慮外者《りょがいもの》っ」

たすき掛けの女たちが、一斉に若い女を取り押さえる。

中のひとりは、若い女の乳首をまだ哺《ふく》んだままの赤子を、引き剝《は》がした。授乳中だったのである。

「ひいいいっ」

授乳の女が悲鳴を放ったのも無理はない。左の乳房《ちぶさ》は、乳首が千切《ちぎ》れかけ、ぬらぬらと血に染まっている。

赤子が火のついたように泣きだした。返り血を浴びて、真っ赤に濡れ光る顔であった。

「幾人《いくにん》めか」

いくさから戻ったばかりの織田信秀《おだのぶひで》は、家族の出迎えをうけた本丸御殿の玄関で、戦塵《せんじん》に塗《まみ》れた鎧《よろい》を解《と》いていたが、奥から注進に及んだ侍女《じじょ》より子細《しさい》を聞かされ、溜《た》め息まじりに妻を見た。

「六人めと存じます」

土田御前《どたごぜん》とよばれる正室《せいしつ》は、淡々とこたえた。

「この上は、もはや、そなたの乳《ちち》をやるしかあるまい」

「乳母《めのと》のつとめにございます」

「しきたりにとらわれているときではない。産《う》みの母でありながら、不愍《ふびん》と思わぬのか。乳を吞まねば、吉法師《きっぽうし》は生きられぬぞ」

信秀にとって、吉法師は嫡出《ちゃくしゅつ》の初めての男子であった。順調に育てば、跡取《あとと》りとなる。

異常なまでに癇症《かんしょう》の子で、乳の出方がよくないと、獰猛《どうもう》とも聞こえる唸《うな》り声を上げて、乳首へ強烈に吸いつき、挙げ句は肉を噛《か》み破ってしまうのである。

貴族や武家の社会では、わが子に乳を呑ませるのは、生母ではなく乳母であった。それは、永《なが》く制度として浸透してきた。

武家の場合、おもに家臣の家から、子を産んだばかりの女が乳母に選ばれる。結果、乳母とその一族は、側近《そっきん》となって、養君《やしないぎみ》を生涯守《も》り立てていくのである。

尾張《おわり》随一の実力者で、三河《みかわ》や美濃《みの》にまで出兵することしきりの信秀には、選択できる乳母候補が少なくない。

最初の乳母が吉法師に乳首を噛み破られたとき、元気な男子ならばそれくらいのことはあろう、むしろ頼もしいとさえ思った。

ところが、二人め、三人め、四人めと同じことがつづくと、乳母候補たちが恐怖し始め、その後は辞退が相次《あいつ》いだ。

ようやく説得して登城《とじょう》させた五人めが、乳首の肉を左右とも害《そこな》われるに及んで、吉法師の乳母候補は払底《ふってい》した。

信秀は、やむをえず、頑健な若い女ならば出自《しゅつじ》も身分も一切問わないと触《ふれ》を出したが、希望者は現れなかった。今回の六人めは、どこからか拉致《らち》してきた女である。

「そろそろ乳は不要となりましょう。大事ござりませぬ」

さしたることでもないように、土田御前は言った。

吉法師は、天文《てんぶん》三年五月に誕生している。

いまは、天文四年二月。

当時の年齢の数え方ではすでに二歳だが、現代ならば、一歳に満たず、生後九ヶ月といったところで、たしかに土田御前の言うように、離乳期に入っている。

母乳だけでは摂取できない栄養分を必要とする時期なので、離乳の遅い子は、体重が増えず、発育にも支障をきたすし、何より病気に罹《か》かりやすくなる。医療未発達の戦国期に、そこまで充分な理解がなされていたわけではない。それでも、吉法師の場合も、生後四、五ヶ月頃より、味噌汁の上《うわ》ずみや、すまし汁などから始めて、徐々に固形物を潰《つぶ》したものや、細かく切ったものなどを与えてきた。しかしながら、赤子にも、というより赤子なればこそ、個人差というものがある。吉法師は離乳食を嫌った。まったく食べないわけではないが、口に入れられると、癇癪《かんしやく》をおこして吐《は》き出してしまうことがしばしばなのである。

現代であっても、昭和の頃までは、離乳期に入ったら、母乳の量は減らさねばならないが、その後の発育をみながら、牛乳だけは呑ませつづけるのがよいとされた。赤子が動物の乳を呑むなど想像の埒外《らちがい》の時代だから、母乳を欲する子には、生後何ヶ月であろうと、あるいは幾歳《いくさい》であろうと、これを与えるのがふつうのことであった。

「奥《おく》」

信秀がじろりと土田御前を睨《にら》んだ。奥とは奥方のことで、夫から正室への呼びかけのひとつである。

「乳が必要か不要か、決めるのはそなたではない。吉法師じゃ」

「さまで吉法師に乳を呑ませたければ、お前さまの乳でもお吸わせになられませ」

「おのれは……」

信秀の声音《こわね》に怒気が籠《こ》もる。

土田御前の実家の土田氏は、出自が明らかでない。尾張海東《かいとう》郡土田の土豪《どごう》とも、美濃可児《かに》郡土田の住人ともいわれる。

信秀がこの土田氏と姻戚関係を結んだ理由も詳《つまび》らかではないが、たぶん父信《のぶ》定《さだ》の代に決められていたものであろう。信定は早くから頭角を現していたから、嫡男《ちゃくなん》信秀の嫁取りも政略婚であったに違いない。

むろん、政略婚でも、睦《むつ》まじい夫婦はめずらしくないものの、信秀と土田御前は違う。相性が合わないのか、年々、不仲《ふなか》に拍車がかかった。

とくに土田御前のほうは、坊主が憎けりゃ袈裟《けさ》まで憎いの譬《たと》えどおり、信秀の好むものまで嫌い始めた。

信秀は、吉法師を嘗《な》めるようにして可愛《かわい》がり、戦陣から戻れば、鎧を解くなり、真っ先に吉法師のもとへ行って抱き上げ、飽《あ》かずにあやしつづける。その光景を見るたび、土田御前は吉法師を疎《うと》ましく思うようになったのである。

「どのみち、妾《わらわ》は吉法師に乳をやることができませぬ。いまは、おのが体を大事にせねばならぬときゆえ」

信秀を睨み返して、当然のことの如《ごと》く、土田御前は告げる。

「奥。どういうことか」

「幸か不幸か、身籠《みご》もったのでございます」

自身の腹に両手をあててみせる土田御前であった。

「なに……」

いまでは閨《ねや》を共にすることは稀《まれ》だが、それでも子づくりをまったくしないわけではない。そこは、戦国の武家だから、子はできるだけ多いほうがよい、と夫も妻も妥協している。

「ご意向に添えず、悪うございましたな」

土田御前は、勝ち誇《ほこ》りの笑みを泛《う》かべた。

二

「徳《とく》と申します」

信秀と土田御前が首座《しゅざ》に着くと、平伏している女性《にょしょう》が名乗った。

「おもてを上げよ」

土田御前に命ぜられ、その女性がさらしたおもては、どこか陽性で、輝いている。

信秀の家臣・池田恒利《いけだつねとし》の妻で、先頃、女児を産んだばかりであった。

春とはいえ、朝夕はまだ肌寒い日もあるというのに、徳は小袖《こそで》を重ね着しておらず、下着も一枚のように見える。そのため、女体の曲線がいささか目立つものの、艶《なまめ》かしくはなく、健《すこ》やかな印象を与える。

「お徳。そのほう、なにゆえ、みずから申し出た」

と信秀が訊《き》いた。

吉法師の乳母になりたい、と志願してきた徳なのである。

「尋常のお子にあられぬからにございます」

六人もの乳母の乳首を悉《ことごと》く嚙み破るなど、たしかに異常の子であろう。

「その尋常ならざるところを決して撓《たわ》めてはなりませぬ。さすれば、この戦国の世で、吉法師さまは必ずや大いなる武人《ぶじん》と相《あい》なられましょう。乳母にとりましてはお育て甲斐《がい》があると申すもの」

徳は微笑んだ。得たりとばかり、信秀も相好《そうごう》を崩してしまう。

「吉法師に乳首を哺ませたあとも、同じ大言《たいげん》を吐けるかどうかじゃの」

嘲《あざけ》るように言ったのは、土田御前である。

「そのことで、御前さまにひとつ、願いの儀がございます」

「何も手柄《てがら》を立てておらぬうちから願い事とは、あつかましい女じゃ」

「よいぞ、お徳」

代わりに、信秀がうなずく。

「吉法師にとってよきことならば、いかような願いでも、わしが叶《かな》えてつかわす」

「畏《おそ》れながら、御前さまでなければ、おできになれぬことにございます」

「それでも、叶えてやる。よいな、奥」

「妾は、意に染まぬことはいたしませぬ」

「そなたも武家の妻ならば、最も大事なるは嫡男と分かっておろう。雅意《がい》を捨てよ」

自分勝手な考えという意の我意《がい》を、当時は雅意と表記した。武家の妻の使命を持ち出されては、土田御前も折れるしかない。

「申してみよ」

土田御前が徳を促《うなが》した。渋々《しぶしぶ》でも承知したということである。

「されば……無礼仕《つかまつ》ります」

徳は、座したまま、やにわに帯《おび》を緩《ゆる》め、前衿《まええり》も少し寛《くつろ》げると、胸へ手を差し入れて、白い布を取り出した。乳汁が下着や小袖を汚すのを禦《ふせ》ぐための晒《さらし》である。

晒を膝《ひざ》の上に置くや、次に徳は両腕を袖口の中へ引っ込めた。かと見るまに、前衿を内側より押し広げ、そこから両腕を出して左右へ開いたではないか。

諸肌脱《もろはだぬ》ぎである。

乳房が揺れてこぼれ出た。

信秀夫婦も、小姓《こしよう》衆も侍女衆も皆、あっけにとられ、声を上げる者すらいない。

（なんと……）

信秀は、徳の乳房に見とれた。白磁《はくじ》のようになめらかで、ふっくらと形のよい両の碗《わん》の中央には、薄桃色《うすももいろ》の果実が尖《とが》り立っている。とても子を産んだとは思われない可憐《かれん》さであった。

これで徳が薄着《うすぎ》で参上した理由が知れた。諸肌脱ぎになるのを、手早くしたかったのに違いない。

（吉法師が口をつける乳房ゆえ、美しく清らかであることを証明いたさんと……）

信秀はそんなふうに察したが、的外《まとはず》れであった。さらに予想だにしなかったことを、徳が口にしたのである。

「御前さま。わたくしの乳をお舐《ねぶ》り下されませ」

「な……なんじゃと……」

訳《わけ》の分からない土田御前である。

「無礼者っ」

ついに侍女頭《がしら》が声を荒らげた。

「この女を摘《つま》み出すのじゃ」

頭の命令に、ほかの侍女たちは一斉に腰を上げ、徳へ飛びかかろうとしたが、

「鎮《しず》まれいっ」

信秀の鶴の一声に、慌《あわ》てて元へ直る。

「お徳。奥にそのほうの乳を舐らせる理由を明かせ」

「これからも、誰が乳母になったところで、吉法師さまは乳を噛み破ることと存じます。なぜなら、吉法師さまが欲しておられるのは、ただひとり、ご生母さまの御乳《おんちち》のみだからにございます。赤子というのは、まだしかと目が見えぬときでも、産みの母を感じるもの。別して、吉法師さまは稀にみるご鋭敏の質。生母のものでない乳を受けつけられぬのは、むしろ自然のこと」

「つまり、そのほうの乳首に生母たる奥の匂いをつけてから、吉法師に呑ませるということか」

「ご明察」

徳はにっこりした。

「たわけたことを申すでない」

座を蹴《け》るようにして、土田御前が立ち上がった。

「直れ、奥。たわけたことかどうかは、やってみなければ分かるまい」

「よもや、お前さま……妾にこの女の乳を舐れと仰《おお》せか。まっぴらじゃ」

土田御前は、会所《かいしょ》を出ていこう、と一歩踏み出した。が、その袖を信秀が摑《つか》んで引き戻す。

「否《いな》やは許さぬ。これは、織田家あるじとしての命令である」

土田御前は、怒りと屈辱に引き攣《つ》らせたおもてを向けて、信秀を見下ろし、次いで徳へ視線を振った。

顔色ひとつ変えていない徳である。

（憎体《にくてい》な……）

座へ直ると、土田御前は、大きく息を吐いてから、信秀へ言った。

「仰せのとおりにいたしましょう。但《ただ》し、妾にも、お前さまに願いの儀がございます」

「吉法師がこの女の乳を吸うて、たとえ嚙み破るまでに至らずとも、少しでもむずかるようなら、この女の首を刎《は》ねられますよう」

「なに……」

「妾は恥ずかしきことをやらされるのでございますぞ。それでも、吉法師がこたびも乳母を嫌《きろ》うたとなれば、妾は恥のかき損。この女の命で贖《あがの》うて貰《もら》わねば、割が合いませぬ」

「お徳はすでに、おのが身に危害が及ぶやもしれぬのを承知で、これへまいったのだ。その覚悟で充分であろう」

「ならば、妾も不承知にございます」

土田御前はそっぽを向いた。

「弾正《だんじようのちゆう》忠さま」

徳が声も乱さず呼びかけた。信秀は弾正忠を称する。

「わたくしの細首など、何ほどのものではございませぬ。お躊躇《ためら》いなく、刎ねて下さりませ」

「そのほうの覚悟はあっぱれだが、さようなことをいたせば、わしは池田家に顔向けができぬ」

「いいえ」

と徳はかぶりを振る。

「わたくしが那古野《なごや》へ登城後、生きて還《かえ》らぬとしても、その責めはすべてこの徳にある。夫にはさように告げてまいりました。夫も承知の上で送り出してくれたのです」

「まことか……」

信秀の心に、池田恒利の生真面目《きまじめ》な顔が浮かんだ。

「ご嫡男吉法師さまの御為《おんため》、できうることは何でもおやりになるのが、お父上として、また織田のご当主として、弾正忠さまがなすべきことと存じます」

信秀は、おのが命など一顧《いっこ》だにせぬ徳の座姿《ざし》には、後光がさしているように見えた。美しい裸身をさらしているだけに、さながら菩薩《ぼさつ》さまである。

「奥。そなたの申したとおりにしてやる」

「二言《にごん》はございませぬな」

「念押しは無用じゃ」

「皆、聞いたな」

と侍女衆、小姓衆を、土田御前は見渡した。前者は皆、決死の顔つきになる。後者は一様に困惑げであった。

「お徳。これへまいれ」

土田御前は、手の届くところまで徳を近寄せて両膝立ちを命じると、侍女らに目配せして、徳が前倒しにならぬよう後ろから支えさせた。

土田御前の顔と徳の胸が至近で対《むか》い合う。

「近《ちこ》う」

「御免蒙《こうむ》ります」

吉法師の乳母候補は胸を突き出し、生母がその乳房へ唇を寄せて、左乳首から舐り始めた。

徳は、目を閉じ、気息《きそく》を調《ととの》えながらも、されるがままである。

なんとも妖《あや》しい光景だが、信秀は徳の表情に釘付《くぎづ》けとなった。

徳が微《かす》かに眉根《まゆね》に皺《しわ》を寄せ、ちょっと唇を噛んだ。歯を立てられたのである。

歯を立てた土田御前の唇の端から、白濁したものが垂れ落ちた。乳汁であろう。

土田御前が徳へ故意に痛みを与えた、と信秀は看破《かんぱ》した。その瞬間、

（奥をこそ……）

手討ちにしたい、と本気で思った。

それと知ってか、土田御前が横目で信秀を一瞥《いちべつ》して、嗤笑《ししょう》を泛かべたではないか。

しかし、信秀は身じろぎしなかった。吉法師のために、いや、吉法師と徳のために、この儀式は中断してはならぬもの、と見えざる何かに制せられたからである。

土田御前は、徳の右の乳首もいたぶった。

必死に堪《た》える徳のようすは、ついには信秀の五官を掻《か》きむしり、たまらないほどの愛《いと》おしさを込み上げさせた。

「吉法師をこれへ」

儀式が終わると、土田御前は、口中に溜めた乳汁を吐き出してから、侍女らに命じた。

待つほどもなく、赤子の泣き声が聞こえてきた。乳の足《た》らぬ吉法師は、いつものように激しくむずかっているのである。

「さあ、吉法師。まいれ」

徳は、実の母親のように赤子を呼び捨てにし、侍女の手から小さな体を抱きとった。

その瞬間は、四肢《しし》を突っ張らせ、逃れようとした吉法師だが、徳の胸に抱き寄せられると、ようすが一変した。

にわかに泣き止んだ吉法師の唇が、乳を求める。

徳は、吉法師の口の中に、左の乳首だけでなく乳暈《にゅううん》まで哺ませた。こうすると口腔内の容積が狭《せば》まって、赤子の唇や舌、あごの働きにより陰圧がつくられ、乳汁が出やすい。

吉法師が呑み始めた。

「母の乳じゃ。たんと呑みなされ」

やさしく語りかけながら、徳は、左の乳房を右手の人差指と中指とで挟《はさ》んだ。乳房の肉で赤子の鼻孔を塞《ふさ》がないようにするためである。

列座が息をするのも忘れて見成る中、吉法師は、ごくごくと喉《のど》を鳴らし、凄《すご》い勢いで呑んでいる。

「よい子じゃ。よい子じゃ。よい子じゃ」

徳の声にも一層の温かみと悦《よろこ》びが溢《あふ》れる。

「さすが織田の嫡男ぞ。母の左の乳を早くも空《から》にしてしもうたな。されば、こんどは右じゃ」

吉法師の体の向きを変えて、徳は右の乳首を哺ませた。

授乳のさい、哺ませる乳首を、途中で左右交代させてはならない。必ず片方が空になるまで呑ませてから、それでも赤子がまだ欲するようなら、初めてもう片方を用いるのがよいとされた。

吉法師は、なおもしばらく乳を呑みつづけたが、勢いが次第に弱まり、やがて寝息を立て始めた。

すやすやとまことに心地よさそうである。こんな吉法師を見るのは、誰もが初めてのことであった。

「お徳。見事である。大手柄ぞ」

信秀が、高らかに宣《せん》した。

「わたくしは何もしておりませぬ。ひとえにご生母さまの匂いに、吉法師さまが安《やす》んじられたにすぎませぬ」

はにかんだ徳の頰にも胸のあたりにも、桜が散った。

信秀は、おのが胴服《どうふく》を脱ぐと、立ち上がって、みずからの手で徳の肩から胸を被《おお》った。

「吉法師の乳母に風邪《かぜ》を引かせてはなるまい」

「勿体《もったい》のう存じます」

「妾は……」

何か言いかけた土田御前だが、信秀のひと睨みに押し黙った。

「奥。あらためて申すまでもないことだが、今後、お徳が吉法師に乳を呑ませるさいは、そなたが先にお徳の両の乳首を舐るのだ。相分かったな」

「……」

「返辞をいたせ」

「承知……仕りました」

絞《しぼ》り出すように言った土田御前の奥歯が、きりきりと鳴った。

三

地面に蔓《つる》を長く延ばし、とげ状の毛を生《は》やした長柄《ながえ》の先に心形《しんけい》の葉を広げ、先が深く五裂した黄色い花を咲かせる植物が、密集している。

瓜畑《うりばたけ》である。

黄緑色に淡色の縦縞《たてじま》模様の皮に被われた楕円《だえん》形の果実は、夏日に艶《つや》めいて、食べ頃を思わせる。

瓜畑の近くを流れる澄明な小川の、岸辺寄りの水中にも、瓜の果実が十個ばかり、転がっている。

「もういいだろう」

水中からひとつ摑み上げられた果実が、平らな石の上に置かれた。かと見るまに、縦に割れて二つになった。果汁が飛び散る。

「よき香りよ」

一颯《いっさつ》で鮮やかに果実を真っ二つにした十四歳の織田三郎信長《さぶろうのぶなが》は、包丁代わりに用いた短刀を地へ突き刺すと、果実を左右それぞれの手に持ち、一方を横に座す弟へ突きつけるように差し出した。

「食え、勘十郎《かんじゅうろう》」

「は……はい」

勘十郎信勝《のぶかつ》は、ひどく疲れたおもてに、作り笑いを泛かべて、果実の半分を受け取った。

三郎は、果実の真ん中に集まる細かい種を指でさっと撥《は》ね除《の》け、弟より先に、液果《えきか》へがぶりと嚙みついた。

「なるほど、美味《うま》い。評判だけのことはある」

左手で、またひとつ、水中より瓜を取り出した三郎は、

「勝三郎《しょうさぶろう》」

声をかけて、振り向きもせずに、それを後ろへ放り、つづけて、二つめも同様にした。

三郎の二歳下の乳兄弟《ちきょうだい》である池田勝三郎が、二つともなんとか胸でうけとめた。

「弥三郎《やさぶろう》と万千代《まんちよ》にくれてやれ」

「ははっ」

勝三郎は、やや離れたところの木立の前で、木につないだ八頭の馬の番をしているふたりの少年のもとへ走ってゆく。

「若《わか》。あまり長居はなさらぬがよろしいかと存ずる」

三郎と勘十郎の後ろに控える三名のうち、最年長の浅野又右衛門《あさのまたえもん》が、周辺を気にしながら進言した。

「道三《どうさん》は瓜盗《ぬす》っ人《と》をいかに処する」

液果に食らいつきながら、三郎は又右衛門に問うた。

「分かりませせぬ。もし捕らえられたら、敲《たた》きの刑ぐらいは覚悟せねばならぬかと……」

「さまで甘い男ではあるまい。きっと打ち首だな」

他人事《ひとごと》のように、三郎は言った。

「さよう思われるのなら、若、なおさら早々《そうそう》に引き揚《あ》げねば……」

「それがしも、それがよろしいかと……」

あとの二名、堀田左内《ほったさない》と伊東七蔵《いとうしちぞう》も、又右衛門に同調した。

左内と七蔵は槍《やり》の、又右衛門は弓の、それぞれ達者《たつしゃ》である。

「そちたちも食え。動くのは食ってからだ」

すると、なぜか勘十郎が、あわてて水中より瓜を摑み上げ、かれらひとりひとりに手渡した。勘十郎自身も早くこの場を去りたいのである。

弟のそういう不安も露《あら》わな表情を、三郎はふんっと鼻で嗤《わら》う。

おとなになっても酒を嗜《たしな》まなかった織田信長は、そのぶん甘い物好きであった。夏の水菓子の代表とされる瓜が、吉法師という童名《どうみよう》であった幼少期から大好物なのである。最初に手ずから食べさせてくれた養徳院《ようとくいん》より、食べ方が上手《じょうず》と褒《ほ》められたので、そのことも三郎の瓜好きを一層のものとした。

養徳院とは、徳のことである。三郎の乳母となった翌年、池田家の跡取りの勝三郎を産んだが、その二年後には夫・恒利の戦死により、落飾《らくしょく》して養徳院と号するようになった。

美濃本巣《もとす》郡の真桑《まくわ》の地で栽培される瓜は、きわめて香気が高く、甘さも他を圧するという評判を幾年も前から聞いており、いつか食《しょく》したい、と三郎は願っていた。いちど、織田家が支配する尾張津島《つしま》の商人に命じて、真桑から取り寄せたものの、期待したほど美味くなかった。というのも、瓜は傷《いた》みやすくて、輸送にも貯蔵にも適さないからである。だからこそ、各地で独特の品種が生まれたともいえる。

昨年、元服《げんぷく》し、馬術もたちまち上達して、たびたび遠駆《とおが》けにも出るようになると、どうしてもみずから真桑へ行ってみたくなり、年が改まってからは夏の到来を心待ちにした。

といって、美濃は織田信秀と敵対する梟雄《きょうゆう》・斎藤《さいとう》道三の治める国。信秀の嫡男たる三郎が気軽に出かけていってよいところではない。

「母上は瓜がお好きにございます」

春に信秀の居城の古渡《ふるわたり》城を訪ねたとき、勘十郎から、土田御前は瓜好きだと聞いた。初めて知ったことである。

信秀は、三郎誕生より幾年も経《た》たないうちに、古渡に新城を築き、妻子と一族を連れて居を移した。三郎だけが、跡取りとして、宿老《おとな》衆を付けられて那古野城に留《とど》まり、帝王教育を受けることとなった。だから、以後、土田御前と会うのは織田家の大事の行事のときぐらいで、その場合もほとんどことばを交わすことがないため、産みの母について何も知らないと言わねばならない。

ただ、鋭敏の質の三郎は、土田御前が自分に対して冷やかであることだけは、察せられた。一方、誕生時から土田御前のそばを離れない勘十郎は、生母の愛情を一身にうけて育っている。

だから、勘十郎より、母上は瓜好きだと嬉しそうに明かされたとき、複雑な感情が湧《わ》いた。羨望、嫉妬、怒り、そして寂しさがないまぜの感情であった。

すると、あることを思いついた。生母に美味しい瓜を食べさせたくて、兄弟が力を合わせて瓜採りをしてきたら、土田御前はふたりに何と声をかけるのであろうか、と。

門前で出会った。

那古野と古渡は一里ほどしか離れておらず、年少の身で信心深い勘十郎が両城から近い万松寺《ばんしょうじ》によく詣《もう》でることを、三郎は知っており、昨日、偶然を装《よそお》って

「母上のために瓜採りにまいろう」

勘十郎の随従者らを帰し、兄弟は三郎の近習《きんじゅ》衆のみを従えて、共に馬を駆った。勘十郎にすれば、近くの瓜畑へ行くものとばかり思い込んだから、兄に素直に従ったのである。それが、木曾川《きそがわ》、長良川《ながらがわ》を渡っての美濃入りという、とんでもない瓜採り行《こう》の始まりであった。

途中からは敵対国の内となるので、行旅には慎重を期し、昨日のうちの一気の美濃入りを避けて、木曾川の尾張側の岸辺で夜を明かしてから、今《こん》早朝に川を渡った。本日の陽《ひ》が落ちる前に、尾張へ戻るつもりの三郎であった。

勘十郎が引き返すこともできず、こうして目的地まで同道する羽目《はめ》に陥《おちい》ったのは、兄に逆らうのが恐ろしかったからである。

「そなたの兄は乱暴者じゃ。気に入らぬ近習や侍女を殺しかけたこともある」

と土田御前から聞かされていた。それが事実や否や、三郎本人にたしかめたことはないものの、常の装《なり》を見ただけで、まともでないことは知れる。

髪を茶筅《ちゃせん》にして紅《くれない》や萌黄《もえぎ》の糸で巻き立て、湯帷子《ゆかたびら》の袖を外し、半袴《はんばかま》の腰回りに燧袋《ひうちぶくろ》やら何やらを幾つもぶら下げ、朱鞘《しゅざや》の大刀を落とし差しにしている。両親を同じくする実の兄は、さながら山賊の頭目《とうもく》であった。

「瓜を刈って、袋に詰めよ」

三郎が、短刀の汚れを川水で濯《すす》ぎ落としてから、立ち上がって、命じた。

現地で食しても思ったほど美味くなかったら、持ち帰るつもりはなかったので、まだ無闇《むやみ》に採らずにいたのである。

近習たちは、急いで、瓜の果実を刈り始めた。勘十郎も手伝う。

「馬はおれが見てやる。そちらも刈れ」

木立の前の加藤《かとう》弥三郎と丹羽《にわ》万千代のほうへ大股に歩み寄りながら、三郎は両人にも大声で命じた。

「だいぶ汚れたな」

馬番を交代した三郎は、おのが乗馬《じょうめ》の鬣《たてがみ》についた塵埃《じんあい》を払い始めた。

その手が、一瞬、止まった。

ちらり、と木立の奥を見やる。

が、すぐに視線を逸《そ》らし、馬のようすを一頭、一頭ゆっくりりみてゆく。そうしながら、どの馬の鼻面《はなづら》も瓜畑のほうへ向け、と同時に手先だけは素早く動かして、それぞれの手綱《たづな》を、繋《つな》いである木や枝から解いた。

その間、木立の中から洩れる音を聞き逃さぬよう、耳を欹《そばだ》てている。

（こっちより人数は多そうだな……）

おそらく、瓜盗っ人を見つけた誰かが、村人らに急報したのであろう。それで、かれらは人数を揃《そろ》えてやってきて、いままさに奇襲をかけようとしているのに相違《そうい》ない。

全頭の手綱を木や枝から解いたところで、三郎は馬たちの後ろへ回るや、端《はし》から端へ駆け抜けざま、おのが乗馬以外、七頭の尻を叩いた。

「皆、敵襲だっ。馬に乗れいっ」

叫びながら、自身も乗馬に飛び乗った。

途端に、木立の中から怒号が噴《ふ》き出し、わらわらと武装の者らが躍《おど》り出てきた。

三郎の案に相違し、百姓ばかりではない。武士が幾人も混じっている。

瓜を刈っていた近習たちは、やや速《はや》めの地道《じみち》（常歩《なみあし》）で向かってくる自分たちの乗馬の手綱を摑むと、慣れた体の使い方で鞍《くら》に跨《また》がった。ひとりもしくじらない。

三郎は、元服前から、近習衆を率《ひき》いて、日がな一日、山野に遊ぶのを常としており、それは軍事調練を兼ねていた。父信秀の教えである。

だから、近習衆も、十代の若さでありながら、不測の事態を恐れない。後年、桶狭間《おけはざま》合戦で大敵・今川義元《いまがわよしもと》を逃さず討つことができたのは、こうして鍛《きた》えられた三郎信長の直属の近習衆や馬廻衆《うままわりしゅう》が、小勢《こぜい》でも進退を誤《あやま》らなかったからである。

勘十郎ひとり、手綱を摑みそこね、乗馬が行き過ぎてしまった。

「左内。勘十郎を助けよ」

三郎が叫んだ。

「畏《かしこ》まった」

と大音《だいおん》で返辞をした堀田左内に、

「それがしがご乗馬を」

加藤弥三郎がそう言い置いて、勘十郎の乗馬を追いかける。

「逃がさぬっ、瓜盗っ人ども」

馬上《ばじよう》の三郎へ、右側から、敵のひとりが槍を突き上げてきた。

これを大刀で払いのけた三郎だが、左側の敵の動きに後《おく》れをとった。

その敵は、穂先《ほさき》を三郎へ届かせる前に、胸へ矢を浴びてのけぞった。弓の名手の浅野又右衛門が、馳《は》せつけながら騎射した一矢《いっし》が命中したのである。

「踏み潰すぞっ」

三郎は、乗馬を輪乗《わの》りして、土埃《つちぼこり》を舞い上げ、前肢《まえあし》を二、三度高く上げさせて、敵を威嚇《いかく》してから、遁走《とんそう》にかかった。すかさず、又右衛門が寄り添い、弥三郎と万千代も警固《けいご》につく。

伊東七蔵だけが、敵勢の前に立ちはだかり、馬上より槍を下方へ旋回させて、怯《ひる》ませる。殿軍《しんがり》の役であった。

「七蔵。もうよい」

三郎が鞍上《あんじょう》よりこうべを回して命じた。

応じて、七蔵もすかさず、敵勢に馬尻《うまじり》を向ける。

武士と百姓を合わせて三十人ぐらいの敵がみずからの足で走って追いかけてくるが、これを三郎らは大きく引き離した。勘十郎も、弥三郎が捉《とら》えてくれた乗馬に跨がっている。

鮮やかな撤退といえよう。

瓜畑を駆け抜けた三郎の目に、左手の方向の低い丘陵《きゆうりよう》の頂《いただき》に立つ人が、飛び込んできた。

白い鉢巻《はちまき》にたすき掛けで、弓弦《ゆんづる》を引き絞っているではないか。

(女子《おなご》か……)

ひょう、と矢が放たれた。

三郎は首を竦《すく》める。

風を切って飛来したその矢は、三郎の頭上すれすれを通り過ぎた。

丘上の射手《いて》は、急いで第二矢をつがえる。

少女であった。

好物の真桑瓜を採るため、家来たちを従えて村へやってきたところ、瓜盗っ人発見の報をうけ、みずからも退治の人数に加わったものである。

「姫。もはや届きませぬ」

随従の侍女が、虎口《ここう》を脱した瓜盗っ人たちを眺めやりながら、気の毒そうに言った。

「おのれ、おのれ、おのれ」

地団駄を踏んで悔《くや》しがるこの少女は、美濃の覇者《はしや》・斎藤道三の愛娘《まなむすめ》、帰蝶《きちよう》。

来春、三郎と帰蝶は夫婦《めおと》になるのだが、いまはまだ、ふたりとも知る由《よし》もない。

四

「勘十郎にもしものことがあったら、いかがするのじゃ、この大うつけ者っ」

土田御前は、三郎を怒鳴《どな》りつけた。憎悪剝《む》き出しの顔つきである。

灯火のゆらぐ会所の首座には、信秀も着座しているが、何も言わない。

三郎の背後では、真桑まで供《とも》をした近習のうち、池田勝三郎を除く五名が床にひたいをすりつけたままであった。

勘十郎はいま、古渡城内の奥で臥《ふ》せっている。

美濃を脱して尾張入りした途端に熱を出してしまった弟を、三郎は、みずからこの古渡城まで運んだ。素通りの那古野城へは、勝三郎を遣《つか》わしておいた。

昨日、三郎と勘十郎の姿が見えなくなってから、古渡でも那古野でも大騒ぎになり、夜を徹して尾張中で捜索がなされた。

朝になっても発見できず、美濃斎藤氏か三河松平《まつだいら》氏に拉致されたのではないか、と多くの者は不安に駆られた。三郎らが生還したのは日暮れ近くである。

「畏れながら、若に越度《おちど》はあられませぬ」

おもてを伏せたまま、浅野又右衛門が申し出た。

「お供仕った六名のうち、最も年長のそれがしが若をお諫《いさ》め申し上げなかったのが、何よりの越度」

実際には三郎より年長の三名である又右衛門、堀田左内、伊東七蔵は挙《こぞ》って諫めたのだが、聞き入れられなかった。だが、その事実はおくびにも出さない。諫言《かんげん》をしてもなお三郎をとめられず、結局は従ったのだから、口にすれば言い訳めく。

「なにとぞ、この又右衛門一人《いちにん》の切腹をもって、若へのお怒りを収められ、また、それがしのほかの五名の罪はお赦《ゆる》し下さりますよう、願い上げ奉《たてまつ》る」

「三郎はもはや吉法師ではない。元服したおとなじゃ。責めはおのれで負わねばなるまいぞ」

土田御前の怒りは収まらない。

「おれと勘十郎の立場が逆でも、同じことを言うのか」

と三郎も生母に向かって怒気を滲ませた。

「勘十郎は聡明で折り目正しい。そなたのように愚《おろ》かなことはいたさぬわ」

にべもない土田御前である。

（たしかに、おれは愚かだった……）

三郎は思い知った。土田御前にとってわが子は勘十郎ひとりだけなのだ、と。

「三郎」

ようやく信秀が声をかけた。

「そうまでして、母に真桑の瓜を食べさせたかったか」

「お前さま。何を訳の分からぬことを仰せじゃ」

「そなたに申したのではない。三郎に訊いておる」

「おれと同じで、お徳も瓜が好物だ」

父信秀には敵《かな》わないと心中で認めつつも、実の母を睨み返しながら、こたえた三郎である。養徳院こそわが母、と宣言したも同然であった。

「なんじゃと……」

土田御前の膝に置かれた両手が、ぎゅっと拳《こぶし》を作る。

この折り、足早にやってきた取次《とりつぎ》の者が、廊下に折り敷いた。

「那古野の宿老衆と養徳院どのが参上なされてございます」

池田勝三郎から子細を聞いて、かれらは急行してきた。宿老の林秀貞《はやしひでさだ》、平手《ひらて》政秀《まさひで》、内藤勝介《ないとうしょうすけ》と、乳母《めのと》の養徳院には、三郎の監督責任がある。

「おさしは無用」

取次の者を怒鳴りつけるように、土田御前が言った。

おさしは、御差、あるいは御左進と書く。貴人の子に授乳をするだけが役目の乳母のことで、さしうばとも称す。土田御前は、これを養徳院への蔑称《べっしょう》として用いていた。

「三郎の乳母だ」

きっぱりと信秀が否定する。

乳母は、生母に代わって乳を呑ませるだけでなく、幼少期の養育係でもある。男性がこれをつとめる場合、「傅」と書いて、やはり「めのと」と称《よ》ばれ、文武の教育をほどこし、実践させて鍛える。那古野の三宿老は三郎の傅の任を負う。

「皆、通せ」

取次の者へ、信秀は命じた。

「お前さまもお呑みになりたいようじゃな、比丘尼《びくに》の乳を」

土田御前のその下品な皮肉に、信秀はちょっと眉を顰《ひそ》めたが、反駁《はんばく》はしない。

徳は、吉法師に乳を呑ませるため、授乳の直前、おのが乳首を土田御前に舐らせて生母の匂いをつけた。だが、その期間は三ヶ月ぐらいであった。ほどなく、吉法師は、生母の匂いがなくとも、徳の乳を悦んで呑むようになったのである。

やがて、池田恒利の戦死後、落飾して養徳院と号する徳に、信秀の手がつく。信秀が那古野を訪れるたび、ふたりは閨を共にするのが常となった。

公家《くげ》でも武家でも、当主が、わが子の乳母をつとめる女を側妾《そばめ》にするのは、めずらしいことではない。それでも、養徳院ばかりは事情が異《こと》なる。吉法師の乳母に選ばれた経緯を嫌悪する土田御前にすれば、屈辱的なことであった。

以後、信秀と土田御前の仲は冷えきり、夫婦として同衾《どうきん》する機会も失《う》せた。その反動のようにして、土田御前の勘十郎への溺愛《できあい》が度を越してゆく。授乳は乳母のつとめと切り捨てていたのに、勘十郎だけにはみずからの母乳を呑ませたのである。

那古野の三宿老と養徳院が会所へ入ってきたので、三郎の近習たちは末座へ退《さ》がる。養徳院に従ってきた勝三郎も、かれらと合流した。

「殿《との》」

宿老筆頭の林佐渡守《さどのかみ》秀貞が、開口一番、不満も露わな口調で言い募《つの》った。

「三郎さまのこたびの愚行については、傅のひとりとして、詫《わ》びの致しようもござらぬ。なれど、三郎さまは何事であれ、われらの申すことに聞く耳をお持ちではなく、畏れながら、殿へも幾度となく、不行状《ふぎょうじょう》が目に余ることを言上《ごんじょう》仕った。もはや、それがしは宿老のつとめを果たす自信がござらぬゆえ、ご解任いただきたい」

尾張の有力な国人《こくじん》である秀貞は、物言いに遠慮がない。

「佐渡どの。早まってはなりませぬぞ」

平手政秀が思い止《とど》まらせようとする。

「若はまだまだご年少。いささかの無分別はやむをえぬと存ずる」

「まことに、いささか……ならばな。そうであろう、勝介」

「それがしには、なんとも……」

最も格の低い内藤勝介は戸惑《とまど》いを隠さない。

「佐渡。ほかに存念があろう。有体《ありてい》に申せ」

信秀が秀貞を促した。

「されば、遠慮のう申し上げる」

そこでひと呼吸置いてから、秀貞は一挙に言上する。

「ご当家に限らず、家督《かとく》の相続を正室の長子《ちょうし》にこだわるのはいかがなものか。この乱世で生き残り、かつ家を繁栄させるには、この大事は実情に添うてなされねばなりますまい。幸い、御前さまの御二男、勘十郎さまが先頃ご元服なされた。殿におかれては、よくよくお考えあってしかるべきと存ずる」

「三郎の宿老でありながら、勘十郎を随分と買っているようだな」

「もとより、三郎さまは大事。なれど、最も大事なるは織田家。織田家のために何が最善であるか。それがしが常に思うは、この儀ひとつにござる」

「権六《ごんろく》はどうだ」

会所には、信秀夫妻と那古野衆のほかにも、幾人か家臣が列《つら》なっている。そのうちのひとり、柴田修理亮勝家《しばたしゅりのすけかついえ》を、信秀は見やった。勝家は、通称を権六といい、勘十郎の家老をつとめる。

「織田家のご家督は殿がお決めになること。ただ、勘十郎さまについて申し上げるなら、武芸はまだまだながら、学問はまことによくお出来《でき》になり、若年でもご分別がおありで、ご慈愛も深く、家臣どもに心より慕《した》われておられる」

「……であるか」

信秀の口癖《くちぐせ》が出た。

土田御前の目許《めもと》、口許《くちもと》に、仄《ほの》かというべき笑みが湛《たた》えられている。

それを見逃さなかったのは、養徳院である。

（若のご廃嫡《はいちゃく》を……御前さまはとうとうご非望《ひぼう》をおもてに……）

三郎の元服直後から、廃嫡を土田御前はもくろみ始めた。そのことに勘づいた養徳院だが、勘十郎の家老の勝家はともかく、三郎の一の宿老の秀貞と通じていたことまでは看破できなかった。灯台もと暗しである。

それがいま露わになった。勘十郎のことを、秀貞は、殿の御二男とも、織田家の御二男とも言わず、御前さまの御二男と称したのである。

（さようなことは、決してさせぬ）

勝家のことばも、養徳院は片言隻句《へんげんせっく》、聞き逃していない。勘十郎を評して、武芸はまだまだ、と言ったのである。

「畏れながら、わたくしからも申し上げたき儀がございます」

那古野の三宿老よりやや後ろに控える養徳院は、ついに口を開いた。

「苦しゅうない。申してみよ」

土田御前に拒《こば》まれるより早く、信秀が許可した。

「皆さま。武門の当主の本分をお忘れでしょうか。それは、いくさに強いこと。

ではございませぬか、柴田どの」

あえて、勝家に問うた養徳院である。

織田の部将《ぶしよう》中きっての武辺者《ぶへんもの》で、合戦では先鋒《せんぽう》を命ぜられるのが常の柴田勝家であった。こればかりは絶対に否定しないはず。

「こたえるまでもない。いくさに弱い当主は、おのれの命も家臣の命も、領地も領民も、何もかも失う」

「柴田どのがさよう申されると、説得のお力が尋常ではありませぬな」

言いながら、養徳院は視線を首座へ移した。

「わたくしは、若の日頃のお体のご鍛練《たんれん》も、毎日ご近習衆を使《つこ》うて兵法の工夫をしておられることも、よくよく存じております。こたび、若がご放胆にも美濃真桑まで這入《はい》り込まれたばかりか、ご無事でお戻りあそばしたことを、皆さまはどうお考えなのでしょう。わたくしなどは、若が常住坐臥《じようじゆうざが》、何事もいくさに見立てておられればこそお出来になったことにて、それはそれはあっぱれなるご修行をなされた、と皆さまにお褒めいただけるものと思うておりましたものを」

「なんという付会《ふかい》か」

土田御前が青筋《あおすじ》を立てる。養徳院は無理やり理屈をつけた、と言いたいのである。

「つまるところ、まことに申したいことは何か」

と養徳院に真意を明かすよう促したのは、信秀である。

「若が織田家のご嫡男に相応《ふさわ》しいや否やは、御武者始《おんむしゃはじ》めのお働きをご覧《ろう》じあそばせば、おのずからお分かりになることと存じます」

武者始め、すなわち初陣《ういじん》を、三郎はまだ済《す》ませていない。

養徳院には乳母として自信があった。三郎の武者始めは間違いなく見事なものになる、生母に甘やかされて育った勘十郎には到底なし得ない、と。

「権六」

信秀が再び、勝家を見やる。

「養徳院の思案、わしはよいと思うが、どうじゃ」

「戦陣における進退には、その人間の本性が現れると存ずる」

つまりは、勝家も賛意を示したということにほかならぬ。

(殿は……)

信秀も、自分と同様、三郎廃嫡に向けた土田御前らの動きを察知している。そうに違いない、とこの瞬間、養徳院には分かった。

だからこそ、勝家の言質《げんち》をとった養徳院の意を見抜き、とっさに信秀も追従《ついじゅう》した。土田御前らにとって、勘十郎の家老である勝家の言動は最も重きをなすのである。信秀と養徳院の阿吽《あうん》の呼吸というべきものであった。

「三郎」

信秀は、射竦《いすく》めるような視線を、愛息《あいそく》へ送った。

「三河へ出陣せよ」

命ぜられた三郎が、めずらしく殊勝《しゅしょう》げである。

「親父《おやじ》さま」

と三郎は、あごを上げた。

「よせ。礼など、そなたらしゅうもない」

先んじて、信秀が右手を振る。

「一年、遅いわ」

昂然《こうぜん》と三郎は言ってのけた。

「遅いじゃと」

「十三歳だ、よりともの武者始めは」

一瞬、信秀をはじめ、列座のほとんどが、三郎は誰のことを言っているのか、と解《げ》しかねた。

「源《みなもとのよりともこう》　頼朝公……」

半信半疑の表情で言いあてたのは、柴田勝家である。

武士の世を切り開いた源氏《げんじ》の初代将軍で、世に名高い平治《へいじ》の乱に十三歳で出陣し、平氏の騎馬武者二騎を射落《いお》としたという。

実力はあっても、身分の上では尾張のいち小守護代《こしゅごだい》家の倅《せがれ》にすぎぬ十四歳の小僧が、おのれを擬《なぞら》えてよい人物ではない。不遜《ふそん》も甚《はなは》だしい。

土田御前と林秀貞は、あきれて、冷笑を泛かべた。

当の三郎は、平然としている。

「源頼朝公の御武者始めのみぎり、お父上の義朝《よしとも》公は、ご家来衆を前にして、かよう仰せになられました」

突然、会所を圧する声を張ったのは、養徳院である。

「三男なれど、頼朝は末代までの御大将《おんたいしょう》である」

およそ四百年前に頼朝が源家の惣領《そうりょう》に指名された瞬間を、まるで見てきたように表現する養徳院であった。

織田信広《のぶひろ》、織田安房守《あわのかみ》という庶腹《しょふく》の兄がふたりいる三郎信長もまた、三男。養徳院も織田家を源家に擬えたのである。

あまりのことに、首座のふたりを除く誰もが、ただただあっけにとられた。

乳母と養君の強い絆《きずな》をあらためて感じたのは、信秀と土田御前である。夫は微笑み、妻は唇を噛んだ。

会所へ吹き込んできた一陣の夜風に、三郎の傍《かたわ》らの灯火だけが、煽《あお》られて炎を大きくした。

五

三郎の武者始めは、史料では西三河の「吉良大浜《きらおおはま》」とされている。吉良は現在の矢作古川《やはぎふるかわ》の河口付近、大浜は矢作川《やはぎがわ》河口の西の地で、どちらも知多《ちた》湾を望んで海上交通の要衝《ようしょう》だが、両地にはおよそ三里の隔《へだ》たりがある。

武者始めというのは、武家の男子の重要な儀式だから、やむをえぬ事情でもない限り、勝敗の予測しがたい合戦が起こりそうな状況下への出陣は避ける。負けいくさにでもなったら、初陣で命を落とすという最悪の事態を招きかねない。

吉良では、いささか三河へ入り込みすぎることになってしまう。尾張との国《くに》境《ざかい》に近い大浜ならば、万一の場合でも、松平氏と断交した緒川城《おがわ》の水野氏《みずの》の後《ご》詰《づめ》を受けられるので、危険は少なくて済む。三郎の武者始めの地は、たぶん大浜であったろう。

「こたびの出陣の目当《めあ》ては、織田の示威《じい》。さよう心得、かまえて長陣《ながじん》などいたすでないぞ」

これが信秀からの指示であった。今川・松平の重要拠点のひとつ、大浜城を威嚇して、織田は西三河を斬り取る準備が整っていることを示すのである。敵を討つ必要はない。

その年の初秋、「くれなゐ筋のづきん・はをり・馬よろひ出立《いでたち》にて」(『信長公記《しんちょうこうき》』)三郎は出陣した。後見役《こうけん》は平手政秀である。

織田勢の出陣前に、その情報を得た三河岡崎城《おかざき》の松平広忠《ひろただ》は、駿河《するが》の今川義元へ援軍派遣を願い出て、人質を要求され、泣く泣く六歳の嫡子竹千代《たけちよ》を差し出す約束をしている。

幼少年期の徳川家康《とくがわいえやす》に長い人質生活を余儀《よぎ》なくさせるきっかけが、織田信長の武者始めであったというのは、禍福《かふく》はあざなえる縄の如しといえよう。

「このまま大浜まで往《ゆ》く」

那古野出陣から、強行軍で国境へ達した三郎は、もはや陽も落ちようというのに、政秀ら歴戦の将領《しょうりょう》たちにそう告げた。

「若。緒川城にて兵馬を休めてのち、あらためて未明に出陣なさるがよろしいと存ずる」

「今川治部《じぶ》の軍才を知りたい」

と三郎は言った。海道一の弓取りとの呼び声高い今川義元は治部大輔《じぶのたいふ》を称する。

「おれが治部ならば、松平から要請があった時点で、先に二百でも三百でも、駿河より船で兵を送っている。いまその船が大浜の湊《みなと》に来ていれば、治部はたいしたやつだ。船が来ていないときは、夜のうちに大浜城を囲む」

「城攻めは、殿より命ぜられておりませぬ」

「親父さまは古渡ではないか。戦陣における下知《げぢ》は、その戦陣にいる大将が、臨機応変に行うものだ」

「なれど、若……」

「大将は、この織田三郎信長だ。往くぞ」

織田勢は、国境を越え、一気に大浜まで軍を進めた。

三郎は、常日頃より鍛えている馬廻衆に湊を探らせ、今川の船が一艘《そう》も到着していないことを知った。

「海道一がそんなものか……」

この場合の海道は、東海道《とうかいどう》をさすが、海沿いの地域という意味でもある。今川義元は必ずしも海を有効に使える武将ではないらしい、と三郎は見切った。

三郎は、全軍をひそやかに動かし、城方《しろがた》にまったく気づかせることなく、夜のうちに大浜城を包囲してしまう。

「眠れ」

夜明けまでいささかでも時があるので、ようやく将兵を休ませた。

自身は、白々《しらじら》明けの頃、真っ先に目覚めると、

「敵も起こしてやろう」

城内めがけて、多数の火矢《ひや》を射込《いこ》ませた。

城方は仰天した。恐慌をきたして、城外へ飛び出してくる者もいた。

「槍衆。出番だ」

三郎は、槍衆に、三間半《さんげんはん》の長柄を持たせている。かれらは、槍先で敵兵を頭上から叩いた。

穂で突き合う前に、敵より長い柄を撓《しな》らせて叩き伏せるのが、三郎信長流である。その効果はめざましく、政秀ら旧《ふる》い武士は驚きを禁じ得なかった。

「城を落とせるぞ。どうする」

三郎が、初めて、将領たちに諮《はか》った。

「畏れながら、あっぱれなるお働き。この上は、われらの面目《めんぼく》も立てていただけるよう、願い上げ奉る」

織田の威を示してのち早々に引き揚げよというのが、かれらへの信秀の厳命である。愛息三郎を武者始めで危険な目にあわせたくないという親心でもあったろう。

「であるか」

父親譲りの口癖で、三郎は承知する。

「城下に火をかけよ」

城攻めはせず、大浜城下に放火してから、織田勢が撤退を開始した。これを、城方は手を拱《こまね》いて見送るほかなかった。

「又右衛門」

三郎は、炎上する寺院の前で乗馬を停《と》めると、浅野又右衛門を呼んで、布袋《ぬのぶくろ》

た。
短冊が貼られており、北堂《ほくどう》、と墨で記されている。三郎みずからの筆であっ
臭《にお》った。皮がどす黒く変色している。腐った瓜の果実である。
を受け取り、口紐《くちひも》を解いて、中のものを取り出した。

しばし、その二文字を見つめる。
「若。火の粉《こ》が危のうござる」
この場を離れるよう、又右衛門に促されると、三郎は、腐った瓜を、無造作《むぞうさ》に
炎の中へ投げ入れた。
北堂とは、母への敬称である。母堂は他人の母を敬う語だが、北堂は自分の母
に対しても用いられる。
三郎にとって、土田御前は、生母でありながら、情《じょう》として他人の母であると
しか感じられない。その揺れる思いを、いま棄《す》てた。
これからは、表向きは敬っても、心を通わせることは決してないであろう。
(おれのまことの母は、お徳だ)
三郎は、那古野へ凱旋《がいせん》の途次《とじ》、古渡城へ立ち寄った。
「若は、十四歳にして、われらを感服せしめるご采配《さいはい》を取られた。かの源頼朝公

に引けをとらぬ生まれながらの御大将にあられる」

信秀の前で、後見の平手政秀が三郎を激賞した。

信秀の父信定の代から仕《つか》え、決して依怙贔屓《えこひいき》しない公正の人で知られる政秀のことばだけに、三郎の廃嫡をもくろんだ者らも沈黙するほかなかった。

「佐渡。向後《きょうこう》も三郎のために尽くせ」

と信秀は林秀貞に命じた。

はは、と秀貞は深く頭を下げる。

「権六。勘十郎を、三郎を支えられるよき副将に育てよ」

「畏まってござる」

柴田勝家も承諾した。

「奥。そなたもな」

「仰せられるまでもなきことにございましょうぞ」

土田御前ばかりは、わざとらしいほど大仰《おおぎょう》な言い方で応じた。

信秀の死後、家督を嗣《つ》いだ三郎を、この三人は再び結託して失脚させようとするが、それはまた別の物語である。

「三郎」

信秀は、武者始めで無双の働きをしたわが子へ、笑顔を向けた。

「嫁をとれ」

「嫁……」

「そうだ、そなたの嫁だ」

「つまらぬ女なら、要《い》らん」

土田御前を一瞥《いちべつ》した三郎である。

「つまらぬ女とは思えぬな」

「どこの誰か」

「蝮《まむし》のむすめだ」

列座はどよめいた。

誰ひとり知らされていない上、ありえない婚家《こんけ》である。蝮と恐れられる美濃の斎藤道三は、信秀の宿敵ではないか。

「親父さま。思いつきだろう」

と三郎は看破した。

「そうだ。話はこれからつける」

「おれのうつけは、父譲りであったということだな」

「いまごろ分かったか」

愉快そうに笑いながら、信秀は座を立ち、大股に会所を出ていった。

慌てて、皆が追いかける。織田家の存亡にも関わる婚姻と言わねばならず、信秀の真意をたしかめねばならない。

腰を上げなかったのは、土田御前と養徳院のふたりだけである。互いに言いたいことがあった。

「おさし。さぞかし気分のよいことであろうな」

「御前さま。生母と乳母は助け合うもの、とわたくしは思うておりました」

「しらじらしいことを……」

「わたくしは存じているのでございます」

「何を知っておる」

「あの日、御前さまが、ひとり泣いておられたことを」

「……」

あの日がいつであるのか、言われなくても察せられる。土田御前は絶句した。

徳の乳首を舐らずともよくなった日、土田御前はひとり居室に籠もり、声を殺して哭《な》いた。わが子、吉法師との唯一の愛情の糸を断《た》ち切られたからである。

「ご生母さまの匂いがなくとも、吉法師さまはなぜわたくしの乳を吞まれたか、お分かりになりませぬか」

「ふん。そなたの愛ゆえ、とでも申したいか」

「ご生母さまの愛ゆえ、にございます」

「妾をいたぶるつもりか」

「決して、そのような……」

「ならば、妾に分かるように申せ」

「お付きの侍女衆から、御前さまのお下がりのお下着を一枚、わたくしは頂戴し、それを吉法師さまをおくるみ申し上げる掻巻《かいまき》に仕立て直しました。それゆえ、ご生母さまの移り香は、わたくしの乳首についておらずとも、吉法師さまのお体を包む掻巻より匂い立っていたのでございます」

「なんと……」

「吉法師さまはいつでも、ご生母さまを恋しゅう思うておられた。わたくしは、所詮《しょせん》、乳母にすぎませなんだ」

「いまさら、さようなことを明かして、何の意味があるというのじゃ」

「こたびの御武者始めをもって、母恋い吉法師さまは忘却の彼方へ往かれました。この先は、三郎信長はわたくしの子。そのおつもりで接していただけますように」

「汝《うぬ》は……」

怒りと口惜《くちお》しさと、そして取り返しのつかぬ思いとが、土田御前の総身を震わせる。

生母に勝利した乳母は、すっくと立ち上がり、裾を翻《ひるがえ》して首座に背を向けた。

のちに信長が天下布武《てんかふぶ》をめざして旭日《きよくじつ》の勢いで出世するにつれ、生母でありながら、土田御前は忘れられた存在となってゆく。若き日の信長を討とうとして失敗したことが世に知られていたので、織田の家臣も諸大名も親しくするのを避けたのであろう。豊臣秀吉《とよとみひでよし》時代の終盤まで生きたが、享年は不詳である。

一方の養徳院は、織田の家臣はもとより、諸侯からも同様に、大御乳《おおおち》さまと尊崇《そんすう》されることになる。信長から尾張国内に過分《かぶん》の化粧料《けしょうりょう》を賜《たまわ》り、子の池田勝三郎も側近の重臣として取り立てられた。

信長の死後も、秀吉などは折りに触れて、養徳院へ高価な進物品を届けることを忘れなかった。徳川家康もまたしかりである。

家康が江戸に幕府を開いてのち、慶長《けいちょう》十三年に、養徳院は没した。九十四歳であったといわれる。

女にも武者始めがあるとしたら、命《いのち》懸《が》けで吉法師の乳母を志願して勝ち取ったときこそが、養徳院のそれであったといえよう。

やんごとなし日吉《ひよし》

一

青空に薄く刷《は》いたような淡い雲が浮かぶ。

穏《おだ》やかな水面《みなも》には、北へ帰る季節を迎えた浮寝鳥《うきねどり》がまだ群れている。

波紋が寄せてきて、鳥たちは一斉に飛び立った。

近くを船が通ったのである。

木綿帆《もめんほ》に追風《おいて》をうけて琵琶湖《びわこ》を航行する乗合船《のりあいぶね》であった。

吹きさらしの船首寄りでは、行商人やら僧侶やら芸人とおぼしい者やら、様々な人間が膝《ひざ》を接する。武家の奉公人とみえる一団もいる。

船賃が高い船尾寄りの屋倉《やぐら》の内には、開けられた窓から、いささかは身分ありげな旅装の武士たちの姿が見える。

「宿所《しゅくしょ》は間違いないのであろうな」

「発《た》つ前に、さんま間者《かんじゃ》を放って、やっと探り当てた」

さんまは、たびたび、という意で、美濃《みの》・尾張《おわり》あたりの方言である。

「おい……」

武士五人で車座になって語り合っているが、間者という一言を口にした者を、隣の者が肘《ひじ》で軽く突いた。

かれらとは少しばかり離れた片隅に、仲間ではないらしい武士がひとり端座《たんざ》している。右の目許《めもと》のほくろが目立つ。

そちらへ、五人は一瞬、警戒の視線を向けた。

「卒爾《そつじ》ながら、お手前《てまえ》はいずこよりまいられた」

ひとりが、ほくろ武士に訊《たず》ねると、

「三河《みかわ》にござる」

にこやかな応対であった。

「さようか、三州《さんしゅう》のお人か」

五人のおもてに、安堵《あんど》の色が広がる。

「皆さまは」

とほくろ武士が訊《き》き返す。

「われらは越前《えちぜん》より」

「では、ご存じあるまいな、尾張の織田《おだ》上総介《かずさのすけ》のことは」

ちょっと声を落とすほくろ武士である。

五人は互いの顔を見合わせた。

「礼儀を知らぬ、亡《な》き父親の仏前で抹香《まっこう》を投げつける、出来《でき》のよい弟は邪魔だからと騙《だま》し討ちにする。これほどのうつけ者は世に二人とおり申さぬ。なれど、いくさにはなかなか強いゆえ、国境《くにざかい》で幾度《いくたび》も戦《たたこ》うているわれら三河者にとっては、なんとも厄介《やっかい》な男にて……」

そこまで一気に語ってから、ほくろ武士は喋《しゃべ》りすぎに気づいたのか、ばつが悪そうに頭を掻《か》いた。

「あ、いや、これは……見ず知らずの方々《かたがた》につまらぬことを申しました」

「なんの、なんの、お気に召さるな」

五人のおもては緩《ゆる》んでいる。

「さような者は永《なが》くはつづくまい」

「そうじゃ、そうじゃ」

「われらが請《う》け合おう」

なぜか自信ありげに、かれらは言った。

「他国の皆さまに励《はげ》ましていただき、少し力が湧《わ》いてきたように存ずる」

ほくろ武士は、大きくうなずいた。

その日の暮方《くれがた》、くだんの五人の武士と供《とも》衆総勢三十人ばかりは、入京し、二《に》条蛸薬師《じょうたこやくし》のあたりに宿《やど》を取った。

稍《やや》あって、使いでも命ぜられたのであろう、宿の小僧がおもてへ出てきた。

「待て」

小僧を呼びとめた者が、路地の薄暗がりから姿を現す。

琵琶湖の乗合船のほくろ武士であった。

従者がひとりいる。この者は、乗合船では屋倉ではなく、船首寄りの吹きさらしに乗っていた。

「何用にございましょう」

小僧は、ちょっと腰を引く。

「胡乱《うろん》に思うていようが、そのほうを害《がい》そうというのではない。ちと頼みごとをいたしたいのだ」

ほくろ武士は、懐中より何やら取り出し、小僧の目の前へ差し出した。

小僧が眼《まなこ》を輝かせる。

緡銭《びんせん》であった。緡はさしと読み、穴あき銭を刺し通してまとめる細紐《ほそひも》を言う。一緡《ひとさし》百文が通常である。

その後、近所への使いから戻った小僧が、再び宿より出てくるまで、ほくろ武士は路地で待ちつづけた。目立ちたくないのか、手火《てか》を用いない。

夜更《よふ》けて、忍び出てきた小僧から、何やら熱心に聞き取ったほくろ武士は、最後に紙を一枚渡された。

「ようやってくれたな。礼を申すぞ」

小僧を宿へ戻すと、ほくろ武士は、月明かりを頼りに、門柱の木の一部に花びらの形を削りつけた。目印である。

ようやくその場をあとにして、室町通《むろまちどおり》へ入ったが、北上し始めてすぐ、後ろから声をかけられた。

「もし、お武家さま」

ほくろ武士は、従者から槍《やり》を受け取りざま、振り返った。夜の洛中《らくちゆう》は物騒なのである。あるいは、蛸薬師の宿へ入った武士らに気づかれたのか。

「何者か。名乗れ」

松明《たいまつ》を掲げている二人連れに詰問《きつもん》する。

「そちらは、尾張の那古屋《なごや》氏のご家来、丹羽兵蔵《にわへいぞう》どのではあられませぬか」

先におのが素生《すじよう》を言い当てられ、声音《こわね》が穏やかでもあったので、ほくろ武士は少し警戒心を緩めた。

「いかにも丹羽兵蔵じゃ」

「やはり、さようでございましたか。いま、ゆっくり近寄って、名乗りとう存じますゆえ、どうぞお手討ちなどはご勘弁願いまする」

「相分《あい》かった。まいれ」

「御免蒙《こうむ》りまする」

　こちらも従者の持つ松明の明かりで、おのれの顔を照らしながら寄ってきたのは、若い男で、公家侍《くげざむらい》とみえる装《なり》である。兵蔵の記憶にない顔であった。

「身共《みども》は、この都《みやこ》にて、さる御方《おかた》に奉公しており申すが、生まれは尾張愛知郡《あいち》中々村《なかなかむら》にて、名を小筑《こちく》と申しまする。子どもの頃、那古野《なごや》のご城下へまいった折り、丹羽どのが暴れ牛に踏まれそうになった小さな子を助けられたのを見て、しかと記憶に留《とど》めていたのでございますが、いま月明かりに垣間《かいま》見えたあなたさまのお姿に、もしやと思い、声をかけさせていただいた次第」

「さようであったか」

　小筑の語った那古野城下における人助けの一件を、自身も忘れていない兵蔵は、一挙に警戒心も抜き討ちの構えも解《と》いた。刹那《せつな》、小筑の従者が踏み込んできて、顔へ火を押しあてられた。

「うあっ……」

あまりの熱さに、兵蔵は、槍を手離し、両手で顔をぱたぱた払いながら、後退する。

腰の一刀を鞘走《さやばし》らせた小筑が、鋒《きっさき》を兵蔵の胸へ深々と突き入れた。ほとんど同時に、小筑の従者も兵蔵の従者を斬り捨てている。

「身共も琵琶湖でそこもとと同じ船に乗っており、屋倉の窓の下にうずくまって、すべて聞かせていただき申した」

と小筑は明かした。

「なにっ……」

「ご安心召され。織田さまには、丹羽どののお手柄《てがら》として、われらが注進いたす」

「汝《うぬ》は、何者……」

最後の力を振り絞《しぼ》って、小筑の両肩を摑《つか》んだ兵蔵だが、そのまま息絶えた。

破《や》れ塀《べい》の裾で、何か光っている。猫の目である。

小筑がじろりと見やると、猫は怯《おび》えて逃げた。

二

織田上総介信長《のぶなが》が、尾張平定《へいてい》を目前にして上洛《じょうらく》したのは、将軍足利義輝《あしかがよしてる》に拝謁《はいえつ》し、尾張の支配者たるを認めて貰《もら》うためである。

だが、もとは尾張半国守護代家の奉行のひとりにすぎない家格で、正式な守護職補任《ぶにん》など、簡単に得られるものではない、と分かってもいた。得られずとも、否定されなければよいのである。将軍その人に親しく声をかけられ、黙認されたという形で、充分であった。

事は思惑通りに運んだ。あとは、帰国の途《と》につくばかりである。

「お屋形《やかた》」

夜半過ぎに、宿直《とのい》をつとめる小姓頭《こしょうがしら》の池田勝三郎《いけだしょうさぶろう》が、すっかり寝入っている信長を起こした。将軍に拝謁後は、尾張守護職黙認ということで、家臣の信長への敬称は早くも、お屋形、であった。

「火急《かきゅう》の用であろうな」

寝床で上体を起こして、信長は不機嫌に念押しする。

「美濃の左京大夫《さきょうのだいぶ》の刺客《しかく》が京に入ったとのこと」

信長が斎藤道三《さいとうどうさん》のむすめ帰蝶《きちょう》を正室《せいしつ》に迎えて、尾張と美濃は盟約を結んだ。が、三年前に、左京大夫義龍《よしたつ》が父道三を討って、美濃の新しい国主《こくしゅ》の座に就《つ》いてからは、濃尾《のうび》は一触即発の危うい関係となった。まだ直接対決には到らぬものの、義龍は尾張国内の反信長勢力を陰で支援しつづけている。

「報《しら》せは清洲《きよす》からか」

美濃斎藤氏や駿河《するが》今川《いまがわ》氏の先兵の三河衆に不穏の動きがあれば、ただちに清洲から急使がやってくるはずなのである。

「さにあらず。注進に及んだ者は、洛中村雲《むらくも》の持萩中納言《もちはぎちゅうなごん》家の使いと称しており申す」

「持萩中納言……。聞いたことがない」

「それがしも存じませぬ。なれど、京に公家はあまたござるゆえ……」

「使いの者は」

「玄関に待たせており申す」

信長は、掛け具を払いのけて立ち上がるや、寝衣姿のまま、足早に寝間《ねま》を出た。勝三郎ら小姓衆がつづく。

玄関へ出ると、土間に折り敷いて待っていた者ふたりを見下ろし、信長はみずから名乗った。

「織田尾張守信長である」

堂々と尾張守護を称した。

「おもてを上げよ」

仰向けられた顔は、丹羽兵蔵を騙し討ちにした小筑のものである。

「そのほう、名は」

と信長に訊かれると、しかし、違う名をこたえた。

「村雲の持萩中納言家の当主、日吉《ひよし》の弟にて、小一郎《こいちろう》と申しまする。これなるは、家人《けにん》の小出甚左衛門《こいでじんざえもん》」

従者の甚左衛門もまた、兵蔵の顔へ火を押しあてた者だが、むろん信長らは知る由《よし》もない。

「されば、小一郎とやら、斎藤の刺客の件、子細《しさい》に申せ」

「身共は、烏丸七条《からすましちじょう》の知人のもとで長居《ながい》をいたし、先刻、すっかり暗くなってから帰途につき申した。すると、蛸薬師町のあたりに差しかかったとき、折しも夜盗どもに巾着《きんちゃく》を奪われて斬り仆《たお》されるお人を見つけたのでございます。馳《は》せ寄って抱え起こしてみると、胸のあたりが血まみれで、息も絶え絶えでしたが、それでも、気を失う前に、お名だけは口にされました。尾張の丹羽兵蔵、と」

「存じておるか、勝三郎」

「那古野荘の那古屋勝泰《かつやす》の家臣にて、それがし、一度だけ会《お》うたと記憶しており申す」

「先をつづけよ」

信長が小一郎を促《うなが》す。

「身共は、この甚左衛門を従えておりましたので、ともに丹羽どのを抱えて、村雲の屋敷へ運び入れ、すぐに医者《くすし》をよびに人をやり申した。この間、息を吹き返された丹羽どのは、譫言《うわごと》のようにしきりに何か言うておられ、切れ切れに聞き取れたことばを、兄の日吉が紙に書いて、推察してつなぎ合わせたところ……」

そこでひと息ついてから、小一郎は語《ご》を継《つ》いだ。

「丹羽どのは、主君の御用で大津《おおつ》へまいられる途次《とじ》、琵琶湖で船に乗り合わせた見知らぬ侍衆が、美濃・尾張あたりのことばを使《つこ》うていたので、気になって、それとなく近づきになると、どうやら、いま在京中の織田さまへの美濃斎藤氏からの刺客と察せられ、下船後もかれらの宿所まであとをつけてみて、宿の小僧から色々訊きだし、相違《そうい》なしと確信なされた。そこで、織田さまの宿所がある上京《かみぎょう》室町通裏辻《うらつじ》へ急いだところを、夜盗に襲われた。兄は、これは早々《そうそう》に織田さまへ報せねばならぬと思い、こうして身共が遣《つか》わされた次第」

「であるか」

聞き了《お》えて、信長は満足げにうなずいた。

「刺客どもの宿はどこか」

「最も肝心なことと存じますが、それがどうにもうまく聞き取れませなんだ。なれど、身共が屋敷を出たあとも、兄がひきつづき丹羽どのを励ましておるはずゆえ、あるいはいまは知れているやもしれませぬ」

「村雲というは、遠きところか」

「近《ちこ》うございます。堀川今出川《ほりかわいまでがわ》のあたりにて、ここから西へ七、八丁《ちょう》ばかり」

「まいるぞ」

と信長は勝三郎を見やった。これより、みずから村雲の持萩中納言家へ往《ゆ》くというのである。

勝三郎は、ただちに、余の小姓たちに信長の着替えの用意と、就寝中の供衆を全員起こすことも命じた。信長の今回の上洛行には、馬廻《うままわり》衆と小姓衆合わせて八十名が随従している。

信長の外出用の衣類を捧げ持ってきた小姓たちが、立ったままの主君を、手早く着替えさせてゆく。

その間、馳せつけた供衆の主立《おもだ》つ面々へ、勝三郎が簡潔に事情を説《と》いた。

「内蔵助《くらのすけ》。与兵衛《よへえ》。この宿の備えを固め、同時に、いつでも引き払える支度もしておけ」

信長は、歴戦の佐々《さっさ》内蔵助成政《なりまさ》と河尻《かわじり》与兵衛秀隆《ひでたか》へ命じた。

信長が弟の勘十郎《かんじゅうろう》一派を破った稲生原《いのうはら》合戦で戦功を挙げたのが内蔵助で、勘十郎その人を清洲城に誘殺するさいに実際に刃《やいば》をふるったのが与兵衛である。

着替えを了えると、信長は、勝三郎ら十名ばかりを供に、小一郎の先導で、夜の洛中へ出た。

道々、勝三郎が小一郎に持萩中納言家のことを訊ね、その問答は信長の耳にも入った。

「持萩家は永く無名と申すべき貧乏公家にございましたが、学問に秀《ひい》でた祖父宣《のぶ》良《よし》が前《さき》の帝《みかど》のおぼえめでたく、はじめて家運盛んになるやもしれぬと思われた頃……」

宮中奉公を始めた宣良の息女の仲《なか》が、子を身籠《みご》もり、帝の御胤《おんたね》という噂が立った。すでに旭《あさひ》という名の私生児の女児を持つ身でもあった仲に、後宮の家格も気位も高い女御《にょうご》たちが激怒する。むすめが暗殺されることを恐れた宣良は、仲と旭をひそかに他国へ落とした。すると、女御たちは、むすめの居所を白状せぬ宣良を、病死とみせて毒殺してしまう。

憐《あわ》れんだ帝は、宣良に追贈し、持萩中納言とした。

「牢々《ろうろう》し、どこぞで男の子を産《う》んだ仲が、やがて居ついたのは、実は織田さまのご領国尾張の愛知郡御器所村《ごきそむら》にございます。そのときに連れていたのは旭だけで、男の子はおりませなんだ。仲は同じ愛知郡の中々村に住《じゆう》す弥右衛門《やえもん》という者に嫁《とつ》ぎ申した。弥右衛門は、尾張守さまの御父上《おんちちうえ》・備後守信秀《びんごのかみのぶひで》さまのご家臣のどなたかに仕《つか》えた弓足軽のひとりだったとか。初めてのいくさでうけた傷が癒《い》えず、なにひとつ手柄を立てられぬまま、百姓に相なりましたので、おそらく皆様がご存じない取るに足《た》らぬ者。身共は、その弥右衛門と仲の間に生まれた子にございます」

小一郎が四歳のときに弥右衛門は卒し、仲は織田家の同朋《どうぼう》・筑阿弥《ちくあみ》に再嫁《さいか》した。

同朋というのは、江戸時代になると老中《ろうじゅう》や若年寄《わかどしより》への取次役《とりつぎ》として権力をもったが、戦国期のそれは、足利三代将軍義満《よしみつ》の執事《しつじ》・細川頼之《ほそかわよりゆき》が、帝王教育の一環として、異形《いぎょう》の法師に殿中で愚《おろ》かな言動をさせ、そういう佞人《ねいじん》を憎むよう主君に教えたことを始まりとし、その伝統を多分に残していた。だから、殿中で諸《しょ》侍《ざむらい》からいいように使われ、小馬鹿にもされる雑役《ざつえき》の者にすぎない。

その筑阿弥を継父に持った途端、周囲から小筑と蔑称《べっしょう》されるようになった小一郎は、腹立たしかった。外では愛想笑いばかりしているくせに、家ではひどく陰気な筑阿弥を、大嫌いだったせいもある。

筑阿弥のほうもこの継子を疎《うと》ましく思い、一時、寺奉公をさせた。

十五歳になって、小一郎がついに出奔《しゅっぽん》を決意すると、仲がおのれの素生を初めて明かしてくれた。日吉と名づけた、小一郎にとっては三歳上の異父兄が生きていることも。「日」という文字は、天皇や皇子を意味する。

「では、そのほうの母が皇胤《こういん》を宿したというのは、ただの噂ではなく真実《まこと》であったということなのか」

勝三郎が、驚きのあまり、初めて口を挟《はさ》んだ。

「分かりませぬ」

かぶりを振る小一郎であった。

「日吉の父が誰であるか、母はそれだけは決して明かしてくれませなんだ。思うに、墓場まで持ってゆく覚悟なのでありましょう」

小一郎は、亡父の弥右衛門が遺《のこ》してくれた永楽銭《えいらくせん》を懐《ふところ》にして、幼なじみの甚左衛門とともに尾張を出奔し、他国で武家奉公などしながら、まだ見ぬ異父兄の行方を探した。すると、意外なことに、もともと持萩屋敷のあった洛中村雲の地に、日吉が二年前の暮れから堂々と住み始めたことが知れた。

折しも、前の天皇が崩御《ほうぎょ》し、新天皇が践祚《せんそ》した直後のことであった。あの皇胤騒ぎも、すっかり過去のこととなり、いまさら真実《しんじつ》など確かめようもないし、また暴《あば》こうとする者もおるまいと判断した日吉は、母のゆかり深き地で静かに暮らそうと思ったのである。

小一郎は、すぐに上洛し、日吉との兄弟対面を果たすと、やんごとなき生まれに相違ない兄の侍者《じしゃ》として、共に暮らすことにした。

高貴、甚《はなは》だ尊い、家柄が一流であることなどを、やんごとなし、という。

「さような次第にございます」

と小一郎が語り了えたところで、一行は村雲の持萩屋敷に着いた。

「ここか……」

勝三郎ら、信長に随従の者は皆、松明の火明かりで照らしてみて、拍子《ひようし》抜けの態《てい》である。それほど小さな屋敷であった。

「母が他国へ逃れ、祖父宣良も亡くなった後、当時の屋敷地の大半が余人の手に渡ってしまったそうにございます」

俯《うつむ》いた小一郎に、しかし、強い口調で言った者がいる。

「何を恥じ入ることやある」

信長であった。

「小さくとも、美しく手入れの行き届いた屋敷だ。あるじの心根《こころね》が知れる」

たしかに、塀でも建物でも、随分と修繕したであろうに、その跡《あと》は巧《たく》みに隠されている。玄関先も入念に掃き清められており、月明かりの降る庭もどこか雅《みや》びであった。

織田信長というのは、何事も美しく処すことを旨《むね》とした。下戸《げこ》であったことも人格形成に影響したかもしれないが、乱れたり、怠《なま》けたり、だらしなかったりする人間を終生嫌ったのである。その点で、持萩屋敷のあるじは信長の意に適《かな》っていた。

「いま兄に報せてまいりますゆえ、暫時《ざんじ》、お待ちなされますよう」

ひとり先に屋敷内へ入った小一郎は、一行を待たせるというほどもなく、玄関前へ戻ってきた。

「どうぞ」

一行が招き入れられた建物内も、装飾品は見当たらぬが、清潔そのもので、佳《よ》い香りがした。

短檠《たんけい》の明かりのみで薄暗い奥の間は、重い静寂に包まれていた。

信長の家臣たちが、それぞれに持つ脂燭《しそく》の明かりで、室内を照らす。

寝床にひとりが横たわり、ほかに枕許《まくらもと》に端座する者と、庭側の敷居際《しきいぎわ》に控える者とがいた。

「持萩家の日吉にござる」

枕許の者が名乗った。

「家人の増田仁右衛門《ましたにえもん》と申します」

と敷居際の若者は深く辞儀《じぎ》をする。

日吉の顔を見て、誰もが同じ感想を抱いた。

（猿面《さるめん》だ……）

とてものこと、やんごとなき出自《しゅつじ》とは思えない。

その空気を感じたものか、日吉はみずから告げた。

「近在の衆からは、貧乏猿どのと揶揄《やゆ》されており申す」

一様に俯いた信長の家臣たちだが、次の主君のことばに思わず顔を上げてしまう。

「では、似た者同士よな。わしは、うつけ者と嗤《わら》われておる」

初対面の者と信長がそんな打ち解けた会話をするのを、かれらは初めて見たのである。

「美濃の斎藤はさよう思うてはおりますまい。京へ刺客を放ってまで殺したいのは、よほど織田さまを恐れている証拠と存ずる」

「新九郎《しんくろう》は、図体《ずうたい》はでかいが、肝《きも》が小さいのだ」

斎藤左京大夫義龍の通称が、新九郎である。

それから、信長は、寝床の者をちらりと見やった。

「死んだか」

「ひと足違いにござった」

日吉はわずかに頭を下げる。

「御免」

勝三郎が信長に辞儀をしてから進み出て、死者の顔をまじまじと見た。

「たしかに丹羽兵蔵にござる。目許のほくろを憶《おぼ》えており申す」

「して、兄上……」

こんどは小一郎が膝を進める。

「丹羽どのからさらに何か訊き出されましたか」

「刺客どもの宿は、二条蛸薬師にあるようにござる」

と日吉は勝三郎へ言った。

「目印として、門柱に花びらの形を彫りつけた、と申された」

「それは大いなる手がかり」

「美濃衆の総勢は三十名。そして、これが丹羽どのの帯《おび》に挟まれており申した」

畳んである紙を、日吉は差し出す。

勝三郎が披《ひら》いてみると、人名が記されていた。

「頭立《かしらだ》つ者らの名に相違ない」

すると、信長の家臣中、べつのひとりが勝三郎へ寄った。

「美濃者ならば、それがしが……」

「五郎八《ごろはち》どのか」

美濃生まれの金森《かなもり》五郎八長近《ながちか》は、斎藤道三に仕えた時期もあるので、斎藤氏の家臣をおおよそ知っている。

紙に列挙されているのは、五名であった。

小池吉内《こいけきちない》。

平美作《へいのみまさか》。

近松頼母《ちかまつたのも》。

宮川八右衛門《みやがわはちえもん》。

野木次左衛門《のぎじざえもん》。

「兵庫《ひょうご》。おぬしも存じておろう」

後ろから覗《のぞ》き込んでいる者へ、五郎八は紙を渡した。

「なかなかの手錬者《てだれ》揃《ぞろ》いよな」

蜂屋《はちや》兵庫頭《ひょうごのかみ》頼隆《よりたか》が唸《うな》った。五郎八と同じく美濃出身なのである。

「お屋形。これより、先んじて討ち込みましょうぞ」

早くも片膝を立てる者がいた。

「早まるな、孫四郎《まごしろう》」

別の者が制する。

「われら皆、都は初めてゆえ、土地に通じておらぬ。また、敵の宿所を突き止めたとしても、夜でもあり、中のようすまでは分かるまい。探りも入れずに闇雲《やみくも》に攻めては、かえって痛い目をみよう」

「慎重居士《こじ》の五郎左《ごろうざ》どのらしいわ」

この会話の両人は、のちに織田軍団の錚々《そうそう》として名を馳せる。孫四郎は前田利家《まえだとしいえ》、五郎左が丹羽長秀《にわながひで》である。

「ならば、夜が明けてから、敵の宿所へまいり、堂々と名乗りを挙げて、真っ向から挑めばよい。人数はこちらが多いのだ」

なおも合戦を主張する孫四郎であった。

「畏《おそ》れながら……」

と日吉が信長を見ると、うなずきが返される。

「遠慮は要《い》らぬ。異見《いけん》あらば、申せ」

「京は天子《てんし》と将軍がお住まいのところ。もし洛中でいくさなど起こせば、別して、織田さまを尾張守に任ぜられたばかりの将軍家のお顔に泥を塗ることに相なり申す。子細に関わりなく、かまえていくさをしてはならぬと存ずる。さらに穿《うが》った見方をいたせば、斎藤左京大夫は三好筑前守《みよしちくぜんのかみ》と通じておるやもしれず、京で悶着《もんちゃく》を起こしたがさいご、織田さまばかりが咎《とが》めをうける恐れもござろう」

「斎藤と三好が……」

勝三郎が眼を剝《む》き、余の者らの表情にも驚きの色が浮かんだ。

「おそらく皆様はご存じないことであろうが、左京大夫は御相伴衆《ごしょうばん》に列せられるべく、幕府に働きかけており申す」

幕府御相伴衆というのは、名門の有力守護大名で構成されており、名を列《つら》ねるだけで、地方では権威が高まる。この職を得るには、いま京畿《けいき》を掌握《しょうあく》している三好筑前守長慶《ながよし》と交誼《こうぎ》を結ぶのが近道といえよう。長慶自身、将軍からみれば陪《ばい》臣《しん》にすぎないのに、譜代昵懇《ふだいじっこん》の者がつとめる幕府御供《おとも》衆の任を、力ずくでわがものとしている。

「持萩どのは、さようなことを何故《なにゆえ》ご存じか」

と五郎左が訊いた。

「没落したとはいえ、当家は公家の端《はし》くれ。京の上《うえ》つ方《かた》の動きはいささか耳に入り申す」

「つまりは……」

信長がようやく口を開いた。

「わしに、負け犬のように尻尾《しっぽ》を巻いて、早々に尾張へ逃げ帰れと申すのか」

応じて、日吉はわずかにかぶりを振る。

「織田さまの威《い》を示してのち、ご帰国あそばせば、ご面目《めんぼく》を立てられ申そう」

「威を示す、とは」

「この日吉にお任せいただけませぬか」

にいっ、と猿顔が微笑んだ。

その醜面《しゅうめん》は思いの外《ほか》の愛嬌《あいきょう》を湛《たた》え、信長は惹《ひ》きつけられた。

三

翌《あく》る早朝、金森五郎八と蜂屋兵庫頭は、二条蛸薬師の刺客団の宿所を訪れた。

小池吉内と平美作が、警戒のようすで、応対に出てきた。

「久しいな、吉内」

「美作も」

と五郎八と兵庫頭は、笑顔を向ける。

両人が日常着で、供も従えていないとみて、吉内と美作は、ちょっとひきつっていた顔をなんとか綻《ほころ》ばせた。

「驚き申した。よもや京で金森どのと蜂屋どのにお会いいたそうとは」

「まことに」

吉内と美作は、同じ美濃生まれでも、年長で家柄も上の五郎八と兵庫頭に対して、下手《したで》に出る。

「なんだ、美濃衆には聞こえておらなんだのか。お屋形がいまご上洛中ゆえ、われらは供をしておるのだ」

「お屋形とは……」

五郎八と吉内が、やりとりを始めた。

「尾張守護、織田三郎信長さまにきまっておろう」

「上総介さまは守護職を正式に拝命あそばされたのでござるか」

上総介は信長が用いてきた自称である。

「さよう」

「それは祝着《しゆうちやく》に存じ奉《たてまつ》る」

「それで、おぬしらが京へ入ったと伝え聞き……」

「あ、金森どの……」

吉内が五郎八の話を遮《さえぎ》る。

「何か」

「伝え聞いたとは、どこからにござろう」

「それを知っていかがする。何かまずいことでもあるのか」

「いや、まずいことなど何も……」

「とにかく、いまからお屋形へご挨拶にまいれ。案内《あない》いたすゆえ」

「いや、それは……」

「いかがした」

「われらのような身分軽《かろ》き者が、織田さまの御前《ごぜん》に罷《まか》り出るなど、畏れ多いことにござる」

「何を申す。尾張と美濃は契《ちぎ》りを結んでおるではないか」

両国の同盟は、すでに事実上は破れていても、表面上はまだ継続中なのである。

「山城入道《やましろにゅうどう》どのは悲運であったが、おぬしらの主君とわれらの主君が義兄弟にあられることも変わりはないのだ」

山城入道とは、子の義龍に討たれた斎藤道三をさす。

「金森どのの申されるとおりではござろうが……」

「さような遠慮は、お屋形が最もお嫌いになることぞ」

「そうだ」

と兵庫頭が口を挟んだ。

「実は、お屋形がおんみずから、おぬしらに会いたいと仰《おお》せられた」

「それはまた、なにゆえに」

「われらが、おぬしらのことを、並々《なみなみ》ならぬ武芸達者と申し上げたからだ」

「お買い被《かぶ》りにござる」

吉内も美作も、羞《は》ずかしそうにしたが、表情は輝いている。刺客を命ぜられたほどの者らだから、武芸達者と褒《ほ》められることは、単純に気分がよいのであった。

「同じ美濃者として、自慢したい気もあった。分かるであろう」

兵庫頭のこの一言が効《き》いた。

「相分かり申した。いま近松、宮川、野木もよんでまいる」

吉内と美作は奥へ戻ってゆく。

「あの日吉と申す男、たいした策士よ」

「いかにも」

と五郎八と兵庫頭は、小声で洩《も》らして、うなずき合った。

どのように吉内らに話すか、すべては日吉に授けられたとおりに運んだのである。

美濃衆の入京をいかにして知り得たか訊ねられたときは、間《ま》を置かず、逆に不審を口にすれば、後ろめたいかれらはその質問を引っ込める、という読みも中《あた》った。信長へ挨拶に出向くのをしぶったときは、かれらの名誉心をくすぐりながら、美濃者として共鳴もすれば、必ず承知する、ということも。

ほどなく、吉内と美作に、近松頼母、宮川八右衛門、野木次左衛門の五名が、現れた。

「われらは織田さまのご宿所へまいるのであろうか」

頼母が、五郎八と兵庫頭の表情を窺《うかが》うように言った。もしや事が露見《ろけん》していて、自分たちは逃げ場のない場所で返り討ちにあうのでは、と疑念を抱いたことは明らかである。

「いや。おぬしらには相済《あいす》まぬが、戸外で挨拶して貰う。お屋形はいま、上京小《お》川表《がわおもて》の細川邸をご見物中ゆえ」

と五郎八がこたえた。

「ご宿所で正式に拝謁を望むのなら、お屋形にそのように申し上げてみるが……」

「いや、わざわざお越しいただだいた金森どのらに、さような迷惑はかけられぬ。それればかりか、織田さまを煩《わずら》わせることにもなり申すゆえ、これよりご同道させていただきとう存ずる」

「さようか。では、まいろう」

美濃衆を安心させるため、信長がかれらを引見《いんけん》する場所は戸外がよい、というのも日吉の考えであった。

信長への刺客五名は、美濃から随従の者らを蛸薬師町の宿に残し、信長の家臣である二名と、連れ立って出かけた。呉越同舟《ごえつどうしゅう》というべきであろう。

小川表の細川邸とは、管領《かんれい》細川京兆《けいちょう》家の屋敷をさす。洛中の武家屋敷建築では、将軍邸を除けば、柿葺《こけらぶき》の最も宏壮《こうそう》なものなので、上洛した武士は皆、外観の見物に訪れる。

ところが、いまは邸内の見物も自由であった。三好長慶に擁立《ようりつ》された管領細川氏綱《うじつな》が、敵対する前管領細川晴元《はるもと》の残党から身を守るため、居所を淀《よど》城へ移してしまったからである。近々にも、許可を得た町衆《まちしゅう》が、屋敷を取り壊して町屋の区画にするらしく、見物自由はそれまでの処置であった。

「さすが京兆家のお屋敷だ。雅びで、贅《ぜい》を尽くしておる」

「それでいて、武家らしい質実剛健さも失《うしの》うておらぬ」

などと感想を述べながら、細川邸の門より往還へ出てきたのは、武家の一行である。

信長と十名ばかりの家臣に、日吉と小一郎の姿も見える。

五郎八と兵庫頭に同道し、ちょうど着いたばかりの美濃衆五名と出くわした。

五名は、地に折り敷き、それぞれ名乗って信長に挨拶をした。

「そのほうらっ」

冷然と見下ろしながら、信長は大音《だいおん》を発した。

往来の数多《あまた》の人々が、悔《ぎょ》っとして、足を止める。

「この織田尾張守信長を討つべく、美濃の親殺し、斎藤義龍より遣わされた刺客どもであるな」

小池吉内ら五名は、うろたえた。あわあわと口を動かすだけで、こたえられるものではない。

「若輩《じゃくはい》の奴原《やつばら》が進退にて、信長を覘事《ねらうこと》、蟷螂《とうろう》が斧《おの》と哉覧《やらん》」

信長がそう言った、と『信長公記《しんちょうこうき》』は著《あら》わしている。未熟者が信長の命を狙《ねら》うなど蟷螂の斧と嗤《わら》うほかない、との意味である。

「去りながら爰《ここ》にて仕るべく候《そうろう》哉」

そうであっても、ここで勝負をつけたければ対手《あいて》をしてやる、と信長はつづけた。

往来の人々の、怖がりつつも蔑《さげす》むような視線が五名の刺客に突き刺さる。かれらは、羞ずかしくなり、敵意を湧かせることもできず、一言も発せぬまま、すごすごと逃げていった。

野次馬たちのひそひそ話が、信長一行の耳に届く。

大将のやり方としてふさわしくないという声も聞こえたが、若き武将に似つかわしい勇猛さと好感を抱く者は少なくなかった。

「いまの織田さまの致《いた》し様《よう》は、褒貶両様《ほうへんりょうよう》にみられたことで、後々まで議論され、ご武名を京童《きょうわらべ》の心に遺すことに相なりましょうぞ」

信長その人へ告げたのは、日吉である。

実は、刺客たちにどう接するか、具体的なことを日吉は信長に言上《ごんじよう》しなかった。衆人環視の往来で刀を抜かずに威を示して追い返すことができれば、それが最上と存ずる、といわば理想を述べただけである。信長は見事にやってのけた。

「お屋形」

小姓頭の池田勝三郎が進み出た。

「あやつらも、宿所へ戻れば、あらためて自分たちのうけた恥辱を思い、なんとしても刺客の任を全《まつと》うせんとするやもしれ申さぬ。ここは、早々にご帰国あそばすのがよろしいかと存ずる」

「裏辻のご宿所を襲うてくるなら、返り討ちにすればよい」

腕を撫《ぶ》したのは、前田孫四郎である。

「洛中でのいくさは将軍家のご不興《ふきよう》をかう、と日吉どのが申されたではないか」

と丹羽五郎左が反論する。

「日吉の異見は」

信長が訊いた。

「いまの一件のあとでは、美濃衆も自重《じちよう》いたすはず。洛中で騒擾《そうじよう》を起こしては主家の斎藤家が京童に嫌われ申すゆえ。織田さまを襲うとすれば、おそらくご帰国の途次にて待ち伏せいたしましょう。洛外へ出るや否《いな》やか、あるいは尾張までの道中のどこかで」

「であろうな」

同じように考えていた信長なのである。

「数日、堺《さかい》、奈良《なら》をご遊覧ののち、ご帰国あそばされてはいかが」

信長の供衆があっけにとられることを、日吉は提案した。

「美濃衆も織田さまが早々に帰国の途につく、つまりは東へ往く、ときめつけておりましょう。よもや、西の堺や、南の奈良などへ向かうとは思いもよらぬこと。そうと知れたときには、美濃衆は後手に回り、焦《あせ》るばかりにて、たやすく取り返しのつくものではござり申さぬ。また、かれらが焦れば、その動きは露見いたしやすく、織田さまは常に先手を打つことがおできになると存ずる」

「日吉。そのほう、兵法《へいほう》を学んだか」

「恥ずかしながら、無学にござる」

「実地を踏んでおるということよな」

実践で身につけた、という意味である。

「戦国乱世で生き残るためにて」

「相分かった。日吉の申したとおりにいたそう」

「畏れ入り奉る」

それから、日吉は、おのが従者を、皆にあらためて紹介した。

「これなる増田仁右衛門を、案内役として使うていただきとう存ずる。近江《おうみ》生まれのこの者は、若年ながら、近江と東国路《とうごくじ》をつなぐ間道《かんどう》を知り尽くしておりますゆえ、ご遊覧後のご帰国の道中につきましても、万一のさい、尾張への道程をいかようにも変えることができ申す」

「行き届いたことだ」

と勝三郎が感心し、余の者らも安堵と納得の表情を泛《う》かべる。

日吉と小一郎は、信長が小川表から室町裏辻の宿所へ戻り、残りの供衆全員を従えて東寺口《とうじぐち》より出京するところまで同道した。

「日吉。そのほうが、武士となって出世をしたいと望んだときは、必ずわしが許《もと》へ参上せよ。かまえて他家へ仕えるでないぞ。もし敵に回れば、殺さねばならぬゆえな」

別れ際に、信長が言った。

「過分のお申し出とご褒詞《ほうし》にござる」

日吉は深々と頭を下げたが、小一郎が、畏れながら、と信長へ言上を始めた。

「身共が尾張を出奔いたす頃、織田さまご家臣の浅野又右衛門《あさのまたえもん》どのの家に、当時は七歳ばかりであったと存じますが、於禰《おね》という名のそれはそれは見目《みめ》うるわしき養女がおられました」

「小一郎。何の話をしておる」

日吉が叱りつけたが、

「よいわ。つづきを申せ」

信長は促した。

「兄が織田さまにお仕えいたすときは、尾張でそれなりの家柄の女子《おなご》を、妻に迎えさせていただきとう存ずる」

「よさぬか、小一郎」

また日吉が叱る。

「勝三郎。存じておるか、そのむすめ」

と小姓頭を振り返った信長である。

「見たことはござりませぬが、たしかに、御弓《おゆみ》衆の浅野家の十二歳になる養女は美しい、と聞こえており申す。実父は木下助左衛門《きのしたすけざえもん》であったかと」

「抜け目ない弟よ。のう、日吉」

「なにとぞご容赦《ようしゃ》を」

しかし、信長が気分を害したようすはない。それどころか、なかば面白がっている。

「いいだろう、小一郎。むすめをどこぞへ嫁がせるのは十五歳になるまで待つよう、又右衛門に命《し》じてやる」

「ありがたき仕合《あ》わせに存じ奉る」

「なれど、以後は浅野家の勝手」

日吉が二、三年以内に織田に仕えねば、於禰との縁組《えんぐみ》どころか、すべては御破《ごわ》算《さん》、という信長の最後通告といえた。

「お屋形。早《はや》、美濃衆に気づかれぬうちに」

と勝三郎が信長を急《せ》かす。

「されば、仁右衛門。織田さまのこと、くれぐれも頼んだぞ」

日吉も、信長一行の案内役を任せた増田仁右衛門に念を押した。

「畏《かしこ》まってござる」

京をあとにし、西へ向かう信長一行を、日吉と小一郎はしばし見送った。

「あのよう……」

日吉が溜《た》め息をつく。

「やりすぎだで、小一郎」

「お兄《に》ぃをできるだけ高《たこ》う売るための方便のひとつだぎゃあ」

「だでこいて、仕えんうちから縁組話はあらあすか」

「お兄ぃは勤仕《ごんし》の初めっから妻がいりゃあすほうがええ」

「何でゃあも」

「おっ母《か》ぁがこいとった。日吉は生まれついて女難の相《そう》だで、女でしくじりよるにしても、糟糠《そうこう》の妻さえおりゃあ、あんびゃあようやっちょくれようって」

「その糟糠の妻が、何で於禰ちゅうむすめきゃあも」

「さあ、知らん」

「知らんて……おみゃあ、ちょうらかすんか」

「於禰を見初《みそ》めたんは、おっ母ぁだで」

「んだまあ……だちかんがや」

埒《らち》があかない、つまり、話にならない、と日吉はあきれた。

信長一行は、これより数日間を堺・奈良遊覧で楽しんだのち、近江守山《もりやま》に到り、そこからは主要街道を用いず、間道の八風峠《はっぷうとうげ》越えで伊勢《いせ》へ入り、恙《つつが》なく尾張へ戻っている。刺客団がまだ帰国せず、急遽《きゅうきょ》、国許《くにもと》より加勢を呼び寄せ、東《とう》山道《さんどう》の近江・美濃国境と、東海道《とうかいどう》の近江・伊勢国境の鈴鹿《すずか》峠に網を張っている、と遊覧中の奈良にまで小一郎が伝えにきてくれたからであった。あとは仁右衛門の先導により、刺客団との遭遇を難なく回避できた次第である。

四

「こうなっては、織田に仕えるのは考えもの……」

「さようにございますな」

小出甚左衛門と増田仁右衛門が、吐息まじりに言って、日吉と小一郎の表情を窺った。

京は、どんよりとした梅雨空《つゆぞら》の下でくすんでいる。洛中村雲の持萩屋敷の内でも、主従の顔つきが暗い。

永禄《えいろく》三年五月の半《なか》ば。

信長との出会いから一年三ヶ月余が経《た》っている。

実は、日吉は元日に綺羅《きら》を飾って尾張清洲へ参上し、信長に仕えるつもりでいた。ところが、今川義元《よしもと》が織田を討つべく夏頃に出陣するらしい、と昨年末に伝わってきた。

義元は、駿河・遠江《とおとうみ》・三河三カ国の太守《たいしゅ》である。一方、信長は、尾張を完全に統一したとは言い難《がた》く、三河と国境を接する東部の一部は今川方に属していた。両者の軍事力には十対一ほどの大差がある。

いま信長に仕えるなど、すすんで死を求めるのも同然と言わねばならない。

「いまさら今川には仕えられぬしな」

と小一郎が言った。

「おぬしが今川方の衆と幾度も悶着《もんちやく》を起こしたからだ」

日吉は眉根《まゆね》を寄せる。

「別して、遠州《えんしゆう》の松下《まつした》家には随分と憎まれておろう」

今川麾下《きか》の遠江頭陀《ずだ》寺城の城主が、松下加兵衛《かへえ》である。一時期、小一郎は、松下家に仕え、才覚を顕《あら》わした途端に、主君の黄金《きがね》を盗んだという嫌疑をかけられた。加兵衛のおぼえがめでたくなった新参者《しんざんもの》に、譜代の者らが嫉妬して罠に嵌《は》めた、というのが真相であった。疑いを晴らせず、手討ちにされかけ、命からがら逃げた小一郎だが、業腹《ごうはら》に思い、早々に立ち戻って、本当に黄金を盗んでやったのである。

「兄上、おことばにござるが、あの黄金があればこそ、それを元手にいささか財を蓄《たくわ》え、この屋敷も皆の衣類その他もすべて調《ととの》えられたことを、くれぐれもお忘れなく」

「その財も、とうに尽きましてござる」

甚左衛門が、かぶりを振る。

実は、小一郎は、兄も自分も仕えるなら今川氏と最初は思っていたので、その家臣衆の家に奉公するところから始めた。だが、どの家も旧態依然として、固陋《ころう》な人間ばかりであり、おのが行く末に大いなる希望など抱けなかった。

兄弟が欲するのは、新しき考えを持って、周囲に反対されてもそれを推し進め、また才能ある者には即座に機会を与えてくれる、そんな主君であった。うつけ者と嘲笑《ちょうしょう》されている尾張の織田信長のことを探ってみると、まさにその意に適う人物と分かったのである。

探り得た言動から、日吉が信長の性格も分析した。人を的確に観《かん》ずるのは、日吉の天賦《てんぷ》の才であった。

一方で風紀に厳しくはあるものの、常に派手好みで、普通であることを嫌う信長との出会いは、劇的でなければならぬ。

そのお膳立てを日吉が策していたところ、小一郎が偶然にも、琵琶湖の乗合船で絶好のきっかけを得た。刺客団から信長の命を救うという、これ以上はない最善の出会いをとっさに思いめぐらせ、夜の洛中の往還で丹羽兵蔵を斬った。そのとき、以後の展開までしかと見えてはいなかった小一郎だが、そういうことは兄がなんとかしてくれると信じていた。日吉は母親譲りのほら話《ばなし》の上手《じょうず》なのである。皇胤だの、持萩中納言家だのも、仲の夢想の産物であった。

日吉の思惑通りに事は運んだ。最初の出会いで、信長のほうから仕えよと言わせることに成功したのである。

あとは、信長の居城《じ》・清洲への出現の仕方にかかっている。まずは、音信もせず、しばらく焦らす。そののち、織田の家臣一同揃って登城《とじょう》する年の始めに、いきなり颯爽《さっそう》と参上する。たった一日で尾張中に名を広めることができよう。それも、信長みずからが希《こいねが》って迎えた家臣として。

「美濃の斎藤大納言《だいなごん》に倣《なら》うことを思うていたが、虫がよすぎたか……」

ふっ、と日吉はおのれの浅慮を嗤った。

関白《かんぱく》まで昇った近衛稙家《このえたねいえ》の庶子《しょし》で、斎藤道三の養子となり、美濃烏《からす》ヶ峰《みね》（金山《かねやま》）に築城を許されたのが斎藤大納言正義《まさよし》である。十数年前に没したが、公卿《くぎょう》の子とは思えぬ勇猛果敢な将であったと伝わる。

清洲で信長に再会を果たしたとき、それとなくその名を口にするつもりでもいた。幼い頃に正義に会ったことがあり、同じやんごとなき出自として、親しく声をかけて貰った、と。

それで、正義と同様、ただちに城を与えられるとまでは思わないが、あらためて日吉は格別の者なのだと印象づけることができよう。

しかし、東海の覇者《はしゃ》今川が尾張侵攻に動き出したいま、信長の命運も日吉の野望も尽きようとしていると言わざるをえない。

「今川は二万五千、織田は二千から三千と聞こえており申す」

と仁右衛門が言った。兵力のことである。

「治部大輔《じぶのたいふ》の本軍もすでに駿府《すんぷ》を発したとか」

今川義元は治部大輔を称する。

「兄上。京を引き払い、西国《さいごく》へでもまいろうか。毛利《もうり》か大友《おおとも》なら、そう悪くなかろう」

「いや、小一郎どの。やはり東国がよい。北条《ほうじょう》、武田《たけだ》、上杉《うえすぎ》のいずれかで、どうであろう」

異を唱えたのは、甚左衛門である。

「それがしは、京を引き払うなら、今夜のうちにもいたすのがよろしいと存ずる。借債《しゃくさい》が嵩《かさ》んでおり申すゆえ」

声を落として、仁右衛門が言った。いつ借金取りがやってくるか分からないし、対策としては踏み倒すしかない。

「どうする、兄上」

小一郎が日吉に決断を促したそのとき、大きな物音が聞こえた。玄関のほうからである。

「申したそばから……」

若い仁右衛門が、真っ先に、蹴《け》るように座を立った。乱世のことで、ごろつきに借金取りをさせる貸主《かしぬし》は少なくないのである。

小一郎も早くも刀を手にした。

甚左衛門は、小柄な日吉をなかば抱えるようにして、ともに庭へ飛び出す。

廊下から部屋へ踏み込んできたのは、うらぶれた武士と、その従者であった。

「あ……伊場左門《いばさもん》」

驚いたのは小一郎である。

「憶えていたか、この盗《ぬす》っ人《と》めが」

眼を血走らせている伊場左門は、松下加兵衛の譜代の臣で、小一郎を罠に嵌めた者らのひとりである。

加兵衛の手箱より盗み出した黄金を保管しておき、犯人の小一郎を処刑したあとに、隠し場所を発見したことにして返す、というのがかれらの企《くわだ》てであった。その保管の役を左門が担《にな》った。ところが、小一郎に逃げられ、追手をかけても、ついに捕らえられなかった。その間にひそかにとって返してきた小一郎に、黄金を本当に盗まれたのである。実は、このとき遭遇したのは、左門ひとりであった。再度、小一郎を取り逃がした左門は、仲間に子細を語ったが、信じて貰えず、ねこばばしたときめつけられた。その後、陰《いん》に陽《よう》にいじめをうけるようになり、とうとう恥辱に堪《た》えかね、出奔を余儀《よぎ》なくされた。その後は、復讐鬼と化して、小一郎の行方を追いつづけたのである。

「逆恨《さかうら》みはよせ、左門」

と言ったところで、聞き入れる対手ではないので、小一郎は鞘を払う。

「わしを誰だと思うているっ」

庭で日吉の大音声《だいおんじょう》が上がり、小一郎も仁右衛門も振り返る。

左門に傭《やと》われた牢人者《ろうにんもの》どもであろう、庭へ回り込んできた四人が、日吉と甚左衛門へ刃を向けているではないか。

「三好筑前守長慶が甥《おい》、三好長勝《ながかつ》である」

牢人者どもがたじろいだのを見て、日吉は一気に畳みかける。

「わしとこの者らに掠《かす》り傷ひとつでも負わせれば、そのほうらは申すに及ばず、一族その他、関わる者はわが伯父《おじ》・筑前守によって皆殺しにされようぞ。幾許《いくばく》かの銭で請け負うたのであろうが、それに見合う所業《しょぎょう》と思うのなら、かかってまいれ。なれど、おとなしく引き下がるのなら、後日、三好一党の麾下に加えてやろうではないか。いかに、牢人輩《ろうにんばら》」

日吉の澱《よど》みない自信に充《み》ちた声音に、牢人どもは、困惑の態で、屋内の左門をちらちら見やるばかりである。

目下、京畿を掌握する実力者の三好長慶の弟や子らの名は、聞いたことがあっても、甥の名まで知る庶人は少ないはず。そこが日吉の狙い目であった。

「騙されるな。さような……」

そこまで口にした左門へ、小一郎が踏み込んで鋒を送りつけた。日吉のとっさの作り話を否定する言辞を吐《は》かせてはなるまい。

仁右衛門も、左門の従者へ斬りつけた。

突然、耳朶《じだ》を震わせる雷鳴が轟《とどろ》き、敵味方の皆、びくっと肩を竦《すく》めた。

あたりが、にわかに翳《かげ》り始める。天が黒雲に被《おお》われたのである。

風も吹きつけ、家屋を軋《きし》ませた。

轟然と雷雨が落ちてきた。庭では、たちまち、目の前の対手さえ隠してしまう雨幕となった。

（天佑《てんゆう》だ）

日吉は、甚左衛門の腕をとり、ともに屋内へ躍《おど》り上がると、

「逃げるぞ、小一郎。仁右衛門」

争闘の場を駆け抜けて、玄関へ向かった。

左門と鐔迫《つばぜ》り合い中であった小一郎は、体《たい》を入れ替えるや、対手を蹴倒し、日吉らのあとにつづく。仁右衛門も、左門の従者を足搦《あしがら》みで倒してから、逃げ出した。

天に稲妻が走った。直後、庭の木が発光し、幹が縦に引き裂かれた。落雷であ

る。

　牢人どもは腰を抜かした。

　屋内の左門も、火の尾を曳《ひ》きながら飛んできた枝に襲われ、悲鳴を上げて、転がった。

　翌日の五月十九日の午過ぎ、尾張東部の桶狭間《おけはざま》で、信長にも同様の天佑がもたらされている。

「俄《にわか》に急雨《むらさめ》石氷を投打《なげう》つ様に、敵の輔《つら》に打付《うちつ》くる」

　二《ふた》抱え、三《み》抱えもあるような楠《くすのき》の木を、薙《な》ぎ倒すほどの狂暴な風雨に、信長と織田勢は背中を押され、その天災を正面からまともに浴びる今川の大軍を撃破したのである。信長は、総大将今川義元の首を挙げた。文字通りの風雲児の誕生である。

　日吉、小一郎、甚左衛門、仁右衛門の四名が清洲城に到着したのは、二十日の陽《ひ》が落ちようとする頃であった。

　顔も体も泥田に落ちた如《ごと》く汚れて人相すら見定め難く、着衣は襤褸《ぼろ》も同然で、草鞋《わらじ》を履《は》き潰《つぶ》した足は血だらけである。

「ああ……間に合わなんだとは、生涯の不覚。公家の身を捨て、わが武者始《むしゃはじ》めは、必ず織田さまの御為《おんため》にと期しておりましたものを……」

信長の御前で、日吉は大声を上げて泣いた。

実は、かれらは、京を出奔したあと、左門ではなく、こんどは本当に借金取りが追いかけていると知り、死に物狂いで逃げに逃げた。その途次で、信長が暴風雨という天佑によって奇跡の勝利を収めたと聞いた。日吉は運命を感じた。やはり織田信長こそ唯一無二の主君とすべき武将である、と。

そこで、今川の尾張侵攻を知って、織田方に参陣すべく、京より夜を日に継いで信長の許へ馳せつけた、という態をとったのである。

「何を申す、日吉。京より四十里の道を命《いのち》懸《が》けで駆け通したのは、立派な武者始めぞ」

「お屋形……」

「ようまいった。去年のそのほうの働きがあればこそ、わしは命冥加《いのちみようが》を得て、桶狭間で今川治部を討つことができたのだ。本日より、側近《そばちか》くに仕えよ」

「あまりに勿体《もつたい》ない仰せ」

「仕えるにあたり、何か望みあらば、申せ」

「されば、それがしの素生はお忘れ下され。美濃の斎藤大納言のような末路は迎えとうございませぬゆえ」

　大納言正義は、関白近衛稙家の血というきらびやかな出自と、戦場での見事な働きぶりから、道三を凌《しの》ぐのではないかという人望をあらわした。結果、道三の手の者に暗殺されたのである。

「そちがみずからさよう申すのなら、忘れよう」

　日吉が自分の素生を忘れてほしいと言ったのは、出世の計画を大きく転換して、信長にまっさらの状態から仕えると思い決したからである。あのでたらめ話を誰かに詮索《せんさく》されたくない。

　それと同時に、信長は自身を超えて出すぎる者には容赦しない、と察せられたこともある。皇胤として才能をあらわすのは、好ましくあるまい。

「日吉の名もなかったものと」

「では、そちを何と呼べばよい」

「御覧のままに」

　泣き止んだ日吉は、にいっと綻ばせたおもてを、おのが指で差した。

　得たり、とばかりに、信長は膝を打つ。

「猿っ」

「ははあっ」

平伏する日吉であった。

のちの豊臣秀吉《とよとみひでよし》は幼少年期に日吉丸とよばれた、と後世に知られるが、実は俗説にすぎない。天下人になってから、元日の日の出とともに誕生したという物語が創作されたことによる。実際には、何とよばれたのか詳《つまび》らかではない。

「猿」

再度、信長によばれ、日吉はおもてを上げた。

「励んでちょう」

励んでほしい、と信長はふいに国訛《くになま》りを出した。

「でゃあじょうぶ」

大丈夫、と日吉も思わず尾張弁で返してしまってから、はっと気づいた。

「わしが信用できるのは尾張者よ」

この瞬間、日吉は悟った。信長にはすべて見透《みす》かされていたのだ、と。

真実《まこと》は日吉も弥右衛門と仲の子で、尾張で生まれている。が、おのが容貌《ようぼう》に対する劣等意識により、幼い頃は家から出なかったので、存在すらほとんど知られていなかった。自分が皇胤というのは、子に自信をもたせるための母の作り話、と初めから気づいていた。このままでは、倅《せがれ》はまともに育たないと案じた仲に、ひとりで生きよ、と広い世の中へ放り出され、放浪をつづける中で、様々な処世術を身につけたのである。

「浅野家の於禰を許嫁《いいなずけ》といたせ」

言い置いて、信長は会所《かいしょ》を出ていった。

その背は、日吉の目には途方もなく大きく見えた。

京から駆けどおしで疲労困憊《こんぱい》の三名、すなわち、のちの秀吉の右腕・羽柴《はしば》小一郎秀長《ひでなが》、豊臣秀頼《ひでより》時代の五奉行のひとり増田仁右衛門長盛《ながもり》、秀頼の輔佐《ほさ》をつとめあげた小出甚左衛門秀政《ひでまさ》は、緊張の糸が切れ、板の間へ大の字に寝転がってしまう。

秀吉の名が当時の文書に初めて登場するのは永禄八年からで、それ以前は素生も事績も不確かで、伝説の域を出ない。よって、武者始めもいつどこの戦いであったのか、皆目《かいもく》分からないのである。

それなら、織田家での出世を胸に、信長に奉公を許されたその日をもって、秀吉の武者始めとして差し支えないであろう。

「お屋形、いずれへまいられまするか。猿めは、どこへなりとお供仕りまする」

呼ばわりながら、若き日の太閤《たいこう》秀吉は、主君信長のあとを嬉々として追った。

薬《や》研《げん》次《じ》郎《ろ》三郎《さぶろう》

一

「よう憶《おぼ》えている」

風やわらかに、光のどかな春景《しゅんけい》の中、近づく城を、馬上《ばじょう》より眺めやりながら、松平次郎三郎《まつだいらじろさぶろう》は、得心《とくしん》したように言った。

「岡崎《おかざき》をお離れになったとき、殿《との》は幼子《おさなご》にあられたというに、よう憶えておいでとは……」

乗馬《じょうめ》を並べて進む鳥居伊賀守忠吉《とりいいがのかみただよし》が、声を湿らせ、皺顔《しわがお》を歪《ゆが》める。

前後を守る従者たちも、泣きそうである。

岡崎城を本拠とする松平氏は、一時は三河《みかわ》一国を制圧した清康《きよやす》が、家臣に誤《あやま》って殺されると、瞬《また》く間《ま》に力を失った。以後、東からは駿河《するが》・遠江《とおとうみ》二カ国を支配圏とする今川義元《いまがわよしもと》、西からは尾張《おわり》の実力者・織田信秀《おだのぶひで》、それぞれの侵略をうけ、いずれかに属すほか、生き残る道はなくなってしまう。清康の後嗣《こうし》の広忠《ひろただ》は、今川を選び、当時六歳であった嫡男竹千代《ちゃくなんたけちよ》を人質として駿府《すんぷ》へ送った。

駿府行きの途次《とじ》、織田方に身柄を奪われた竹千代は、しばらく尾張で過ごしたものの、八歳の冬、今川方に捕らえられた織田信広《のぶひろ》との人質交換によって、岡崎へ帰還する。しかし、わずか数日の滞在しか許されず、そのまま再び駿府へ赴《おもむ》かねばならなかった。

以後、竹千代にとって、故郷岡崎は遥《はる》けき地となった。

十四歳を迎えた昨年の三月、義元の加冠《かかん》によって元服《げんぷく》し、名を松平次郎三郎元信《もとのぶ》と改めた。「元」は、義元の偏諱《へんき》を賜《たまわ》ったものである。

その年の十月には、隠栖《いんせい》中であった太原雪斎《たいげんせっさい》が入寂《にゅうじゃく》した。禅僧の雪斎は、黒衣の勇将でもあり、織田信広を捕らえて人質交換を実現し、その後は次郎三郎の師として、兵学を含む学問を授け、訓育してくれた恩人である。また、雪斎の働きによって庶兄《しょけい》との家督《かとく》相続争いに勝つことができた義元にとっても、政事《せいじ》・軍事の指導者というだけに留《とど》まらず、師父とよぶべき存在であった。

雪斎は、義元に遺言《ゆいごん》していた。次郎三郎は元服したのだから、いちどは岡崎に帰してやるべきだ、と。

織田方との合戦では、岡崎衆は今川氏から常に先鋒《せんぽう》を命ぜられ、これまで多くの犠牲を払っている。その忍従は、広忠も刺客《しかく》に討たれて以後、駿府に人質の幼君《ようくん》が何より大事なればこそであった。次郎三郎の立派に成長した姿を、一度でも直《じか》に拝することができれば、岡崎衆の気持ちも少しは和《やわ》らぐであろう。

師父の遺言に、義元が渋々《しぶしぶ》ながら応《こた》えた。

かくして次郎三郎は、年が改まって十五歳の春、こうして岡崎への一時帰国を許可されたのである。

遠江・三河の国境《くにざかい》で次郎三郎を出迎えたのが、伊賀守であった。

「わたしが岡崎のことを忘れぬのは、爺《じい》のおかげだ」

松平氏譜代《ふだい》老臣の伊賀守を、次郎三郎は親しみをこめて爺とよぶ。

「うれしいことを仰《おお》せられる」

次郎三郎が人質となった当初から衣類や食料を絶やすことなく送りつづけ、度々《たびたび》みずから駿府へ出向いて、主君に岡崎のようすをつぶさに語って聞かせる忠臣であった。

「爺。あれは……」

大手門へつづく沿道に居並ぶ人々が、次郎三郎の目に入ってきた。

「いつでも殿の手足となる者らにござる」

松平家臣団である。

近づくにつれ、次郎三郎は声を失ってゆく。

（なんという……）

貧窮《ひんきゅう》は一目瞭然《いちもくりょうぜん》であった。

今川義元は、三河の松平領の年貢をすべて押領《おうりょう》し、次郎三郎には雀《すずめ》の涙ほどの扶持《ふち》をあてがっている。従って、今川からも人質の主君からも何も貰《もら》えない松平家臣団は、みずから田畑を耕したり小商《こあきな》いをしたりで、ぎりぎりの自給自足生活を余儀《よぎ》なくされて久しい。そういう中で、年に幾度《いくたび》も行われる対織田の合戦では、主君不在のまま、死傷率の最も高い先鋒を常に命ぜられて、そのたびに働き手の男たちが命を落とし、かれらの困苦のほどは言語に絶した。

その現実を、伊賀守より聞かせられたことのない次郎三郎ではある。しかし、人質生活が長いと、おのれを守るために、他者を注意深く観察することが癖《くせ》となっている。おかげで、駿府の義元や今川家臣の言動から、岡崎の家臣たちのようすを、おおよそ察していた。

それゆえ、元服のさい、次郎三郎は義元へ意を決して願い出た。せめて松平氏の本領の山中《やまなか》二千石をお返しいただけませぬか、と。

「お屋形《やかた》の御諱《おんいみな》を賜るだけでは不足と申すか」

「三河の田舎《いなか》者の小倅《こせがれ》が生意気な」

「分《ぶん》を弁《わきま》えよ」

義元自身は返辞を濁《にご》したが、今川の重臣たちから罵声《ばせい》を浴びせられ、願いは叶《かな》わなかった。

それでも、岡崎衆の苦難のさまは想像の域を出なかったので、次郎三郎も義元にふたたび願い出ることを諦《あきら》めた。そこまで酷《ひど》い状況ではないのかもしれない、と思い直したのである。

だが、いまわが目に映る岡崎衆は皆、痩《や》せこけた体に素襖《すおう》とも小袖《こそで》とも分からぬ襤褸《ぼろ》をまとい、足許《あしもと》も、破れた脛巾《はばき》や足袋《たび》や草鞋《わらじ》を着けている者もいるが、大半が裸足《はだし》であった。

喉《のど》が針のごとく細かったり、腹だけ膨《ふく》らんだ者も目につく。いずれも飢《う》えた者特有の姿ではないか。さながら、地獄の餓鬼道《がきどう》の亡者《もうじゃ》たちであった。

（これほどまでとは……）

永《なが》く人質の身である自分こそが誰よりも苦労している、と思わなかったと言えば、嘘《うそ》になる。しかし、次郎三郎自身は、駿府にいても、必要なものを国許《くにもと》より送って貰えるため、贅沢《ぜいたく》はできずとも、暮らしに不自由はない。好きな鷹《たか》狩りも愉《たの》しんでいる。それは、岡崎衆ひとりひとりの命を削る犠牲あってこそだったのだといま初めて知り、実感した。

「爺。わたしは……わたしは愚《おろ》か者だ」

胸を塞《ふさ》がれた次郎三郎は、声を震わせてしまう。

「殿。泣いてはなりませぬぞ」

ぴしゃり、と伊賀守が叱りつける。

「皆が望んでいるのは、何事にも動ぜぬ堂々たる主君にござる」

「無理じゃ、爺」

「皆の装《なり》や体《からだ》ではなく、顔をよく御覧なされよ」

目から溢《あふ》れ出た最初の涙を拳《こぶし》で拭《ぬぐ》い、次郎三郎は沿道のひとりひとりの顔を注視する。

馬上の主君を仰《あお》ぎ見る眼が、きらきら輝いていることに気づいた。目許、口許を綻《ほころ》ばせた表情から、声には出さねど歓喜が伝わってくる。

源頼朝《みなもとのよりとも》に憧《あこが》れ、鎌倉幕府編纂《へんさん》の歴史書『吾妻鏡《あずまかがみ》』を愛読する次郎三郎にとって、御恩《ごおん》と奉公という強固な絆《きずな》を抜きにしては主従関係は成り立たない。ところが、主君たる自分は家臣に知行《ちぎょう》も名誉も何も与えていないのに、かれらはみずからの命も体も次郎三郎のために躊躇《ためら》わずに投げ出してくれる。御恩を求めない無償の奉公であった。

頼りにならない主君を家臣が見限るのは当たり前の時代にあって、信じがたいほど稀有《けう》な事例と言うほかない。そのことは、まだ十五歳の若さであっても、弱肉強食の戦国期において、人質という心許《こころもと》ない立場で生きる次郎三郎にはよく分かる。

「皆の者おっ」

感極《きわ》まった次郎三郎は、思わず、大音《だいおん》を発するや、

「感謝いたす……感謝いたす……感謝いたすぞ」

それなり、おいおいと泣きだした。

笑顔であった岡崎衆も、怺《こら》えきれずに号泣しはじめる。若き主君を泣いてはならぬと叱りつけた伊賀守まで、自身の滂沱《ぼうだ》たる涙を溢れるにまかせた。

のちの徳川《とくがわ》時代が二百六十年以上もほぼ平穏に保たれたのは、松平家臣団を祖とする徳川家臣団が挙げて幕府要職に就《つ》き、主家の存続のみを迷うことなく絶対的価値としたからである。世界史の中でも珍奇な人々と言わねばなるまい。

だが、かれらは、このときも以後も、自分たちを珍奇などと思ってはいない。主君のために身命を尽くすのは、当然のことで、無上の悦《よろこ》びでもあった。

やがて、大手門へ達すると、次郎三郎は、同族の重臣・松平次郎右衛門重吉《じろうえもんしげよし》の出迎えをうけた。

岡崎城の城代は義元の命令を奉じた今川家臣でも、松平家臣団を統率する惣奉行《そうぶぎょう》には、伊賀守とこの重吉が任じられている。

いったん泣き止んだ次郎三郎だが、重吉の身形《みなり》もあまりにみすぼらしいので、また胸を詰まらせた。

「ほれ、皆、見てみよ。殿にはお変わりなくいまも泣き虫竹千代君《ぎみ》にあられるぞ。重畳《ちようじよう》、重畳」

重吉が笑い、余の家臣たちもどっと哄笑した。幼少の頃は何かにつけてよく泣く次郎三郎だったのである。

「次郎右衛《じろうえ》」

涙を怺えて、次郎三郎は切り返した。

「そのほうも、変わりなく、くそ爺だな」

家臣たちの明るい笑いが、層倍《そうばい》のものとなった。

「次郎右衛どの。殿のお勝ちじゃ」

「さよう、さよう」

「逞《たくま》しゅうなられた」

若い家臣たちは大喜びである。

「畏《おそ》れ入り奉《たてまつ》る」

重吉も素直に、次郎三郎へ頭を下げた。

その重吉の背後がざわついた。

うってかわって、上等な身形の武士が五人やってきたのである。

「今川の城代にござる」

伊賀守が、素早く小声で次郎三郎に告げてから、下馬《げば》した。

次郎三郎も鞍《くら》から腰を浮かせると、両手を少し前へ出した重吉から、そのまま、と目配《めくば》せされた。本来の岡崎城主なのだから、城代などに下馬の礼をとる必要はない。

しかし、次郎三郎は、みずからの判断で馬を下り、進み出て、対手《あいて》を迎えた。

「城代の山田新右衛門《やまだしんえもん》と申す。ご城主には恙《つつが》ないご帰国、祝着《しゅうちゃく》に存ずる」

思いの外《ほか》、丁重な辞儀《じぎ》をする新右衛門であった。

「わざわざのお出迎え、恐悦に存じます」

次郎三郎は、対手以上に、腰を深く折る。

「それがしがご本丸《ほんまる》へ案内《あない》いたそう」

　と新右衛門は、次郎三郎の前を空け、城内のほうへ腕を差し伸べた。

「まことにかたじけないご配慮ながら、わたしは、いまだ武者始《むしゃはじ》めもしておらぬ若輩者《じゃくはいもの》。さような者が、いくさでは本陣となる本丸に、たとえ数日の間であっても、入ってよいものではありませぬ。ましてや、治部大輔《じぶのたいふ》さまの厚きご信頼により、岡崎城を託された山田どのを差し置いてなど、不遜《ふそん》のきわみ。わがままを申しますが、二の丸にて旅装を解《と》くことをお許しいただきとう存じます」

　治部大輔とは義元をさす。

「相《あい》分かり申した」

　大きくうなずく新右衛門であった。

「ご帰国の間は、気随気儘《きずいきまま》に過ごされよ。また、ご不足のものあらば、わが家来どもに何なりとお言いつけ下されし」

「わたしはこうして、故郷の山野と、永く会えなんだ家臣たちの顔を眺められるだけで充分にございます」

「されば、今宵《こよい》は、二の丸へ酒《ささ》など届け申そう」

「重ね重ねのご厚情、感謝申し上げます」

上機嫌の新右衛門は、家臣を従えて、本丸へ戻っていった。

遠ざかるその背をしばし睨《にら》みつけていた重吉が、振り返って、次郎三郎をも睨んだ。

「殿。本丸へ入らぬは武者始めもいまだしの若輩者ゆえという理由は、百歩譲って、それがしも受け容《い》れ申そう。なれど、あのような今川の犬に、あそこまで遜《へりくだ》るのは情《なさ》けない限りにござるぞ」

「次郎右衛。おぬし、いまのわたしの年齢《とし》には敵の首級《しるし》を挙げたほどの剛《ごう》の者であろう。なのに、兵法を知らぬのか」

「あれを兵法と仰せられるか」

「兵は詭道《きどう》なり。これは始計《しけい》ぞ」

戦術の要諦《ようてい》は敵を欺《あざむ》くこと、という孫子《そんし》の兵法の計の基本、つまりは初歩である。

『孫子』『呉子《ごし》』『尉繚子《うつりようし》』『六韜《りくとう》』『三略《さんりやく》』『司馬法《しばほう》』『李衛公問対《りえいこうもんたい》』の武経七書《ぶけいしちしよ》をすべて、次郎三郎は雪斎より学んだ。

「あの山田という御仁《ごじん》とて、一見、礼を尽くしてわたしを本丸へ誘うたように見えるが、あれも詭道。わたしを試《ため》したのだ」

「これで、殿のご逗留《とうりゅう》中、今川の目も緩《ゆる》くなり申そう」

と微笑んだのは、伊賀守であった。

後日、新右衛門から駿府へ、このときの次郎三郎の言動が伝えられると、義元は大いに感じ入ったという。

「さてさて分別厚き少年かな」

次郎三郎は義元をも欺いたということにほかならない。

「皆の苦労に比べれば、わたしが今川の城代に遜るぐらい、何ほどのことがある」

瘦せさらばえた岡崎衆を見渡し、次郎三郎は最後に、心からの感謝を込めた一言を付け加えた。

「ゆるせよ」

あちこちで嗚咽《おえつ》が洩《も》れ始める。

翌日、次郎三郎は、先祖と広忠の墓に詣《もう》でたあと、渡《わたり》城を訪れた。伊賀守の居城である。

新右衛門から随行の目付役がつけられることはなかった。次郎三郎の殊勝《しゅしょう》な態度が効《き》いたと言ってよい。

矢作川《やはぎがわ》右岸に沿う額田《ぬかた》郡渡は、伊賀守にとって、嫡男の戦死したところで、これを憐《あわ》れんだ広忠より賜った土地である。そこに洪水を防ぐ高堤をめぐらせた城を築いた。

「まいられよ」

伊賀守は、次郎三郎の手をとって、城内の蔵《くら》へ導き、開いて、中を見せた。

「これは……」

声を失う次郎三郎であった。

糧米《りょうまい》、武器、金銭などで埋めつくされているではないか。

「それがしは、年老いて、いくさでは殿のお役に立て申さぬゆえ、せめてこれくらいのことは……」

義元より松平領の賦税《ふぜい》に関する奉行にも任じられた伊賀守が、新右衛門ら今川家臣の監視の目を盗み、書面なども操作して、少しずつ貯《たくわ》えつづけてきたものであった。

「いずれ殿のご出陣のさい、兵糧《ひょうろう》に事欠《ことか》くことはござらぬ。また、良士《りょうし》を召し抱えることもおできになると存ずる」

「余の者は存じておるのか」

「今川に露見《ろけん》してはならぬゆえ、次郎右衛にしか明かしており申さぬ」

次郎三郎は、感動し、同時に戸惑《とまど》った。

「殿はいま、ここにあるものを家臣たちに分け与えたいと思われたのではござらぬか」

「……」

言い当てられて、次郎三郎は返辞ができない。

「さよういたせば、皆々、助かり申そう。なれど、それは一時の救済にすぎぬこと。殿の大事のさいに米穀資財《べいこくしざい》の備えがなければ、松平の御家《おいえ》も、家臣とその家族もすべて滅ぶは必定《ひつじょう》。殿がなすべきは、家臣たちに、一時の仕合《しあ》わせではなく、孫子《まごこ》の代までの仕合わせをもたらすことにござる」

「わたしにさような大層なことはできぬ。その前に、人質の身にできることなど、何ひとつあるまい」

「死なぬこと」

と伊賀守は、間髪《かんはつ》を容れず、言った。

「道甫《どうほ》さまも道幹《どうかん》さまも、若くして亡《な》くなられた」

ともに次郎三郎の祖父清康と父広忠の法名である。享年二十五と二十四であった。

当主を若くして失った家は、後継者が幼くて無力である。その悲劇が二代つづいた松平氏の急激な衰退は、当然といえよう。

いままた、まだ妻《めと》を娶らず、子をなしてもいない次郎三郎が死ねば、松平氏は間違いなく潰《つい》える。

「何があろうと、殿が生きていてくれさえすれば、われらはいかなる艱難辛苦《かんなんしんく》も耐え忍ぶことができ申す」

「わたしが生きたいと思うたところで、人質はいつ殺されてもおかしくない」

「われらが今川に決して叛《そむ》かず、織田とのいくさでよく働くうちは、殿が駿府で亡き者にされるなど、かまえてありえぬこと」

松平武士というのは、いくさにおいて粘り強く、ほとんど負けないので、今川にすればきわめて貴重な戦力であった。

「生きる。いまは、それのみが殿の使命と思《おぼ》し召されよ」

祖父の顔を知らず、父のそれも朧《おぼろ》げである次郎三郎にとって、伊賀守は親と変わらぬ存在といえた。その誠意が次郎三郎の全身に伝わり、この瞬間、血肉となった。

「爺。わたしは、生きる」

たった数日間でも、次郎三郎にとって、家臣団との強靭《きょうじん》な絆を確信し、自身の心も強くした里帰りであった。

二

「内蔵頭《くらのかみ》どの。わたしに薬方《やくほう》をお教えいただけませぬでしょうか」

庭の木々がうっすらと色づきはじめた人質屋敷の内において、次郎三郎は山科《やましな》言継《ときつぐ》に願い出た。

公家《くげ》の山科家は代々、皇室の財務を司《つかさど》る内蔵頭であり、わけても当代の言継は、式微《しきび》を極める禁裏《きんり》のために、みずから諸国を奔走《ほんそう》することを厭《いと》わない。裕福な今川氏より献金を引き出すため、駿府へも下向《げこう》してきたのである。

また、多芸多才でもつとに知られ、別して医術は、専門医を顔色なからしめるほどに精通し、治療活動まで行っている。

「薬方と申されたか……」

薬の処方、調剤の方法のことである。

「若《わこ》うてお元気そうだが、お体のどこを患《わずら》っておられる」

当然ながら、患部によって、処方する薬は異《こと》なる。

「どこも患っておりませぬ。わたしは、本草《ほんぞう》を知り、おのが手で色々な薬を作ってみたいのです」

本草とは薬用植物のことである。

言継は、まじまじと次郎三郎を見てしまう。

戦陣で刀疵《きず》や槍《やり》疵や鉄炮《てっぽう》疵など、いわゆる金創《きんそう》を負ったとき、ただちに従軍の医者の治療を受けられる者は稀《まれ》であり、大半はみずから応急手当てをしなければならない。そのため、いくさが日常茶飯のこの時代、武士の多くは金創医術だけはかじっている。医術の流派は多数あっても、金創の治療に関してはほぼ同じであったから、憶えやすかったともいえよう。

しかし、薬物は種類が二千種近くもあって、薬方も各流派によって異なる。流派秘伝という薬方も少なくない。

言継は、多くの流派を鑑《かんが》みて、総合的な薬方を行うが、いずれにせよ、付け焼き刃で身につくようなお手軽なものではない。

「次郎三郎どのはなにゆえ本草を学びたいのか」

「生きたいからです」

「生きたい、と……」

「はい。いかなる疾病《しっぺい》にも対処できる薬を常備しておれば、永く生きられる道理」

「一理あるとは思うが、次郎三郎どのもいずれ戦陣に赴《おもむ》かれよう。薬があっても間に合わぬことは、残念ながら少のうない」

「それでも生きたいのです」

「武士というは、常住坐臥《じょうじゅうざが》、死を覚悟しているのではござらぬのか」

「余人は知らず、わたしは何があっても死んではならぬのです。家臣らを皆、仕合わせにするまでは」

「……」

眩《まぶ》しげに次郎三郎を見る言継であった。

「承知いたした。駿府に逗留の間、できうる限り、教えてしんぜよう」

「感謝申し上げます」

「なれど、何の返礼も得られずに教授いたすほど、当方もお人好《ひとよ》しではない」

「人質の身では、できることは限られますゆえ、何であれ、返礼はご延引《えんいん》賜りたい」

「延引となれば、高《たこ》うつきますぞ」

「当然と存じます」

「潔《いさぎよ》いことだ。お信じ申そう」

後年、次郎三郎は、徳川家康《いえやす》となって三河を平定《へいてい》し、遠江をも版図《はんと》に加えようとした頃、言継から後奈良《ごなら》天皇十三回聖忌《せいき》のための献金を依頼され、これを快諾した。ただ、このときは、信長《のぶなが》に先に調達されてしまったので、実行できなかった。言継の死後も、山科家を気にかけ、家禄《かろく》三百石を与えている。

正二位参議《しょうにいさんぎ》の公卿《くぎょう》でもある言継は、日中は義元や今川の一族、重臣、大寺の住職、城下の豪商らに招かれて多忙なので、次郎三郎への本草学の講義はもっぱら夜に行われた。

それでも、生に執着する若き次郎三郎の脳は、本草に関する多くを吸収したのである。薬種道具一式を揃《そろ》えて、薬方の実践も繰り返した。言継が翌年の春に帰京するまで、およそ半年間の受講であった。

その間に、次郎三郎は妻を娶っている。今川の重臣・関口親永《せきぐちちかなが》の息女で、義元には姪にあたるという瀬名《せな》であった。

松平氏の存続のためには、早々《そうそう》に後嗣の男子をもうける必要がある。次郎三郎は連夜、新妻《にいづま》と交《まぐわ》った。

日頃、武芸鍛練《たんれん》を怠《おこた》らず、精力横溢《おういつ》する十六歳というだけでも充分すぎるのに、次郎三郎は、みずから調剤した八味丸《はちみがん》を服用して閨房《けいぼう》に臨《のぞ》んだ。中国伝来の精力強壮の秘薬・八味丸は、薬方が知られていないが、山科言継より伝授の本草学を駆使して、それに近いものを調剤したのである。

年上妻の瀬名は、若い良人《おっと》の激しい房事《ぼうじ》を当初は悦んだものの、やがて様々に体調不良を訴えはじめた。

「きょうはつむりが痛《いと》うて……」

「どうも胃の腑《ふ》が……」

「風邪《かぜ》気味と存じます」

そのたびに、次郎三郎は、瀬名自身から症状を根掘り葉掘り訊《き》きだすと、

「大事ない。わたしが治す」

嬉々として、みずから適薬を調合しては、妻の施療にあたったのである。

これよりおよそ五十年後、幼い嫡孫《ちゃくそん》（徳川三代将軍家光《いえみつ》）が重病に陥《おちい》ったさい、侍医団も匙《さじ》を投げたのに、家康の処方による薬を服用させたところ本復し

た、という逸話が伝わっている。

人質屋敷では毎夜、薬研車《やげんぐるま》の軋《きし》む音が止《や》まぬこととなった。

薬研というのは、調薬器具である。細長い舟形の中に深い窪《くぼ》みがあり、ここに刻んだ薬種を入れて、軸の付いた円板形の車を前後に押し引きして粉状《こなじょう》にする。別称を薬《くすり》おろしともいう。

次郎三郎の人質屋敷の右隣には、監視役の今川家臣、孕石主水《はらみいしもんど》という者が住む。

人々の寝静まった森閑《しんかん》とした夜に、微《かす》かに洩れ聞こえてくる薬研車の音で眠れない主水が、ある夜、とうとう怒鳴《どな》り込んできた。

「さようなことは、明るいうちに、安倍川《あべかわ》の川原ででもいたせ」

「薬種が川風で飛んでしまいます」

「川原と申したのは譬《たと》えじゃ。まわりに迷惑をかけるなと申しておる」

「助五郎《すけごろう》どのには、わたしの薬方を喜んでいただきました」

左の隣家も人質屋敷で、相模《さがみ》の北条氏康《ほうじょううじやす》の五男、助五郎が住んでいる。次郎三郎より三歳下だが、仲が良い。

「おとなしく、おやさしい助五郎どのに、おぬしがむりやり押しつけたに相違《そうい》ないわ」

　人質といっても、北条助五郎は義元の甥《おい》にあたるので、主水も悪くは言えない。

「主水どのは、いつも怒っておられる」

「他人事《ひとごと》みたいに申しおって。それは、人質の分際で、おぬしが怒らすようなことばかりしでかすからではないか」

　数年前、次郎三郎が庭で調教する鷹が、孕石屋敷へ飛び込んで、主水の烏帽子《えぼし》を鉤爪《かぎづめ》でひっかけてぼろぼろにした。以来、何かにつけて、次郎三郎の行動が気に食《く》わぬ主水なのである。

「どうも主水どのは癇癪《かんしゃく》持ちではないかと存じます」

「なんじゃと」

「癇の虫には、雪下《ゆきのした》の葉の絞《しぼ》り汁が効きますので、ただいまお作りいたしましょう」

　雪下の葉は、ほかに百日咳《ひゃくにちぜき》、腫物《はれもの》、火傷、しもやけなどに効果があるといわれる。

「もうよい」

主水は座を蹴《け》った。

「向後、おぬしには、より一層、目を光らせる。覚悟せよ」

後年、武田《たけだ》氏に仕《つか》えて、遠江高天神城《たかてんじん》に籠城《ろうじょう》した主水は、徳川勢に城を落とされると、今川時代の誼《よしみ》を恃《たの》んで命乞《ご》いをするも、家康の赦《ゆる》しを得られず、泣く泣く自害に至る。

主水の苦情など、どこ吹く風で、翌晩以降も、次郎三郎は調薬をつづけた。

実は、瀬名は、無尽蔵に精力を放つ良人との同衾《どうきん》の回数を減らしたくて、体調不良と偽《いつわ》ったのだが、どうにも察して貰えないので、ついに諦め、再び次郎三郎に、毎夜、女体を供することとなる。

それでも、次郎三郎の薬おろしは止まなかった。調薬という病に冒《おか》され、膏肓《こうこう》に入るの態《てい》というほかない。

舅《しゅうと》の関口親永が、あきれて言った。

「これからは薬研次郎三郎と名乗ればよいわ」

三

次郎三郎の武者始めは、十七歳の春であった。

「岡崎衆を率《ひき》い、寺部《てらべ》城を落としてまいれ」

と義元より直々《じきじき》に命ぜられた。

永く松平氏に対抗する三河国賀茂《かも》郡寺部城の国人《こくじん》、鈴木日向守重辰《すずきひゅうがのかみしげとき》が織田方に通じたのである。

「ご武運をお祈り申し上げます」

瀬名は、良人を初めて戦場へ送り出すというのに、表情にはなんの不安もなく、包み込むような穏《おだ》やかさに充《み》ちていたので、周囲から褒《ほ》めそやされた。

「あっぱれ、武人《ぶじん》の妻」

良人の執拗《しつよう》な房事からしばし解放される安堵《あんど》感のなせるわざだが、それと知る者はいない。

次郎三郎は、山科言継より贈られた『和剤局方《わざいきよくほう》』の写本を携え、二年ぶりに帰国した。同書は、中国の宋《そう》時代に定められた薬の処方書である。

今回は、岡崎城主としてみずから出陣するので、すすんで本丸へ身を移した。城代の山田新右衛門も、二年前の次郎三郎の神妙さに感じ入っていたから、これを当然として首座《しゅざ》を譲った。

「先々代さま、先代さまがご存生なら、お悦びはいかばかりであられたか……」

光り輝く金陀美具足《きんだみぐそく》に身を包んだ若き主君に、松平家臣団は落涙《らくるい》に及んだ。

「皆に受け取って貰いたいものがある」

軍議の場で、次郎三郎は、列座の家臣たちへ、みずから調剤した袖薬《しゅうやく》を与えた。

戦陣に臨むとき袖《そで》の下に携行する救急薬を袖薬という。次郎三郎自前のそれは、振り出し薬というもので、細かく刻んだ薬種をいれた薄布の小袋を湯搔《ゆが》いて飲む。現代のティーバッグに似たものである。

「二つあるが、こちらは体がひどく疲れたときに用いよ。必ず元気になる。もうひとつは腸胃《ちょうい》の腑の薬ゆえ、食傷《しょくしょう》にも効く」

賦活《ふかつ》薬と胃腸薬であった。食傷とは食中《しょくあた》りのことである。

「よもや、これらすべてをおひとりでお作りに……」

主君の武者始めの先鋒を望んで、これを次郎三郎から許された松平重吉が、両手に袖薬を持って、目をぱちくりさせた。

「余人に任せられるものか。大事な家臣たちの五臓六腑《ごぞうろっぷ》に関わる薬方なのだ」

「殿……」

重吉以下、列座一同、感激した。

これも、松平家臣団ならではの反応といってよい。

当時、武将みずから調薬をすることはめずらしいと言うほどではないにせよ、多くは専門の医者に任せた。血や糞尿など、不浄のものを扱う医者のすべき仕事を、武士が真似るのはいかがなものか、と敬遠されたのである。家康が江戸に幕府を開いて、身分制度が整い始めると、その考えは主流を占めるようになった。にもかかわらず、諸大名にまでおのが薬方を押しつける家康に対し、外様《とざま》大名などは皮肉をこめて「御医師《おんいし》家康」と陰口を叩いたという。

「殿のお心のこもった御袖薬じゃ。百万の味方を得たも同じぞ」

老齢のため出陣はしないが、岡崎城の留守を預かる鳥居伊賀守が、宣言する如《ごと》く言い、

「おうっ」

と家臣団も心をひとつにしたのである。

次郎三郎率いる松平勢は、矢作川沿いに北上した。四、五里ほどで、寺部に着く。

寺部城主の鈴木氏は、三河北部の有力国人として、同国中部に根付いた松平氏とは互いの境界線で幾度も戦い、次郎三郎の祖父・清康には敗れている。とはいえ、源義経《よしつね》の忠臣・鈴木三郎重家《しげいえ》の一族を祖とする名家を自負し、当代の日向守重辰はなかなか侮《あなど》れない対手であった。

いったん寺部城を包囲した次郎三郎だが、籠城勢の兵気に乱れのないことを察知し、周辺の地形なども観《かん》じて、躊躇いなく策を変じた。

「いま攻めても、寺部城は容易には落ちない。われらは徒《いたずら》に兵を失うばかりであろう。また、この城の攻略に手間取るうち、近隣の織田方の城より後詰《ごづめ》が放たれては、由々《ゆゆ》しき大事。まずは枝葉を伐《き》り取り、そののち本根《もとね》を断《た》つのがよいと思うが、皆はどうか」

武者始めでかくも冷静な判断をする次郎三郎に、歴戦の将として後見《こうけん》をつとめる譜代衆の酒井雅楽頭《さかいうたのかみ》や石川安芸守《いしかわあきのかみ》らは、舌を巻いた。

「上策と存ずる」

真っ先に松平重吉が賛成し、余の者にも否《いな》やはなかった。

「道甫さまのご再来じゃ」

「殿はきっと、三河を取り戻してくれる」

寺部城の囲みを解いた次郎三郎は、岡崎へ退《ひ》くとみせて、近隣の織田方の挙《こ》
母《ろも》、伊保《いぼ》、広瀬《ひろせ》などの諸城をたちまち抜いたのである。

その疾風迅雷《しっぷうじんらい》の動きに動揺した寺部城主の鈴木重辰は、戻ってきた松平勢に城へ放火されると、早々《はやばや》と降伏した。

「吾々《われわれ》戦場に年をふるといへども、これほどまでの遠慮はなきものを、若大将の初陣《ういじん》よりかかる御心付《おこころづか》せたまふ事、行々《ゆくゆく》いかなる名将にかならせたまふらん」

と『東照宮御実紀《とうしょうぐうごじつき》』に、老臣たちの感服のさまが記されている。文中の「遠慮」は、先を見通して深く考えるという、深謀《しんぼう》遠慮のそれである。

「殿。岡崎へ凱旋《がいせん》にございますな」

重吉が言い、皆も眩しげに若き主君を眺めやったが、次郎三郎からは、まだ帰陣せぬと告げられ、一様に訝《いぶか》った。

「水野《みずの》の伯父御《おじご》にも挨拶の一矢《いっし》を放ちにまいる」

事もなげな連戦宣言に、家臣らは仰天した。

「刈谷《かりや》を攻めるとの仰せか」

尾張知多《ちた》郡の緒川《おがわ》より出た水野氏は、郡境を接する三河碧海《あおみ》郡の刈谷にも進出し、その一帯に勢力を張っている。

当代の信元《のぶもと》は、初めは松平氏と結び、妹の於大《おだい》を広忠へ嫁《とつ》がせた。ところが、一転、織田へ寝返ってしまう。それで窮地に陥った広忠が、今川義元に支援を求め、嫡男竹千代を人質として駿府へ差し出すこととなった。同時に、於大も離縁し、実家へ戻している。

駿府行きの途次の竹千代を、織田方が拉致《らち》したさいも、陰で信元が動いていた。

竹千代すなわち次郎三郎にとって、水野信元は、父を裏切ったばかりか、母とは生き別れにさせた憎き伯父である。

「母上がおわすであろう刈谷城を攻めるつもりはない。城外で一戦交《まじ》えて、引き揚《あ》げる」

次郎三郎の壮気に、松平家臣団は勇躍した。かれらの苦難も、水野信元の裏切りが発端といえる。

長駆《ちょうく》、刈谷へ走った次郎三郎の松平勢は、刈谷城外ばかりでなく、境を越えて尾張へ入り、緒川や石瀬《いしがせ》でも水野勢と戦った。

松平勢の襲撃を予期していなかった水野勢が、当初は劣勢に立たされたものの、次第に盛り返してくると、次郎三郎は退鉦《のきがね》を打たせた。進退を心得た軍配である。

追撃してくる水野勢を散々に蹴散らして、撤退させることにも成功した。

ところが、戻ってゆく水野勢の間を抜け出し、なおも追ってくる者らがいるではないか。たった三騎で、しかも軍装ではない。

「待たれいっ、松平どの」

先頭の一騎が大音を上げた。

「それがし、熱田《あつた》の加藤図書助順盛《かとうずしよのすけよりもり》と申す。松平どのに申し上げたき儀がござる」

これが、殿軍《しんがり》をつとめた家臣から、次郎三郎へ伝えられた。

「熱田の加藤……」

忘れるものではない。尾張に人質の身であったとき、熱田の豪族にして商家でもある加藤家の屋敷で、一時期を過ごした。当主の図書助には親切にして貰った。

捕らえられた三人が、次郎三郎の前へ引き出されてくる。

「これは、まことに図書助どの」

白髪が目立つようになっても、記憶の中にたしかに留められている顔であった。あとの二人は、警固人《けいごにん》とみえる。

「ご記憶であられたとは、嬉しや」

安堵の息をつく図書助であった。

次郎三郎は、図書助らを押さえつけていた兵たちを退《さ》がらせる。

「不躾《ぶしつけ》とは存ずるが、挨拶を抜きにして、早《はや》、用件を申し上げたい。わがあるじ織田上総介《かずさのすけ》よりの伝言にござる」

「上総介どのが、わたしに……」

父信秀を悪病で失って以来、国内の反対勢力との戦いを凌《しの》ぎに凌いで、尾張平定に向けて邁進《まいしん》している織田信長のことである。

尾張での人質時代に幾度か会い、そのばさらな言動や身形は幼心《おさなごころ》に刻まれた。家督相続後の様々な噂も耳にしているが、悪評ばかりであった。

今川の家臣たちも、信長のことをうつけと嗤《わら》っている。うつけとは、愚か、ばか、ぼんやりといった意味である。

評価が極端に偏《かたよ》るのは、それだけ他者にはない強烈さを持つ人間であることを、若くとも苦労人の次郎三郎は知っている。だから、信長については、ひとつだけ耳にした好評こそ信じられた。

「国持ち、人使いの上手の手本は、駿河の今川義元、甲斐《かい》の武田晴信《はるのぶ》、越後《えちご》の長尾景虎《ながおかげとら》、阿波《あわ》の三好長慶《みよしながよし》、安芸《あき》の毛利元就《もうりもとなり》。それに、まだ若いが、尾張の織田信長」

越前朝倉《えちぜんあさくら》氏の名将として天下に知られた朝倉宗滴《そうてき》が、生前の談話の中で語ったものである。

「あるじの言《げん》をそのままお伝えいたす」

「どうぞ」

「松平は今川治部の捨て駒《ごま》だ。このままでは岡崎の家来衆は悉《ことごと》くいくさで命を落とし、次郎三郎も三河一国どころか、岡崎城すら取り戻せぬ。ならば、おれと結べ。おそらく二、三年のうちには、治部はみずから尾張を攻める。そのとき、おれと次郎三郎とで、尾張と三河の国境にて治部を挟《はさ》み撃つのだ。あとは、尾張以西はおれの、三河以東は次郎三郎の斬り取り次第。うつけの夢と嗤《わろ》うてもよい。力ある者に踏みにじられるか、ともにうつけの夢を見るか、いかに次郎三郎」

「そのほうのあるじは、噂通りのうつけのようだな」

と図書助を睨みつけたのは、次郎三郎に近侍《きんじ》する植村新六郎栄政《うえむらしんろくろうひでまさ》である。十八歳の若年ながら、すでに剛勇を謳《うた》われている。

「新六郎。無礼を申すでない」

次郎三郎が叱りつける。

「殿。織田は信用なり申さぬ」

新六郎の亡父の氏明《うじあき》は、清康を誤って殺した家臣、広忠を討った織田方の刺客、いずれもその場を去らせず斬り捨てたという伝説の武人だが、二代にわたって主君の命を守れなかったことを、終生、後悔しつづけた。それゆえ、新六郎は、別して織田に対して含むところがある。

「ならば、新六郎。おぬしは今川を信用しておるのか」

同じく近侍の阿部善九郎正勝《あべぜんくろうまさかつ》が言った。

善九郎は、次郎三郎が六歳で人質となるときから、常に付き従ってきた忠臣で、新六郎とは同い年の武辺者《ぶへんもの》として認め合っている。

「それとこれとは……」

「織田の当主から松平の当主への伝言だ。家来のわれらが口を挟んでよいことではない」

同僚の説諭をうけた新六郎は、図書助に無礼を詫《わ》びてから、素直に引き下がる。

主従の絆ばかりか、こうした家臣同士の心の結びつきも強かったことが、松平氏、のちの徳川氏の最大の武器であった。これに比べて、徳川に先立つ織田・豊《とよ》臣《とみ》両政権がいずれも短命に終わった原因は、家臣たちが、前者は競争が烈《はげ》しすぎて心を疲弊《ひへい》させ、後者は寄せ集めでまとまりを欠いたからと言えよう。

「上総介どのは、わたしに伝言なさる機会を窺《うかご》うておられたのか」

次郎三郎が図書助に訊《たず》ねた。伝言の義元挟撃《きようげき》という非現実的な内容よりも、まずそのことが気になったのである。

「松平どのが武者始めで寺部を攻めることは、尾張へも伝わってまいった。すると、あるじは、次郎三郎ならば、いくさの成り行き次第では水野領へも攻め入るはずと申し、それがしに緒川城で待つよう命じたのでござる」

「上総介どのはなぜわたしの心のうちを……」

「わしは母には疎《うと》まれておるが、次郎三郎はそうではない。余儀なき次第で、親子の縁を引き裂かれたのだ。武者始めの晴れ姿を、たとえ遠目でも、母御《ははご》に見せたいと思うのが、子の心であろうよ、と」

にわかに、次郎三郎の心に、少年の姿が浮かんだ。熱田の浜に立って、ひとり海を眺めやるその遠い後ろ姿に、幼い人質の胸はなぜか締めつけられた。

いま思えば、あのときの少年は母親の愛に飢えた信長だったのかもしれない。実は、いまも飢えていればこそ、次郎三郎の心を推し量《おはか》ることができたのではないか。

「上総介どのへ、いま、わたしの申すままにお伝え下さい」

と次郎三郎は図書助に言った。

「命を助けていただき、ありがとう存じます。なれど、見てもよい夢ではありませぬ、いまのわたしには」

聞いた図書助がそのまま復唱し、次郎三郎はうなずき返す。

「されば、これにて」

図書助は、警固人の二人を従え、馬で走り去った。

「殿。命を助けていただきとは、いかなる意にござりましょうや」

少し眉を顰《ひそ》めながら、新六郎が質《ただ》した。

「分からぬか。上総介どのは、わたしが水野領を攻めることを察しておられた。

その気になれば、兵を率いて、われらを迎え撃つこともできた」

「なるほど、さようにございますな」

新六郎より先に納得したのは、善九郎である。

「わたしと結びたいという上総介どののお気持ちに、嘘偽《うそいつわ》りはないということだ」

それと確信すればこそ、次郎三郎も信長の申し出を無下《むげ》には突っぱねなかった。いまのわたしには、という一言で信長も察するに違いない。

「さてさて、こたびこそ岡崎へご凱旋じゃ」

高らかに、重吉が宣《せん》した。

四

次郎三郎が武者始めで大いなる戦功を樹《た》てたので、松平の老臣衆《おとな》は、駿府の義元へ三つの願いを上申した。

次郎三郎の岡崎復帰、岡崎城代である今川家臣の退去、松平旧領の全面返還。

しかし、義元から次郎三郎への恩賞は、岡崎の山中領三百貫の返還と、刀一振《ひとふり》のみであった。その身は以前と変わらず駿府に置かれ、岡崎城代も引き続き今川の者がつとめる。

次郎三郎も家臣団も、信長の伝言を思い起こした。松平は今川の捨て駒だ、という。

「畏れながら、武者始めでいささかの手柄《てがら》を樹てたのを機に、わたしの諱《いみな》である元信の信の一字を、祖父清康の康に改めとうございます。治部大輔さまのご武名に、祖父のそれをも加えれば、岡崎衆も喜び、こののちも主従ともども、今川氏のために身命を抛《なげう》つ覚悟は、一層揺るぎないものとなりましょう」

そんなふうに次郎三郎は義元へ願い出た。

「松平次郎三郎元康か」

「はい」

「よかろう」

「ありがたき仕合わせに存じ奉ります」

秘めた決意の実現に向けて、次郎三郎は最初の一歩を踏み出したのである。

松平主従が捨て駒生活に戻ったところで、年号が弘治《こうじ》から永禄《えいろく》へと改元された。

後嗣の欲しい次郎三郎は、再び、瀬名との連夜の閨房に勤《いそ》しんだ。

武者始めの戦陣において、兵糧として盛んに食《しょく》した岡崎産の豆《まめ》味噌で活力を得た経験から、これを以前にも増して食生活に取り入れるようになり、次郎三郎の精力は増した。

当時の日本で、米麹《こうじ》も麦麹も用いず、大豆のみで仕込む豆味噌を生産していたのは、岡崎を中心とする三河だけであった。いわゆる三州《さんしゅう》味噌とも八丁《はっちょう》味噌ともよばれるもので、米味噌、麦味噌に比して、生殖能力も頭脳の働きも最も高められる。貯蔵性も高かった。

「瀬名。これからは、そなたも食せ」

東国《とうごく》の都《みやこ》とよばれたほど、京文化の浸透した土地柄の駿府で生まれ育った瀬名には、甘みもなく、濃厚すぎる旨《うま》みと独特の風味の岡崎の味噌など、好みには程《ほど》遠かった。が、次郎三郎の調薬を服用させられるよりはましなので、味噌汁だけは我慢して飲んだ。

その甲斐あって、秋口《あきぐち》に懐妊《かいにん》と知れた。

冬には、尾張で大きな事件が起こった。信長が、家督を狙《ねら》っていた弟の勘十郎《かんじゅうろう》を清洲《きよす》城に誘殺したのである。これにより、信長の尾張統一は目前となった。

翌《あく》る永禄二年の三月、瀬名が臨月《りんげつ》を迎えた。

次郎三郎は、順気《じゅんき》の内服薬、出産促進の催生薬《さいせい》をはじめ、吐瀉薬《としゃ》、塗布《とふ》薬なども調合して、そのときに備え、前日に産婆《さんば》をよんで、用法を説明した。

「万一、瀬名の産門交骨《さんもんこうこつ》が開かぬ場合は、灌腸方を用いるゆえ、すぐに知らせよ」

「甘松《かんしょう》、石灰《せっかい》、蕎麦《そば》の花の黒焼きを配合し、蕎麦稾《わら》の灰汁《あく》で溶いたものを、管《くだ》で尻の穴から吹き入れる」

「ひっ……」

「かんちょうほう、にございますか」

「案ずるな。そのさいは、管はわたしが用いる」

「殿御《とのご》が産所へお入りになるなど、以《もっ》ての外のことにございます。ましてや、さような恐ろしいことまで……」

「わたしの妻だ」

「なりませぬ」

この出産は、次郎三郎にとって、重大な分かれ目であった。

生まれてくる第一子が、姫ならば、自分も松平家臣団もこれまで通り。だが、後嗣を得たならば、機を見て、今川に叛く。

後嗣には、元服も武者始めも、今川の下《もと》ではやらせたくない。

次郎三郎が産所へ入ることなく、赤子《あかご》は誕生した。

待望の男子である。

竹千代と名付けた。松平氏の嫡男の幼名《ようみよう》である。

（そなたには決して恥辱を与えさせぬ）

生まれたばかりの後嗣を腕の中であやしながら、次郎三郎は固く誓った。

桶狭間《おけはざま》合戦が起こったのは、およそ一年二ヶ月後の五月十九日のことである。

その日の午後のまだ早い頃合《ころあ》い、今川義元が桶狭間山で討たれたとき、次郎三郎の松平勢は、織田領に深く入り込んだ大高《おおだか》城を守っていた。

義元討死《うちじに》の第一報は、死に物狂いで馳《は》せつけた急使によって早めにもたらされた。今川方で最もいくさに強い松平勢の救援を、敗走軍が真っ先に期待したからである。

「まずは気を落ち着けよ」

薬研で下ろした鎮静薬を、湯で溶いて、次郎三郎は急使にすすめた。

ごくごく、と喉を鳴らして飲んだ急使は、のたうちまわって、口から泡を吹き、それなり頓死《とんし》した。

「死体は海にでも流せ」

大高城に急使など来なかったことにしたのである。ここから伊勢《いせ》湾が近い。

次の使者は、夕方に駆けつけた。もはや松平勢を除く今川方がことごとく逃げ散ったあとのことである。

「もっと早《はよ》うにわたしに報《しら》せてくれれば、ただちに弔《とむら》い合戦をいたしたものを……」

涙を流して口惜《くちお》しがる次郎三郎を、

「松平どのの誠心《せいしん》は、亡きお屋形にも充分に伝わり申そう」

と使者はむしろ慰めた。

その使者が発《た》ったあと、大高城を加藤図書助が訪れた。

「駿府ではなく岡崎へ戻られることと存ずるが、われら織田はかまえて追撃いたしませぬゆえ、松平どのには、道中、ご安心を」

「上総介どのは、おひとりで治部大輔を討たれた。もはや、わたしなど必要とされぬのではないかと存ずるが……」

「背後を気にせず、美濃《みの》を斬り取りたい。それが、あるじの次なる望み」

「ありがたい仰せ。されば、わたしは、早々に三河を平定いたそう」

「今川のまことのうつけを騙《だま》し騙しいたしながら事をなすのがよい。あるじはさよう申しておりました」

三河を奪還するには、この先もしばらくは今川方を装《よそお》ったままがよい、という信長の助言であった。義元の嫡男の氏真《うじざね》は、信長と同じく上総介を称するが、戦陣を厭《いと》い、和歌と蹴鞠《けまり》に現《うつつ》を抜かす愚か者なのである。

「正式の同盟の儀は頃合いをみて、と」

つづけて図書助は言った。

「畏《かしこ》まった」

次郎三郎も同意である。

「あるじの伝言を、いまひとつ」

「承《うけたまわ》る」

「織田と松平が一体となった本日をもって、あらためて、わしと次郎三郎のまことの武者始めといたそうぞ」

対等である、と信長は約束してくれた。向背《こうはい》の定まらぬ戦国時代において、奇跡的なほど長期にわたる信頼関係が、このときから動き出したといってよい。

翌日、いったん岡崎の大樹寺《だいじゅじ》に陣を布《し》いた次郎三郎は、山田新右衛門ら今川家臣が退去するのを待ってから、五月二十三日に、父祖伝来の岡崎城へ、威風堂々、城主として入った。

次郎三郎、十九歳。足掛け十四年に及んだ人質生活に、事実上、みずから終止符を打った瞬間であり、江戸開幕に向け、武具よりも薬種道具を存分に使うさらに長い道のりの始まりでもあった。

ぶさいく弁丸《べんまる》

一

広い会所《かいしょ》の上座の板壁には、白地に黒の躍動感溢《あふ》れる「龍《りゅう》」一字書きの大四《おおし》半《はん》。

亡《な》き上杉謙信《うえすぎけんしん》が総攻めのさいに掲げた「懸《かか》り乱れ龍」の旗である。君臣ともに常在戦場の心《こころ》懸《が》けを決して忘れぬよう、後継者・上杉景勝《かげかつ》が手ずから飾った。

壁際や敷居際《しきいぎわ》に居並ぶ近習《きんじゅ》衆は、微動だにせず、しわぶきひとつたてない。主君登場を待つ間にも油断や懈怠《けたい》があってはならぬのが、上杉家臣の日常である。

気配だけで、かれらは一斉に平伏した。

置き畳の三間《けん》ほど前に座を与えられ、景勝に初めて拝謁《はいえつ》する他国者ふたりも、それに倣《なら》う。

小姓《こしょう》のほかに、執政《しっせい》の直江山城守兼続《なおえやましろのかみかねつぐ》と信濃《しなの》国海津《かいづ》城主・須田満親《すだみつちか》を従え、景勝が会所へ入ってくる。

景勝は、置き畳に座すと、いつものように右手を大腰刀《おおこしがたな》の柄頭《つかがしら》に添えた。家臣に少しでも怠惰《たいだ》なようすがみえれば、即座に容赦《ようしゃ》なく斬り捨てるためである。

者が生涯で九十人を数えたという。上杉謙信は怒りにまかせてみずから手討ちにした『武徳編年集成《ぶとくへんねんしゅうせい》』によれば、

者が生涯で九十人を数えたという。何事も謙信流を絶対と信じる景勝なのであ

る。実の叔父《おじ》・甥《おい》の間柄である両人は、ともに癇癪《かんしゃく》持ちでもあった。

ひどく不機嫌そうだが、しかし、怒っているのではない。律儀《りちぎ》、朴直《ぼくちょく》が過ぎて、破顔《はがん》したことがないので、そういう面付《つらつ》きが常のものとなったのである。景勝の笑い声など、側近《そっきん》の者ですら聞いたことがない。

薄笑いなら、いちどだけみせた。頭巾を奪って木に登った猿が、それを被《かぶ》り、景勝をにんまりと見下ろしたときである。猿の仕種《しぐさ》が滑稽《こっけい》だったのか、あるいはその小面憎《こづらにく》さにかえって愛嬌《あいきょう》を感じたのか、本当の理由は居合わせた者らにも見当がつかなかった。

景勝は、正面に平伏する他国者ふたりを、凝視《ぎょうし》する。たとえ家臣でなくとも、作法を違《たが》えれば赦《ゆる》さぬという、炯々《けいけい》たる眼光で。

「皆、おもてを上げよ」

会所内に兼続の声が響き渡った。

他国者ふたりは、すぐには動かない。近習衆が先に顔を上げるのを待って、という謙虚さが、兼続には感じられた。

頃よしとみて、一方がすうっとおもてを上げ、そのやや斜め後ろに控える恰好《かっこう》の他方も、わずかに後《おく》れて倣った。主従なのである。

兼続は、伏せ気味の横目で、先に景勝の表情を捉《とら》えた。極端に無口なこの主君の意を察するには、何かに対したときの最初の反応を見逃してはならない。主君が目を瞬《しばたた》かせたので、兼続は驚いた。初めて引見《いんけん》する者を射貫《いぬ》くように見据《みす》えて、瞬《まばた》きなどしないのが景勝なのである。

兼続は、おもてを上げた他国者の主従へ、視線を戻した。

（これは……）

主《しゅう》が出《で》っ歯《ぱ》である。嘘《うそ》みたいに出ていて、透《す》きっ歯《ぱ》でもあった。戯事《ざれごと》の作り物ではないかとさえ疑われる。

髪も極端な縮《ちぢ》れ毛である。十九歳と聞いているのに、前髪立《まえがみだ》ちの童形《どうぎょう》なので、もしゃもしゃしたそれは、頭に鳥の巣か大便でも載《の》せたかのようではないか。出っ歯以外はちまちました造作《ぞうさく》の顔が、そういう頭上の異物に困惑しているように見える。

近習衆が一様におもてを引き攣《つ》らせたり、唇を嚙《か》んだりし始めた。きっといままでも笑いを怺《こら》えていたに違いなく、あらためて、再度込み上げてきたのであろう。

「上杉弾正少弼《だんじょうのしょうひつ》景勝さまにあられる」

兼続は、怒鳴《どな》りつけるような大音《だいおん》を発した。他国者の主従へ、というより、近習衆へ向けたのである。

会所内に緊張が走り、近習衆は背筋を伸ばした。

「弁丸《べんまる》どの。名乗られよ」

須田満親が、兼続の許しを得てから、主従を見やって、穏《おだ》やかに促《うなが》した。

「真田安房守昌幸《さなだあわのかみまさゆき》が二男、弁丸にございます」

出っ歯から、出された声は、はきとしてよくとおった。のちの真田幸村《ゆきむら》である。

後世、講釈・講談などで繰り返し美化、伝説化され、戦国最後の英雄となる幸村だが、風貌《ふうぼう》については、小柄《こがら》の出っ歯で、美丈夫《びじょうふ》には程《ほど》遠かった。

「真田家家臣、矢沢三十郎頼幸《やざわさんじゅうろうよりゆき》と申します」

と名乗った従者は、昌幸の家老で叔父でもある矢沢頼綱《よりつな》の嫡男《ちゃくなん》である。

甲斐武田《かいたけだ》氏の部将《ぶしょう》であった昌幸は、主家が織田信長《おだのぶなが》に滅ぼされるや、いったんその麾下《きか》に入ったものの、本能寺《ほんのうじ》の変後、最初は相模《さがみ》の北条氏直《ほうじょううじなお》、次《つ》いで、これを見限って徳川家康《とくがわいえやす》に属す。ところが、武田旧領の奪い合いをしていた北条《じょう》と徳川が和睦《わぼく》してしまい、その条件のひとつとして上野国《こうずけ》は北条領とされ、上州《しゅう》にある真田の城と所領を氏直へ明け渡すよう、家康より命ぜられた。昌幸にすれば、冗談ではなかった。上州の、別して沼田《ぬまた》領は、家康より与えられたのではなく、真田が自力で斬り取ったものである。だが、北条と徳川というふたつの大勢力に、真田ひとりで立ち向かえるものではない。実力ある後ろ楯《うしだて》がほしい。

そこで、越後《えちご》の上杉景勝を頼ることにしたのである。

それまで真田と上杉は、信濃川中島《かわなかじま》の領有をめぐって対峙《たいじ》していたから、昌幸はまずは同地の上杉方の拠点・海津城の須田満親に和議を申し入れた。

何よりも義を重んじる上杉家では、昌幸のように主家をころころ変える男など信用ならぬ、と皆が反対した。が、直江兼続だけは、賛否を口にせず、真田昌幸という武将の過去のいくさぶりと築城の仕方だけを、景勝に語った。

折しも、昌幸は、信州上田平《しんしゅううえだだいら》に城を完成させたばかりである。一方、埴科《はにしな》・小県《ちいさがた》両郡の境《さかい》に築《た》かれた上杉方の虚空蔵山《こくぞうさん》城は、北国《ほっこく》街道を押さえる要衝《ようしょう》だが、上田城とは一里足らずの近さなので、実は先頃、川中島の諸将に景勝が攻撃を命じた。にもかかわらず、かれらはいまも二の足を踏んでいる。千曲川《ちくまがわ》の懸崖《けんがい》と深い淵《ふち》、その支流や沼などを巧《たく》みに利用した雄大な規模の平城《ひらじろ》で、城下町も込みで鉄炮《てっぽう》戦や集団戦を展開できるよう、様々な工夫の施された上田城は、精強な上杉勢でも攻め難《がた》い要害なのである。

「人質は安房守の倅《せがれ》を」

和議に応じる景勝のことばは、それであった。のちの信濃、上野進出のためにも、真田は戦うよりも味方につけたほうが得策、と判断したのである。

かくして、昌幸は、さすがに嫡男の源三郎信幸《げんざぶろうのぶゆき》（のち信之《のぶゆき》）を差し出しはしないが、二男の弁丸ばかりか、家老の跡取《あとと》りまで越後春日山《かすがやま》城へ赴《おもむ》かせて、誠意を示した次第であった。

「美男は好かぬ」

弁丸へ視線を真っ直ぐ向けながら、景勝が言った。

すると、弁丸はおもてを笑み崩した。醜貌《しゅうぼう》から思いの外《ほか》の愛嬌が溢れた。

「父の申したとおりにございました。源三郎では弾正少弼さまのお気に召すまい、と……あ、源三郎とはそれがしの兄で、真田の嫡男にございます」

「兄は美男なのだな」

たしかめるように訊《き》いたのは、兼続である。景勝の意を察して代弁した。

「はい。母が異《こと》なると、こうも違うものかというくらい」

昌幸の正室《せいしつ》である源三郎信幸の生母・山之手殿《やまのてどの》は、出自《しゅつじ》は公家《くげ》の菊亭晴季《きくていはるすえ》の養女で、豊満な美女であった。その容姿を信幸はまるごと受け継《つ》いだ。

弁丸の生母は尾張《おわり》出身の尾藤下野守《びとうしもつけのかみ》という者のむすめだが、容色は十人並みなので、弁丸の小柄な醜男《ぶおとこ》という見目《みめ》は、父の昌幸譲りなのである。

兼続は、景勝の一瞥《いちべつ》を受けて、うなずき返し、また弁丸に訊《たず》ねた。

「安房守どのは、わがお屋形《やかた》がなにゆえ美男をお嫌いと察せられた。さようなこと、お屋形はいま初めて仰《おお》せられたのだぞ」

「申し上げれば、わたしはお手討ちになるやもしれませぬ」

「武士の子が死ぬのが怖い、と」

「わたしはすでに死んでおります」

「どういうことか」

「人質というは、人質となったときに死んだものとおぼえます」

小さな眼《まなこ》だが、弁丸のそれはきらきらと輝いている。

「申せ」

促したのは、景勝であった。

「父が申しました。三郎景虎《かげとら》どのは大層な美男と聞こえていた、と」

途端に、近習衆が色をなし、首座《しゅざ》を見る。もし景勝が怒気を露《あら》わにするなら、主君の抜刀より先に、家臣の手で弁丸を斬り捨てるつもりであった。

上杉謙信には、景勝のほかにもうひとり、養子がいた。それが上杉三郎景虎である。景勝にとっては妹の夫でもあった。謙信が家督《かとく》を決めずに逝《い》ったばかりに、ふたりは一年間、戦いつづけることになる。これを御館《おたて》の乱という。

景虎というのは、名将・北条氏康《うじやす》の七男で、一度は武田信玄《しんげん》の養子にもなった。武田滅亡後、相模に帰国し、北条氏始祖・早雲《そううん》の末子である幻庵《げんあん》のむすめを最初の妻に迎える。ほどなく、上杉と北条の講和の証《あかし》として、謙信の養子となり、越後春日山城に入った。そのさい、謙信自身から、上杉姓のみならず、前名の景虎を称することまで許されたのである。出自も経歴もこれほど華やかな武将は、滅多にいるものではない。加えて、幼少期より評判の眉目秀麗《びもくしゅうれい》で、北条・武田・上杉いずれの家でも女子《おなご》衆の憧《あこが》れの的となった。

一方の景勝は、対照的と言わねばならない。実父・長尾政景《ながおまさかげ》は、謙信が越後国《こく》主《しゅ》になった当初、叛旗《はんき》を翻《ひるがえ》して刃《やいば》を向けている。降伏後は、謙信のために粉《ふん》骨砕身《こっさいしん》したが、周囲の疑いの視線はすべて消えたわけではなく、舟遊《ふなあそ》びのさなかに不審死を遂げた。その遺児の景勝が国主の養子として迎えられたのは、謙信が生涯敬愛した姉・仙洞院《せんとういん》の息子というのも、理由のひとつではある。しかし、それ以上に稀《まれ》にみる律儀さが謙信の心を打った。但《ただ》し、たいていの人にとって、景勝はきわめて陰気で、とっつきにくく、何を考えているのか分からない。

そういうふたりだから、御館の乱を、当初から優勢に進めたのは景虎である。国外に北条氏政《うじまさ》、武田勝頼《かつより》という大いなる後ろ楯もいた。景勝の敗色は次第に濃厚となった。

やがて、氏政の要請により、景虎支援のため、勝頼が越後へ軍を進めてきた。敗北を覚悟した景勝は、しかし、直江兼続に叱咤《しった》される。

「謙信公がいくさで不覚をとったことは、ただの一度もござらぬぞ。その謙信公と同じ血が流れておられる殿《との》が、さような弱気とは、情《なさ》けなや」

これで景勝は奮起し、家臣らも士気を高めた。

ただ、直江兼続というのは、時に激情に駆られることがあっても、その真骨頂は冷徹な分析力と戦略と決断力にある。現状では景虎方にいくさで勝てるとは思っておらず、それを前提とした上で、いかにして景勝に謙信の家督を嗣《つ》がせるか、策をめぐらせた。その結果が買収工作である。

春日山へ迫りつつあった武田軍に和議を申し入れ、勝頼の寵臣《ちょうしん》の跡部大炊助《あとべおおいのすけ》と長坂長閑斎《ながさかちょうかんさい》へひそかに多額の賄賂《まいない》を贈ってから、勝頼との和平交渉に臨《のぞ》んだ。兼続が勝頼に示した条件は、黄金一万両の贈呈、東上野の上杉領の割譲、そして勝頼の妹を景勝の妻に迎えること、この三つを主要なものとした。武田にとってあまりの好条件に、重臣らはかえって罠を疑った。あるいは、ここまでしなければならぬほど窮《きゅう》しているのなら、景勝を滅ぼすのはたやすい、という者も少なくなかった。それでも勝頼が和議を受け入れたのは、跡部と長坂より、景勝は必ず約束を守る律儀の人で信用できる、と進言されたからである。

武田軍のにわかの撤退は、景虎方を動揺せしめた。形勢は一挙に逆転し、ここから景勝がじわじわと景虎を追い詰め、内応者も得て、ついには勝利を摑《つか》むに至る。景虎は自刃《じじん》した。

景虎の年齢は不詳だが、三十歳にはなっておらず、美男ぶりが衰える前に儚《はかな》く散らされたことで、ゆかりある家の女子衆の誰もが怨嗟《えんさ》し、陰で景勝を罵倒《ばとう》した。それらの悪口《あっこう》は、本人の耳へも幾度《いくど》となく届き、景勝の仏頂面はなおさらのものとなった。

これだけの経緯があって滅ぼした美男、景虎の名を、弁丸は出したのである。

景勝を激怒させたと近習衆がきめつけたのは、当然であったろう。

「弁丸。兄との仲は」

青筋《あおすじ》を立てるでもなく、景勝が弁丸と会話をつづけようとしているではないか。近習衆は啞然《あぜん》とした。

「兄はわたしを、ぶさいく、とよびます」

おのが両頰《りょうほほ》の皮膚を両手で押し上げながら、弁丸はこたえた。この場合の不《ぶ》細工《さいく》は、当然ながら、容貌が醜《みにく》いという意である。

「不愍《ふびん》な……」

景勝は、義兄弟の景虎とは性格も容貌も陰と陽の対極にあり、寡黙すぎる自分が誤解されやすいことも分かっていた。だが、御館の乱の勝利後は、社交的で悪気もなくものを言った景虎こそ、そのことばを曲解されたり利用されたりして、追い込まれたのではないか、と思うことが度々《たびたび》ある。初めからふたりが仲良くしていれば、あんな悲劇は起こらなかったかもしれない、とも。

「不愍」は、景勝のその感情より思わず出た一言であったが、それと察せられる者は兼続ぐらいしかいない。

ところが、兄からぶさいくとよばれていると明かした弁丸は、満面の笑みではないか。

「わたしも兄を、にやけ、とよびます」

ちょっと身をよじって、弁丸はおのが尻をぽんっ、ぽんっと叩いてみせた。

にやけは、若気と書く。貴人に侍《はべ》って男色の対象となる少年のことを言う。例外もあろうが、美形でなければ選ばれない。また、にやけは尻や肛門のことでもある。

景勝も兼続も、弁丸は兄の侮蔑《ぶべつ》をうけていると理解したのだが、そうではないらしい。むしろ、ぶさいく、にやけと平気でよび合うほど仲の良い兄弟ということなのであろう。

「さようか」

ふっと笑みを泛《う》かべる景勝であった。

（めずらしや……お気に召されたようだ）

と兼続は、主君のために、内心悦《よろこ》んだ。

近習衆は皆、ぽかんと口を開けたまま、息をするのも忘れたかのようである。

当の景勝は、突然、座を立ち、何も言わずに会所を出ていってしまう。

自分自身の思いがけない反応にうろたえたのだ、と兼続には分かった。

「弁丸どの。追って、沙汰《さた》をいたす」

それから、城郭内の宿所《しゆくしよ》へ戻った弁丸のもとへ、その日のうちに上意《じようい》の使者が訪れた。

「信濃国にて一千貫を与える。明日より出仕《しゆっし》せよ」

短い期間だが景勝に属した屋代秀正《やしろひでまさ》という者が、徳川に寝返って逃走したので、信濃埴科郡・更級《さらしな》郡に跨《また》がる遺領三千貫のうちからの一千貫であった。

二

上田城攻略をめざす徳川勢は、鳥居元忠《とりいもとただ》・大久保忠世《おおくぼただよ》・平岩親吉《ひらいわちかよし》らが率《ひき》い、おもに信濃・甲斐より徴《ちよう》された七千の大兵《たいへい》である。

これに対して、上田城の真田勢は二千弱であった。その中には、弁丸の名代《みようだい》の矢沢三十郎の百騎も含まれる。

弁丸は、本来なら海津城で人質生活を送るべきところ、景勝に気に入られ、春日山城を居所とした。

ただ、弁丸自身が参陣できないのは、人質だからではない。十九歳でも、いまだ元服《げんぷく》前の童形ゆえであった。

武家の男子にとって、元服は最重要の通過儀礼で、通常は甲冑《かっちゅう》の着初《きぞ》めも行われ、これをもっておとなの仲間入りをする。式にあたっては、烏帽子親《えぼしおや》はむろんのこと、理髪役《りはつやく》や祝儀《しゅうぎ》の盃事《さかずきごと》に必要な諸役も慎重に選ぶ。決して安直に済《す》ませてよいものではない。

真田は、主家武田が滅んだときから、織田、徳川、北条、上杉といった大勢力ばかりとの駆け引きの中で、生き残るのに必死なのである。嫡男は別として、二男以下の元服式を執《と》り行う余裕などないというのが、実情であった。

上田城の普請にしても、真田の経済力だけで賄《まかな》えるはずはなく、当時は徳川に属していた昌幸が、口八丁で家康を口説き落として資金を得たばかりか、近隣の城主たちの支援もとりつけて完成させている。

上田合戦では、昌幸の策がことごとく中《あた》り、真田勢は徳川勢を翻弄する。

いきなり徳川勢を城の惣構《そうがま》えまで引き入れ、城中からの一斉射撃と、諸所の伏兵の奇襲とを組み合わせ、大軍を混乱せしめた。慌《あわ》てて退却を始めた敵兵が、いたるところに柵《さく》の結《ゆ》いめぐらされた迷路のような道で進退きわまったところを、さらに面白いように討ち取った。

その上、攻城に失敗し、恐怖に駆られてひたすら逃げた徳川勢は、そちらへ誘導されたとも気づかず、水嵩《みずかさ》の増している神川《かんがわ》に飛び込んでしまい、弓矢の的になるか、溺れるかという無惨な戦死者も続出した。

この緒戦《しょせん》の大敗が尾を引いた徳川勢は、諸将の言い争いも起こり、その後の支城攻略などの局地戦でも負けつづけると、いったん真田領を出て、佐久《さく》・諏訪《すわ》方面へ退《しりぞ》き、再攻撃を期して態勢の立て直しを計った。

浜松《はままつ》の家康は激怒した。自分が大いに援助して築かせてやった城に籠《こ》もり、散々に徳川勢を打ち破った真田昌幸ばかりは、幾度殺しても飽《あ》き足らぬ。

次は敵も死に物狂いになるから、味方にも多くの犠牲者が出る、と昌幸も覚悟をきめたとき、思いがけないことが起こった。突然、徳川勢が陣払いし、急ぎ帰国の途《と》についたのである。

すると、大坂《おおざか》から、昌幸のもとへ書状が届いた。徳川重臣の石川数正《いしかわかずまさ》が家康を見限って豊臣秀吉《とよとみひでよし》に仕《つか》えることになった、と。

これによって、徳川のこれまでの機密はすべて秀吉の知るところとなろう。家康が急遽《きゅうきょ》、遠征軍を呼び戻したのは、当然と言わねばならない。

書状の差出人は関白《かんぱく》・豊臣秀吉で、副状《そえじょう》の署名が側近吏僚《りりょう》の石田治部少輔三《いしだじぶのしょうゆうみつ》成《なり》である。

昌幸が尾藤下野守のむすめを側室に迎えたあと、その妹が三成に嫁《とつ》いだので、両人は相婿《あいむこ》となった。弁丸にとって、三成は義理の叔父にあたる。

実は、そういう姻戚関係を恃《たの》みとして、かねて秀吉にも援助を請《こ》うていた昌幸なのである。徳川勢との対陣中に大坂へ書状を送り、臣従を誓ってもいた。対手《あいて》は天皇を輔佐《ほさ》し、政務を実行する関白だから、上杉から文句を言われる筋合いのものではない。景勝も先に秀吉へ款《かん》を通じている。

その後、また秀吉の書状が届いた。明年《みようねん》の正月十五日に出馬し、家康を成敗するので、真田も準備をしておくように、という内容である。

春日山の景勝のもとへも、上杉の出陣準備を促す秀吉の書状がもたらされた。

「いささか性急にございますな」

と兼続が景勝に言った。秀吉の出馬予定日は二ヶ月後である。

「関白さまはご出陣なさらぬような気がいたします」

景勝に近侍《きんじ》するようになった弁丸が、首を傾《かし》げる。

「なぜさような気がいたす」

兼続は、驚きもせず、景勝を一瞥してから、弁丸に訊ねた。

「徳川勢は、こたびの上田城攻めでは、わが父の策に屈しましたが、もし三河《みかわ》どのみずから軍配を振っておれば、どうなっていたことか」

家康は三河守を称する。

「三河どのがいくさで手強《てごわ》いことは、関白さまも小牧《こまき》・長久手《ながくて》にて思い知らされたはず」

両雄のその合戦は、外交では秀吉の勝利といえた。が、いくさそのものでは家康のほうが水際《みずぎわ》立った戦いぶりをみせ、信長の乳兄弟《ちきょうだい》の池田恒興《いけだつねおき》や、猛将として名高い森長可《もりながよし》らを長久手で討ち取っている。この局地戦の完勝が、家康を天下の諸侯より一目置かれる存在へと押し上げた。

「いくさ上手《じょうず》のうえ、東海五カ国の兵力をもつ三河どのを、一ケ月《ひとつき》や二ケ月《ふたつき》で討つなど至難のこと。下手《へた》をすれば、幾歳《いくとせ》かかるか知れたものではありませぬ。となれば、関白さまより離反する者も出てまいりましょう。それでも、最後は関白さまが勝利を得るやもしれませぬが、そうなるとしても、豊臣方も多大の損害を免れますまい。三河譜代《ふだい》の功臣にて、酒井忠次《さかいただつぐ》どのとともに徳川の両輪といわれた石川数正どのを籠絡《ろうらく》し、寝返らせたほどの御方《おかた》が、それくらいのことが読めぬとは到底思えぬのです。年明け早々《そうそう》のご出陣を公《おおやけ》にされたのは、たぶん、三河どのを威《おど》して、ようすを御覧《ごらん》になりたいだけでしょう。関白さまは、いくさをせずに三河どのを臣従させる方法を、お考えに相違《そうい》ありませぬ」

「なるほど……」

兼続は、微笑みながら、視線を主君へ移した。

小さく二度、三度とうなずく景勝である。

「つまりは、弁丸。ご当家はいくさ支度をせずともよい、とお屋形に進言したいのだな」

「はい。上杉家ほどの大所帯ともなれば、支度だけで大層な物入りにございましょう。ご倹約も大事なまつりごとのひとつと存じます」

「関白さまがまことに期日に出陣なされば、われらの支度は間に合わぬ。そのときは、お怒りをかうのだぞ」

「直江山城守どののおことばとも思えませぬ」

「なに……」

「劣勢に立たされながら、お屋形を越後国主の座に就《つ》かせた山城どのにあられる。必ず見事に言い逃れなされましょう」

「弁丸。対手は関白だ」

「対手が誰であれ、腰の引ける山城どのではないと信じております」

「買い被るでない」

すると、景勝が薄笑いを泛かべた。弁丸を近くに置くようになってから、笑声を立てるまでには至らぬが、口許《くちもと》を歪《ゆが》めることが少なくないのである。

「与六《よろく》」

景勝は兼続を幼名《ようみよう》でよんだ。

「わしも買い被っておる」

生真面目《きまじめ》な主君が冗談を口にするのは、初めてのことであった。

「畏《おそ》れ入り奉《たてまつ》る」

深々と頭を下げながら、兼続の心は喜びで充《み》たされている。

実は、兼続も、弁丸に同様、秀吉は出陣しないと確信していた。それでも、執政として、あるていどの出陣準備はせねばなるまい、と気が重かった。しかし、いま、弁丸の進言を諒《りよう》とした景勝の一言で、吹っ切れた。もし秀吉が出陣しても、そのときはそのときのことである。

兼続は、あらためて弁丸を見た。

幾度見ても、変わらずにぶさいくである。なのに、魅力的であった。

（このまま上杉家に留《とど》まりつづけてほしいものだ……）

三

年が明けると、弁丸の予想どおりとなる。秀吉は、出陣を取り止《や》め、家康にすり寄った。妹を家康に正室として嫁がせるから、上洛《じょうらく》して挨拶をしてほしい、と。

実際、この年の五月、秀吉の異父妹・旭《あさひ》が浜松へ輿入《こしい》れした。尾張の佐治《さじ》日向守《ひゅうがのかみ》の妻であったのが、無理やり離別させられての押しかけ花嫁である。

家康にすれば、ただの四十歳をこえた醜女《しこめ》にすぎないものの、関白という一応は尊貴の人の妹を追い返すこともならず、引き取るほかなかった。

兼続などは、秀吉のやり方はあまりに見苦しいと思ったが、弁丸の感想は違う。

「やはり関白さまは尋常ならざるご才覚」

と唸《うな》ったのである。

「あのようなことをするのも才覚と申すか」

「山城どのほどのお人でも眉を顰《ひそ》められました。ここまでなりふりかまわぬのは、余人にはできぬことにございましょう。わたしは、むしろ、あっぱれと存じます。一度、ご引見を賜《たまわ》りたいものです」

だが、弁丸より先に、景勝が秀吉の顔を見ることになった。六月に上洛し、大坂城で謁したのである。そのさい、秀吉の奏聞《そうもん》によって、従四位下《じゅしいのげ》・左近衛権少将《さこんえごんのしょうしょう》に叙された。

七月になると、家康は、上田城を攻撃すべく、浜松より出馬し、駿府《すんぷ》へ入る。これをみて、秀吉は、水野忠重《みずのただしげ》に対し、参陣して家康の代わりに真田昌幸の首を挙げてはどうか、などと勧めた。忠重は石川数正と同じく、徳川から豊臣に鞍替《くらが》えした将である。

帰国した景勝のもとへも秀吉の書状が届いた。真田は「表裏比興《ひょうりひきょう》の者」だから決して支援しないように、という。

表裏比興の者とは、謀略を用いる不都合者というほどの意であろう。秀吉こそではないか、と景勝も兼続も大権力者の身勝手を思った。とはいえ、秀吉のおかげで官位を賜った手前、上杉家としては昌幸への援軍は出しかねる。

「弁丸。上田へ帰るがよい」

景勝みずから言い出した。

「父親のもとで元服し、武者始《むしゃはじ》めをせよ。勝っても負けても、必ず戻ってまいれ」

「ご温情、終生忘れませぬ」

ところが、元服も武者始めも、叶《かな》わなかった。弁丸が春日山城を勇躍して発《た》って、幾日も経《た》たぬうちに、家康の信濃出陣が取り止めとなったからである。

秀吉は、いったんは真田攻めを認めて、家康の歓心をかっておき、しかるのち、次はこちらの面子《メンツ》も立ててほしい、と交戦を断念させたのである。それとほとんど同時に、生母の大政所《おおまんどころ》まで人質として三河岡崎《おかざき》へ送り、家康に上洛を求めた。

いくさだけは避けながら、あの手この手を繰り出してくる秀吉のしつこさに、とうとう家康は根負けする。入京は十月二十四日のことで、三日後に大坂城で秀吉に謁見し、臣従の誓いを述べたのである。小牧・長久手合戦の終息後およそ二年間の駆け引きは、両雄の和解をもって終了した。その証として、秀吉が朝廷に奏請《そうせい》し、家康に正三位《しょうさんみ》権中納言《ごんのちゅうなごん》という高い官位をもたらした。

その家康が帰国の途についたのと入れ替わるようにして、この天下一の巨城を訪れた者がいる。

「凄《すご》いなあ……」

惣構えの周囲三里八丁《ちょう》という広壮な平城で、着工から三年余り経ったいまも作事《さくじ》がつづく大坂城の壮麗な天守を仰《あお》ぎ見て、楽しそうなのは弁丸である。

「人もかねも際限なく使《つこ》うてよいのなら、これくらいのものは上田のお父上もお作りになれると存ずる」

随行の矢沢三十郎は、虚勢を張った。まことは、巨城に威圧されて、足が萎《な》えそうなのである。

「家臣を落胆させて悪いが、父上にこれほどの城は築けまい。なれど……」

父より大ぶりの出っ歯をめいっぱいに剝《む》き、弁丸はにいっと笑ってから語を継いだ。

「落とすことはできる」

「和子《わこ》っ」

周囲を気にしながら、三十郎が慌てた。

「滅多なことをお言い召されるな」

弁丸は、昌幸の名代で、秀吉へ挨拶するために上洛した。家康に働きかけて真田攻めを中止させてくれたことに対する御礼言上《ごんじょう》である。

昌幸自身が上洛しないのは、留守中に徳川勢が侵攻してくる懸念を捨てきれなかったからである。それが現実になったとき、家康が秀吉に対して、下の者らが小競《こぜ》り合いから勝手にいくさを始めてしまったとでも言い訳すれば、余儀《よぎ》なきことであった、となりかねない。秀吉にしても、ようやく靡《なび》いてくれた東海の覇王《はおう》と、信濃のいち豪族とを天秤にかければ、いかに処断するか、おのずから明らかであろう。要するに、昌幸は家康も秀吉もまったく信用していない。

ただ、一方の当事者である家康が上洛したのに、他方の昌幸が無視するわけにもいかないので、代わりに弁丸を遣《つか》わした次第である。

御殿《ごてん》へ案内された弁丸と三十郎は、随従の家来たちを遠侍《とおざむらい》に残し、殿中の畳敷きの大広間へ入って、下段之間《げだんのま》に座を与えられた。

上段之間は無人で、中段之間に幾人か先に座していた。そのうちのひとりから、声をかけられた。

「真田安房守の息《そく》、弁丸か」

鼻筋のとおった怜悧《れいり》そうな武士である。

「さようにございます」

弁丸は辞儀《じぎ》を返した。

「それがしは……」

三十郎が名乗ろうとすると、ぴしゃりと遮《さえぎ》られた。

「従者は勝手に口をきくでない。訊かれてから、申せ」

「は……不調法《ぶちょうほう》をいたしました」

平伏する三十郎である。

「不躾《ぶしつけ》ながら……」

弁丸はその武士へ、真っ直ぐに視線をあてた。

「何か」

温かみのない声音《こわね》である。

「石田治部少輔どのと見受け仕《つかまつ》りました」

「であるとして、何か」

「正義の人にあられますね」

「何を申しておる」

眉間《みけん》に皺《しわ》を寄せる石田三成であった。あまりに意想外の一言に、戸惑《とまど》ったのである。

「おひとりだけ、お嗤《わら》いにならない」

中段之間に座す三成以外の者らは皆、弁丸の容貌がおかしいに違いなく、俯《うつむ》いて小刻《こきざ》みに肩を震わせたり、微《かす》かに声を洩《も》らしたりしている。

三成は、あらためて、かれらを見た。ひとりひとりを睨《にら》みつけて。そうして皆に居住まいを正させてから、弁丸へ視線を戻した。

「ゆるせ」

高飛車だが、わずかに情《じょう》が伝わる。

「石田どのによく似たお人を知っております」

「どうでもよい」

「では、申し上げませ……」

「申してみよ」

弁丸の語尾にかぶせて、三成は命じた。

「越後上杉家の直江山城守兼続どの。齢《よわい》二十七の名宰相《めいさいしょう》にあられます」

同い年の三成である。

「憶《おぼ》えておく」

呟《つぶや》くように言ったが、弁丸にはよく聞き取れた。

後年、三成が兼続と手を組んで打倒家康の旗を揚《あ》げようとは、当人たちはむろん、両人に味方することになる弁丸にも、この頃は思いもよらない。

「関白殿下《でんか》の御成《おな》りにございます」

先触《さきぶ》れの小姓が入ってきて宣《せん》したので、皆は揃《そろ》って平伏する。

衣擦《きぬず》れの音が聞こえる。何やら忙《せわ》しない。

「一同、おもてを上げよ」

弁丸は、背筋を真っ直ぐに立てた。が、貴人をまともに見るのは無礼なので、目は伏せている。

「ややや……」

奇声が上がった。上段之間からである。

「いやいやいやいや……」

どこか感心したような声と、畳を踏む足音と、衣擦れの音とが、一緒になって、急速に迫ってきた。

膝の前、手を伸ばせば触れられる近さに、誰かがしゃがんだ。

「予《よ》を見よ」

命ぜられて、弁丸は初めて瞼《まぶた》もあごも上げた。

（この御方が……）

と弁丸が驚いたのと同時に、その人、豊臣秀吉は大声を放った。

「ぶっさいくじゃのおおおっ」

歓喜が伝わってきた。兄から言われ慣れているものの、その信幸もここまで嬉しそうには言わない。

「見事じゃ。ほんに見事じゃ」

秀吉は、弁丸の顔を、ためつすがめつ、飽かずに眺めつづける。子どもが貴重な玩具《がんぐ》を手にしたかのように。

「利休《りきゅう》のやつれ風炉《ふろ》も、これほど面白うない」

やつれ風炉とは、秀吉の茶頭《さどう》となった千《せんの》利休の茶道具のひとつで、殊更《ことさら》に姿を悪くし、そうすることにより、あえて窶《やつ》れの品《ひん》というものを醸《かも》しだし、晩秋の名残《なご》りを表現したものである。ぶさいくの美とでもいえようか。

「そちは、どう思うた」

秀吉が弁丸の肩に手を置いた。

「どう思うた、とは」

と弁丸は問い返す。

「ほれ、予じゃ」

立って両腕を広げてみせる秀吉である。

「猿と思うたであろう」

「それは……」

「それとも、はげねずみか、やせ蛙《がえる》か。見たまま、ちびの醜男か。正直に申せ」

「負けた、と思いました」

「負けたじゃと。どういうことか」

「わたしのぶさいくなど、関白殿下のぶさいくには到底及びませぬ」

真面目にこたえた弁丸である。

小姓たちも中段之間の側近衆も、蒼《あお》ざめた。ひとり三成だけは表情を変えない。

「むむぅぅぅ」

何かよほど美味《うま》いものでも食べたときのように唸ってから、秀吉は、得たりとばかりにおのが腿《もも》を叩いた。

「わかるぞ、弁丸。予もそうじゃ。ぶさいくは、ほかのぶさいくを見ると、自分のほうがまだしもと思いたいものよ」

「さにあらず。わたしは、関白殿下が羨《うらや》ましゅうございます。ぶさいくをきわめたお人なればこそ、位人臣《くらいじんしん》もきわめられたのだ、と」

「さような世辞《せじ》は聞いたことがない。いや、そもそも世辞と言えるのか」

「関白殿下の旧主、織田信長公は大層な美男にあられたと聞いておりますが、美男はたいてい嫉妬されるもの。かの源《みなもとの》九郎判官義経《くろうほうがんよしつね》も同じ。それがしがいま仕えている上杉でも、左少将《さしょうしょう》さまに敗れた景虎どののしかり」

　左少将は上杉景勝のことである。

「なれど、ぶさいくは、嗤われ、油断を誘う。それゆえ、関白殿下は必ず天下統一を果たすことがおできになる、とわたしはいま確かに信じられました」

「そちは鋭いの、弁丸」

　秀吉の眼から笑みが消えた。

「予がこの見目をいちばんの得物《えもの》としてきたことを、よう看破《かんぱ》したわ」

　自分の得意とする武器を、得物という。

「なれど、ひとつ誤《あやま》ったな」

　秀吉は、左腕を背後へ伸ばした。

「太刀《たち》をもて」

すかさず、小姓が馳《は》せ寄って、捧持《ほうじ》していた太刀を主君の手にとらせる。

「源義経は美男ではのうて醜男であったという言い伝えを、知らなんだか。醜男の末路は憐《あわ》れよのう」

太刀の鞘《さや》を払う秀吉である。

「お待ち下されませ」

矢沢三十郎が、慌てて膝を進め、弁丸の前へ出ようとする。

「推参者《すいさんもの》、控えよ」

一喝したのは、三成である。

「よい、三十郎」

と当の弁丸は落ち着いていた。

「畏れながら、関白殿下。義経は紛《まご》うかたなき美男にございました」

「なにゆえ、さまで明らかに申せる」

「女子に好かれました」

「なに……」

「絶世の美女、静御前《しずかごぜん》がまことの恋をしたただひとりの男。源頼朝《よりとも》公ですら嫉妬なされた。これもまた言い伝えにすぎませせぬが」

「なるほど……」

と三成が言った。

「言い伝えを信じる、信ぜぬは殿下次第と申したいのだな」

助け船である。

ところが、弁丸は乗らずに、

「あれ、おかしいな……」

小首を傾げた。

「静御前にとっての義経が、畏れながら、お茶々《ちゃちゃ》さまにとっての関白殿下にあられるとしたら……」

秀吉の側室の茶々は、信長の妹・市《いち》のむすめで、天下に称賛された母親の美貌を譲り受けたと評判であった。

「……関白殿下も美男ということになる。なれど……」

弁丸は、秀吉の顔を仰ぎ見て、あらためてまじまじと凝視した。

「な……なんじゃ」

ちょっとたじろぐ秀吉である。

弁丸は、腹の底から吐《は》き出した。

「ぶっさいくじゃのおおおっ」

三成ですら呆気《あっけ》にとられる。もはや弁丸が手討ちにされても自業自得《じごうじとく》である。

「無礼を承知で申し上げます」

急ぎ、三十郎が弁丸と秀吉の間へ体を入れて、畳にひたいをすりつけた。

「ご覧のとおり、これなる弁丸はいまだ前髪立ちの童形にて、おとなではござりませぬ。よって、お手討ちはそれがしに賜りますよう、なにとぞ、なに……」

三十郎が言い終わらぬうちに、秀吉は腹を抱えて笑いだした。

すかさず三成が寄って、秀吉の手から、巧みに太刀を引き取ってしまう。

「弁丸。帰国はならぬ。このまま予のそばにおれ。源義経の再来同士、存分に遊《ゆう》興《きょう》いたそうぞ」

「身に余る栄誉と存じます」

「うむ」

ぶさいく関白とぶさいく弁丸は、ともに満面を笑み崩した。

四

年が明け、弁丸は二十一歳となった。

弁丸は秀吉の近習ではあるものの、真田家にすれば実態は人質をとられた恰好なので、この年の三月、昌幸も上洛し、大坂城で秀吉に臣下の礼を尽くした。

「面白や。日《ひ》の本一《もといち》のぶさいく父子《おやこ》じゃ」

真田父子を見比べて、秀吉は手を叩いて悦んだ。昌幸も、醜男のおかげで、関白に気に入られたのである。

ただ、徳川と真田の和議はまだ成立していない。

秀吉は、夏に九州を平定《へいてい》し、秋には竣工した聚楽第《じゅらくてい》へ居所を移した。天下人への道をひた走りといえよう。

さらに月日は過ぎ、弁丸は二十二歳でも童形であった。

「お弁。上杉少将が上洛いたす」

と秀吉が明かしてくれた。

「その前に元服させせる」

「殿下。それはどういうことにございましょう」

「あやつ、うるさくて、かなわぬのよ」

かねて景勝は、弁丸を春日山城へ戻してくれるよう、書状をもって秀吉に頼み入っていたのである。それも一度や二度ではない。

「予が烏帽子親になってやる。それなら上杉少将も諦《あきら》めるであろう」

たしかに、秀吉が烏帽子親では、弁丸を返せとは景勝も言えなくなる。

永《なが》く待ち望んだ元服の式を行うのは、上田城で、それが叶わぬのなら春日山城で、と期していた弁丸ではあったが、関白太政大臣《だいじょうだいじん》・豊臣秀吉みずからの申し出なのだ。深謝して受けるほかない。

「大坂城にて執り行おうぞ」

城郭様式の聚楽第ではあるが、用途としては関白の公邸なのである。豊臣家の一族ならまだしも、武門の真田家の弁丸には相応《ふさわ》しくない。秀吉の配慮であった。

「殿下。わがままをひとつお聞き届け願えませぬか」

「申してみよ」

「上杉少将さまのご臨席を賜りとう存じます」

かくして、弁丸の元服式は、大坂城で厳《おごそ》か、かつ華やかに行われた。理髪役は石田三成がつとめた。

秀吉に陪席《ばいせき》した景勝は、終始、仏頂面であった。しかし、打鮑《うちあわび》を噛んだ弁丸に、それを出っ歯にひっかけたまま振り向かれて、目が合ったときだけ、ちょっと笑ってしまった。

「わざとやりおったな」

景勝に随従の直江兼続が、式のあと、弁丸に言ったものである。

弁丸にすれば、景勝を笑わせることは、せめてもの恩返しであった。

秀吉も、朝廷に奏請して景勝に参議《さんぎ》の官職を得させた。公卿《くぎょう》に列せしめたのである。弁丸の帰還を断念してくれたことへの礼の意味もあったのかもしれない。

烏帽子親の秀吉により、命名がなされた。

「真田源次郎信繁《げんじろうのぶしげ》と名乗るがよい」

真田家は、武田家に永く仕えて、名将信玄のもとで活躍した。信玄には次郎《じろう》信繁という賢弟がいて、川中島合戦で討死《うちじに》するまで天下一の副将と敵からも敬われた。その武名にあやかるように、という秀吉の心遣いである。

しかしながら、秀吉はひとつ誤った思い込みをしていた。武田の嫡流の信玄が太郎《たろう》を通称としたように、真田の嫡男信幸のそれも太郎である、と。そのすぐ下の弟だから、次郎と付けて、秀吉と弁丸だけに通じる源義経伝説を忘れぬよう、源を冠した。

そのことを信繁自身が指摘しなかった。晴れの場での訂正は、縁起が悪いし、何より秀吉に恥をかかせてしまう。

このため、以後、真田兄弟は、兄信幸がもとからの源三郎、弟でも信繁（幸村）は源次郎と称することになるのである。

当時、京坂《けいはん》ではある噂が流れた。

真田信繁というのは、実は秀吉が遊女にでも産ませた子ではないのか。そうであれば、年齢から逆算するに、徒手空拳《としゆくうけん》の秀吉が織田家に奉公し始めた頃なので、若妻とその実家を憚《はばか》って、そのときは縁を切った。しかし、位人臣をきわめたいま、呼び戻したに相違ない、と。

秀吉があまりに信繁を寵愛するばかりか、両人揃って醜男でもあることが、噂の原因であったろう。

兄弟の父昌幸は、翌年の春、家康の新しき居城の駿府城へ赴いた。秀吉より徳川の与力《よりき》となるよう命ぜられ、調停も受けたので、上田合戦のことを謝罪しなければならなかった。

上田城攻めで数多《あまた》の将兵を失った家康は、昌幸を赦すのは業腹《ごうはら》である。昌幸にしても、合戦に大勝利を収めたのに謝罪するなど、屈辱以外のなにものでもない。双方、本心を韜晦《とうかい》して、上《うわ》っ面《つら》だけの和解に至った。

だが、家康は、昌幸に随行してきた信幸を気に入り、駿府への出仕を命じた。

同じ頃、秀吉が沼田領問題に裁定を下している。すなわち、沼田領の利根川《とねがわ》以東を北条に、同じく以西を真田に分割したのである。昌幸は沼田城を北条に明け渡すことになったが、代償として信濃伊那《いな》郡箕輪《みのわ》領を与えられた。

冬になると、沼田領で異変が起こった。北条方の沼田城代・猪俣能登守《いのまたのとのかみ》が、にわかに兵を繰り出し、真田方の名胡桃《なぐるみ》城を奪取してしまったのである。

裁定を反故《ほご》にされた秀吉は、むしろ小躍《こおど》りした。これで、関東一円の目障《めざわ》りな雑草を刈り取ることができる。北条氏誅伐《ちゅうばつ》であった。

「源次郎。いよいよ武者始めぞ。存分に手柄《てがら》を立てよ」

「わたしが殿下に褒《ほ》めていただけるほどの手柄を立てたなら、真田に沼田領のすべてをお返しいただけるでしょうか」

「承知じゃ」

年を越して、天正《てんしょう》十八年。

真田源次郎信繁の武者始めは、二十四歳の春であった。

いったん帰国した信繁は、上田城で兄信幸とは数年ぶりの再会を果たす。

「久しや、ぶさいく」

「にやけも、真田勢としてご出陣か」

「父上もそなたも嫌いであろうが、徳川どのは情の濃《こま》やかな御方ぞ」

「その徳川に過ぎたるお人のご息女を、嫁に貰《もら》うそうにございますな」

「うむ。いかつい舅《しゅうと》どのに似ぬ美形よ」

「婚儀の前から平気でのろけるとは、にやけの兄者らしい」

徳川きっての猛将、本多平八郎忠勝《ほんだへいはちろうただかつ》は、遠州一言坂《えんしゅうひとことざか》の戦いで、武田の大軍を対手に、あっぱれな殿軍《しんがり》をつとめて主君の命を守り、家康に過ぎたる者、と敵の信玄より激賞された。そのむすめの稲《いな》を、信幸が娶《めと》ることに決まったのである。

「そなたこそ、関白さまのご信任厚き大谷刑部《おおたにぎょうぶ》どのの姫と夫婦《めおと》になるそうではないか」

信繁も、石田三成と並ぶ豊臣家の側近吏僚、大谷刑部少輔吉継《しょうゆうよしつぐ》の息女を許嫁《いいなずけ》とした。秀吉の計らいである。

「跡継ぎには、わたしに似た美男を望んでおります」

と信繁が言ったので、信幸は微かに表情を曇らせる。

「源次郎。そなた、気にしておったのか」

「見目の醜き者は、心が美しい。ゆえに、わたしは美男にございます」

「ならば、この兄は、心がぶさいくか」

「身も心もでは、むしがよすぎますぞ」

「言うものよ」

兄は嬉しそうに笑い、弟も和《わ》す。

十年後、ゆくりなくも敵味方に分かれる信幸と信繁だが、それでも終生、仲の良い兄弟であったといわれる。

「父子三人打ち揃うての出陣とは、うれしやなあ」

父昌幸が最も喜んだ。

三千の兵を率いて上田を発った真田父子は、信濃・上野国境の碓氷《うすい》峠《とうげ》で前田《まえだ》利家《としいえ》・上杉景勝・依田康国《よだやすくに》らと合流した。これが北国勢とよばれ、最多の一万八千騎で参陣した利家が総大将である。

まずは上州入りして、東山道《とうさんどう》を扼《やく》す松井田《まついだ》城を落とさねばならない。城に拠《よ》るのは、北条氏に初代早雲時代より仕える大道寺《だいどうじ》氏の駿河守政繁《するがのかみまさしげ》である。

小さな丘の上に築かれた城など、北国勢の総勢三万五千騎をもって攻めれば、半日もかからず落とせるであろう。

「畏れながら、わたしに降伏勧告の使者をお申しつけ願います」

軍議の場で、信繁は真っ先に申し出た。

「武者始めの小僧の任ではないわ」

にべもなくはねつけた依田康国は、徳川家康より松平《まつだいら》の姓と偏諱《へんき》を賜っており、大の真田嫌いなのである。

かつて父信蕃《のぶしげ》を頼ってきて、北条から徳川に鞍替えした昌幸が、その恩義を忘れてあっさりと上杉に寝返ったことは、いまも康国には赦せない。剰《あまつさ》え、上田合戦ではその昌幸に翻弄されて、依田勢も兵を多数失っている。

ただ、激したあまりであろうが、康国は、自分が小僧と罵《ののし》った信繁より年下であった。

「大道寺は北条の譜代。降伏はいたすまい」

と前田利家が言ったので、信幸も弟の身を案じて反対する。

「そうじゃ、源次郎。前田さまの仰せのとおりぞ。下手をすれば、城中にて軍神の血祭りにされかねぬ。武者始めでさように逸《はや》るでない」

「兄者《あにじゃ》。わたしは、こたびが武者始めとは思うておりませぬ」

「何を申しておる」

「春日山城で上杉さまのお手討ちを免れたのが、わたしの武者始めにございます」

「そうであったな」

と首肯《しゆこう》して、景勝が口許に笑みを刷《は》いたではないか。

利家も、上杉景勝は無口で笑わぬ男と知っているので、ちょっと驚く。

「前田どの。それがしからもお願い申す。源次郎を使者に立てて下され」

景勝が利家に頼んだ。

かの上杉謙信の後継者に頭を下げられては、承知するほかない。

「父御《ててご》に否《いな》やがなければ」

昌幸を見やった利家である。

「否やはござらぬ。倅がいかなる仕儀《しぎ》に至ろうとも、前田どの、上杉どのには衷心《ちゆうしん》より感謝申し上げる」

ひとりだけ苦《にが》り切った顔つきの康国は、こののち数ヶ月に及ぶ秀吉の北条征伐のさなか、麾下の長根縫殿助《ながねぬいのすけ》という者に刺し殺されてしまう。理由は知れない。

「源次郎。生きて戻れ」

信幸が信繁の手を握った。

「必ず」

北国勢は、碓氷峠を下って上州入りするや、松井田城を城下町ごと包囲した。町中まで軍勢を入れぬように、と信繁が利家へ進言したのである。

（大道寺駿河守は城下に火をかけられることだけは避けたい）

信繁はそう確信していた。

というのも、駿河守は城下町を美しく保つのに熱心、と事前に探って知ったからである。

城下町を毎日清めるために掃除奉行なるものを設け、火の番には昼夜を分かたず厳戒させる。屋敷地と表小路の境に葦《あし》の組《く》み垣《がき》を作る。道路の水はけを能《よ》くするのはもちろん、どこか少しでも崩れたら即座の修復を命じる。町の美観を損《そこ》ねる行為は厳罰に処す。また、町保全の費用を捻出《ねんしゅつ》するために、家臣に商人を多く登用している。

おのれが精魂を傾けたそういう城下町を、朝に夕に隅々《すみずみ》まで見て回ることが、駿河守のいちばんの楽しみだという。

信繁は、矢沢三十郎ひとりを供《とも》に、豊臣方の北国勢の使者として、松井田城に入城した。

「ご存じありますまいが、わたしは真田源次郎信繁と申します」

と信繁は名乗った。

「真田信繁どのとは、もしや関白さまの……」

駿河守の眼に驚愕《きようがく》と疑念が揺曳《ようえい》する。

「ご存じでしたか。さよう、豊臣秀吉の子です」

「ひいっ……」

息が止まってしまう駿河守であった。

駿河守のような経済や町の管理などを重視する者は、いくさ以外のことを知りたがるのが常で、京坂における豊臣家の噂話も必ず仕入れている。これも信繁の確信であった。

ただ、豊臣秀吉の子という信繁のことばに嘘はない。なぜなら秀吉の烏帽子子《えぼしご》だからである。実の子と言ったわけではない。

「実は、本日がわたしの武者始めなのです」

これもまた事実である。

武者始めで、単身、敵陣への使者に立つなど、駿河守はもちろん列座の家臣たちも聞いた例《ためし》がない。関白の子だから格別の任につけられたのだ、と誰もが信じた。

それに、秀吉が醜男であることは関東にも聞こえている。目の前の若者は噂の落胤《らくいん》と信じるに充分なぶさいくであった。

「お城よりご覧になられたかと存じますが、こちらの兵は城下町の外に布陣させました。あまりに美しい町なので、踏み荒らしたり、打ち壊したり、火をかけたりしてはいけないと思うたのです」

「あなたさまのお計らいにござりましたか。まことに、かたじけのう存ずる」

駿河守の全身から感謝の思いが伝わった。

「前田や上杉には猛然と反対されました。あの者らはいくさがしとうて、しとうて、うずうずしておるのです。わたしが早々に戻らねば、ご城下に火をかけることでしょう」

「そればかりは……」

「されば、ご開城なされよ。籠城《ろうじょう》方全員の助命を約束いたします」

「ありがたい申し出にござるが、一戦も交《まじ》えずに城を明け渡しては……」

小田原《おだわら》の北条氏直に顔向けができぬ。さすがに駿河守も容易には決断し難い。

「殿」

駿河守の側近とみえる者が、進み出た。

「飛んで火に入るなんとやらにござる。関白のお子を人質にとりましょうぞ」

「よきお考えとは思えませぬ」

と間髪《かんはつ》を容《い》れず、信繁がかぶりを振る。

「途端に怖くなったのだな、真田どの」

「これこそご存じでありましょうが、関白殿下は昨年、鶴松君《つるまつぎみ》をもうけられました。ご生母は、織田信長公のお血筋の側室茶々さま。申し分のないお世継《よつ》ぎにございます。わたしが討たれたところで、関白殿下には痛くも痒《かゆ》くもあられませぬ。むしろ、わたしが酷《むご》い目に遭《あ》えば、参陣の諸大名が殿下のご悲嘆を忖度《そんたく》し、北条方を皆殺しにいたすは必定《ひつじょう》。松井田城は、その最初の犠牲ということになる。それでもよろしければ、わたしを人質にとりなされ、次原新三郎《つぎはらしんざぶろう》どの」

信繁は、最後に対手の名を呼んだ。

「な、なにゆえ、それがしの名を……」

「もとは河越《かわごえ》城下の商人にて、駿河守どのの美しき町作りにはなくてはならぬご家来、と聞いております」

「畏れ入りましてござる」

「新三郎。この御方のお命は、われらごとき卑小の者が奪ってよいものではない」

「は……」

恥じ入ったように主君と信繁の両方へ頭を下げ、元の座に直る新三郎である。

駿河守が、みずから首座を下り、信繁に明け渡した。

「万端よしなに願い上げ奉る」

「承知仕った」

昌幸譲りの口八丁と秀吉譲りの大風呂敷に、景勝譲りの誠実さが加味されて、真田信繁の武者始めはあざやかに敵を騙《だま》しきったのである。

大道寺駿河守は、松井田城を開いたあと、北国勢の道案内をつとめるなど豊臣方に協力したが、やがて小田原城の北条氏直も降伏すると、北条譜代の重臣として、秀吉より切腹を命ぜられることになる。

戦後、沼田領のすべてが真田に返還された。秀吉が約束を守ってくれたのである。

昌幸は上田領を安堵《あんど》され、沼田領には独立領主として信幸が入部する。

信繁は、大坂へ戻らず、上州吾妻《あがつま》領で暮らし始めた。鶴松という最愛の玩具を得た秀吉が、もはやぶさいく弁丸を必要としなくなったからである。

しかし、鶴松が三歳で夭折《ようせつ》し、その二年後に拾《ひろい》（秀頼《ひでより》）が誕生するまでの間、信繁は呼び戻されて、秀吉の馬廻《うままわり》をつとめ、その後も近侍して京坂に留まることになるのである。

「やはり掛け替えがないのう、ぶさいく弁丸は」

豊臣恩顧《おんこ》とはよく言われるところだが、真田源次郎信繁ほど秀吉に愛された者はいないかもしれない。

豊臣秀頼を守ろうとした大坂陣で、戦国武士随一の大輪の花を咲かせ、圧倒的に美しい最期を遂げた信繁は、そのとき、ぶさいく弁丸から美男幸村に変貌したのである。

解説——時代を動かした七武将の初陣《ういじん》に奮《ふる》い立て！

書評家　青木逸美《あおきいづみ》

宮本昌孝の小説は、私にとって心の栄養剤だ。疲れているとき、落ち込んだとき、仕事するのが嫌になったとき、暗闇に墜《お》ちそうになったら、宮本作品をむさぼり読む。物語に没頭するうちに、心が沸き立つ、胸が高鳴《たかな》る、奮《ふる》い立つ。読み終わる頃には、あら不思議。あらゆる暗黒面に打ち勝って、すごく元気になっているのだ。

まず、読後感が爽《さわ》やかなのがいい。どんなに面白《おもしろ》い小説でも、絶望に胸が塞《ふさ》がれるような結末では、疲れきった心は癒《い》やせない。そして、人物造形がいい。主人公はいつも青空を背負《せお》って立っている。艱難辛苦《かんなんしんく》を真《ま》っ直《す》ぐに乗り越えていく姿に力をもらえる。敵味方を問わず印象的な人物が登場し、小憎らしい悪党にさえ、いつの間にか情が移ってしまう。

『武者始め』は清々《すがすが》しい七人の若武者に出会える連作集である。「武者始め」とは、武士の子が最初の戦陣に臨むことで、初陣《ういじん》ともいう。武門に生を受けた男子にとって、武者始めは正念場《しょうねんば》。手柄《てがら》を上げれば、武勇の誉《ほま》れとなる。とはいえ、十代で初めて戦場に赴《おもむ》くのだ。負け戦になったり、命を落としたりしては、元も子もない。たいていの場合、必ず勝てる戦に出陣する〝儀式〟に近いものだった。しかし、本作の若武者たちは、いずれも一筋縄《ひとすじなわ》ではいかない初陣を飾る。「烏梅新九郎《うばいしんくろう》」は後北条《ごほうじょう》氏の始祖《しそ》、早雲《そううん》の若き日が描かれる。伊勢《いせ》新九郎盛時《もりとき》は無類の梅干し好き。毎日、欠かさず十六粒の梅干しを食べる。そのため、口をすぼめた〝酸《す》っぱい〟顔つきになった。梅干しには、殺菌作用があり自然治癒《ちゆ》力を高めるという。梅干しの薬効で肉体壮健《そうけん》な新九郎は、心持ちも人柄も実に健《すこ》やかだ。

北条早雲は名もなき牢人から下克上《げこくじょう》によってのし上がったと伝わるが、事実は室町《むろまち》幕府の要職を務めた名門出身だった。父は幕臣・伊勢盛定《もりさだ》。姉の北川殿《きたがわどの》が今川義忠《いまがわよしただ》に輿入《こしい》れし、ともに駿河《するが》に下《くだ》った。義忠に跡継《あとつ》ぎがいないことから、今川家の家督《かとく》候補になる。このことが、新九郎の運命を大きく変えるのである。

新九郎の武者始めは刃をふるって戦うに非《あら》ず。一滴の血も流さずに今川家の〝いくさ〟を収める。このときの獅子奮迅《ししふんじん》の活躍が、後の北条氏百年の繁栄の礎《いしずえ》となる。

「甲斐《かい》の虎」と呼ばれた武田信玄《たけだしんげん》は、戦国歴史に名を刻む名将だ。しかし、「さかしら太郎《たろう》」で登場する十六歳の武田太郎（後の信玄）は、争いごとより勉学が好き。ちなみに「さかしら」とは、物知りぶるとか、利口《りこう》そうに振る舞うことをいう。およそ、武将には似つかわしくない呼称だ。父・信虎《のぶとら》はさかしらな太郎を疎《うと》んじ、弟の次郎《じろう》に家督を譲ろうと目論《もくろ》む。太郎の武者始めの対敵は、実父であった。

「喧嘩《けんか》上等！」と牙《きば》をむくばかりが強い男ではない。太郎は冷静に先読みする聡明さを持っていた。暴君・信虎を憎悪する教来石民部《きょうらいしみんぶ》に戦いを挑まれ、力ではなく知恵で勝利する。不明を恥じ、腹を斬《き》ろうとする民部を太郎は制止する。死ぬことは潔《いさぎよ》さではない、いかに生きるかの方がはるかに難しい。なればこそ。

「武士ならば、至難《しなん》の道を往《ゆ》け」

痺《しび》れた。震えた。格好いい！　これで落ちなければ男じゃない。教来石民部は男泣きして主従の誓《ちか》いを立てる。

信玄の終生の好敵手《こうてきしゅ》といえば、越後《えちご》の龍・上杉謙信《うえすぎけんしん》である。「いくさごっこ虎」での長尾景虎《ながおかげとら》（後の謙信）の武者始めは凄《すさ》まじい。家督を継《つ》いだ兄・晴景《はるかげ》は凡愚《ぼんぐ》で、一帯の豪族は反旗を翻《ひるがえ》す。晴景は渋々《しぶしぶ》兵を挙《あ》げ、留守居《るすい》を景虎に任せた。

このとき、景虎は十四歳。若き景虎を侮《あなど》った家臣が謀反《むほん》を起こすが、これをするりと躱《かわ》し、反乱をも鎮圧《ちんあつ》してしまう。「義によって成敗する」。武者始めに大勝し、軍神は世に放たれた。

景虎は長尾為景《ためかげ》の末子であった。幼名は虎千代《とらちよ》。家督を継ぐ立場になく、曹洞宗林泉寺《そうとうしゅうりんせんじ》に預けられ仏門修行を課せられる。学ぶのは仏の教えだけではない。兵学、君主論、武術稽古《けいこ》まで厳しく鍛《きた》えられた。虎千代は修行を愉《たの》しみ、とくに実戦さながらの「いくさごっこ」を好んだ。命がけのごっこ遊びが、百戦錬磨《れんま》の軍神を育《はぐく》んだ。武者始めから四十九歳で没するまで、一度も負けなかったといわれる。

戦国時代、いくさは男だけのものではなかった。「母恋《はは こ》い吉法師《きっぽうし》」では、織田《お だ》信長《のぶなが》の〝ふたりの母〟が火花を散らす。信長は幼い頃から癇症《かんしょう》で、授乳中に乳母《めのと》の乳首を嚙《か》み切ったという。腹を空《す》かせ泣く我が子に、土田御前《どたごぜん》は頑《がん》として乳を与えなかった。信長が生母の土田御前に疎まれていたのは有名な話だ。吉法師を畏《おそ》れ乳母候補が払底《ふってい》したとき、名乗りを上げたのが池田恒利《いけだつねとし》の妻・徳《とく》だった。徳には「乳首を嚙み切られない」ための妙案があった。それは、土田御前にとって我慢《がまん》ならない恥辱《ちじょく》だった。首尾よくいかねば「徳の首を刎《は》ねる」ことを条件に、土田御前は授乳に協力する。乳を欲しがる幼子を挟んで、女のいくさが始まった。

嫌われても疎まれても、土田御前を思慕《しぼ》する信長の姿がせつない。武者始めを勝利で飾った日、生母への思いを断《た》ち切る場面はいっそう母性をかき立てる。徳に代わって傷付いた信長をぎゅうと抱きしめたくなる。

豊臣秀吉《とよとみひでよし》は信長の遺志を継いで天下を治めた。秀吉の出自《しゅつじ》は明らかでなく、天皇の落胤《らくいん》という説もある。作者はこの落胤説を秀吉の「経歴詐称《さしょう》」であるとした。秀吉はなにゆえ胡乱《うろん》な大嘘をついたのか。「やんごとなし日吉《ひよし》」を読めば、「なるほど」と膝《ひざ》を打つに違いない。そして、秀吉の嘘から生まれた信長との心地よい〝真の主従〟に感嘆《かんたん》するだろう。

足軽《あしがる》という低い身分から関白《かんぱく》・太政大臣《だいじょうだいじん》に上り詰めた秀吉の出世物語は、どこまでが真実なのか。それとも、すべてが粉飾なのか。真相はわからない。しかし、戦国の世を統一し、乱世を終結に導いたのは秀吉の功績に間違いない。大嘘から出た真《まこと》は新たな時代の扉を開けたのだ。

徳川家康《とくがわいえやす》ほど、武者始めを待ち焦《こ》がれた武将はいないだろう。六歳で織田氏、次いで今川氏の人質となった家康の前半生は、我慢と忍耐の日々だった。「薬研《やげん》次郎三郎《じろうさぶろう》」は、家康が次郎三郎元信《もとのぶ》と名乗っていた十五歳の春から始まる。

元服した次郎三郎はようやく三河《みかわ》・岡崎《おかざき》城への一時帰国を許される。岡崎城は今川家の城代《じょうだい》に仕切られ、松平《まつだいら》家臣の扱いは過酷《かこく》を極めた。貧窮《ひんきゅう》にあえぎ、合戦となれば捨て石のように遣《つか》われた。瘦《や》せこけた体に襤褸《ぼろ》をまとった家臣と再会した次郎三郎は、泣いた。元服した主君の姿に感激した家臣団も落涙した。主従の思いは一つに溶け合う。この日から、次郎三郎は生きることに執着する。薬方を覚え、自分で調剤した薬を常備した。屋敷からは毎夜、薬を引く薬研車の音が漏れ聞こえ、ついには「薬研次郎三郎」と呼ばれるようになる。

次郎三郎の武者始めは、十七歳の春。出陣の際、次郎三郎が家臣に与えたのは、みずから調剤した袖薬《しゅうやく》だった。その薬効で主従の絆はさらに強固となる。

この戦い、負けるはずがない。

しんがりは日本一の兵、真田幸村《さなだゆきむら》だ。題名は「ぶさいく弁丸《べんまる》」。女性人気も高い幸村を、作者は容赦《ようしゃ》なく「ぶさいく」にした。弁丸（後の幸村）は出っ歯《でぱ》の透きっ歯で小柄、縮《ち》ぢれ髪は鳥の巣みたいにもしゃもしゃだ。しかし、ぶさいく弁丸は希代《きたい》の「人たらし」であった。上杉家で人質生活を余儀《よぎ》なくされるが、弁丸は誰からも愛された。明朗な言動と愛嬌《あいきょう》たっぷりの笑顔は、気難しい景勝《かげかつ》の仏頂《ぶっちょう》面《づら》をも緩ませる。人を笑わせる才は機智《きち》から生まれる。弁丸は頭の回転も早い。正鵠《せいこく》を射た助言で名宰相《さいしょう》・直江兼続《なおえかねつぐ》を唸《うな》らせる。上杉家を魅了した弁丸は、なくてはならない存在となる。

真田家には余裕がない。主家の武田が滅び、織田、徳川、北条、上杉との駆け引きで、生き残りに必死だ。おかげで弁丸は十九を過ぎても元服できない。つまり、武者始めもまだであった。しかし、弁丸は縁を引き寄せ、それを生かす上手でもあった。関白秀吉に謁見《えっけん》し、たちまち気に入られてしまう。ぶさいく関白とぶさいく弁丸、天下の「ぶさいく対決」は圧巻だ。秀吉のもとで元服した弁丸が、どのような武者始めに臨むのか。ぜひ本作を読んで、じっくり楽しんでいただきたい。

戦国乱世はおよそ百五十年。応仁《おうにん》の乱から大坂夏の陣までを指す。乱世を動かした七武将を「武者始め」で繋《つな》いだ物語は、そのまま戦国の歴史でもある。信じる道を全力で走り抜いた、若き武将たちの生き様《ざま》が戦国という時代を活《い》き活きと立ち上がらせる。一話一話を楽しんでもいいし、歴史のうねりに身を委《ゆだ》ねてもいい。読み方は人それぞれだ。よい本は心によく効く薬となる。読み終えて本を閉じたとき、すっきり爽やか、疲れも憂《うれ》いも消し飛んでいるはずだ。

（この作品『武者始め』は、平成二十九年十月、小社から四六判で刊行されたものに、著者が加筆・修正したものです）

一〇〇字書評

切り取り線

購買動機（新聞、雑誌名を記入するか、あるいは○をつけてください）	
□（　　　　　　　　　　）の広告を見て	
□（　　　　　　　　　　）の書評を見て	
□ 知人のすすめで	□ タイトルに惹かれて
□ カバーが良かったから	□ 内容が面白そうだから
□ 好きな作家だから	□ 好きな分野の本だから

・最近、最も感銘を受けた作品名をお書き下さい

・あなたのお好きな作家名をお書き下さい

・その他、ご要望がありましたらお書き下さい

住所	〒				
氏名		職業		年齢	
Eメール	※携帯には配信できません	新刊情報等のメール配信を 希望する・しない			

この本の感想を、編集部までお寄せいただけたらありがたく存じます。今後の企画の参考にさせていただきます。Eメールでも結構です。

いただいた「一〇〇字書評」は、新聞・雑誌等に紹介させていただくことがあります。その場合はお礼として特製図書カードを差し上げます。

前ページの原稿用紙に書評をお書きの上、切り取り、左記までお送り下さい。宛先の住所は不要です。

なお、ご記入いただいたお名前、ご住所等は、書評紹介の事前了解、謝礼のお届けのためだけに利用し、そのほかの目的のために利用することはありません。

〒一〇一－八七〇一
祥伝社文庫編集長　坂口芳和
電話　〇三（三二六五）二〇八〇

祥伝社ホームページの「ブックレビュー」からも、書き込めます。
www.shodensha.co.jp/bookreview

祥伝社文庫

武者始《むしやはじ》め

令和2年5月20日　初版第1刷発行

著　者　宮本昌孝《みやもとまさたか》

発行者　辻　浩明

発行所　祥伝社《しようでんしや》

東京都千代田区神田神保町3-3
〒101-8701
電話　03（3265）2081（販売部）
電話　03（3265）2080（編集部）
電話　03（3265）3622（業務部）
www.shodensha.co.jp

印刷所　萩原印刷
製本所　積信堂
カバーフォーマットデザイン　中原達治

Printed in Japan ©2020, Masataka Miyamoto ISBN978-4-396-34631-7 C0193

祥伝社文庫の好評既刊

宮本昌孝

ふたり道三㊤

戦国時代の定説に気高く挑んだ傑作誕生！ 国盗りにすべてを懸けた、ふたりの斎藤道三。壮大稀有《けう》な大河巨編。

宮本昌孝

ふたり道三㊥

乱世の梟雄《きょうゆう》と呼ばれる誇り——止むことのない戦の世こそが己の勝機。いかに欺《あざむ》き、踏みつぶすかが漢《おとこ》の器量！

宮本昌孝

ふたり道三㊦

下剋上の末に美濃の覇者が摑《つか》んだ夢とは？ 信長を、光秀を見出した男が見た未来や如何《いか》に——。堂々完結！

宮本昌孝

陣借り平助《へいすけ》

将軍義輝《よしてる》をして「百万石に値する」と言わしめた——魔羅賀《まらが》平助の戦《いくさ》ぶりを清冽に描く、一大戦国ロマン。

宮本昌孝

天空の陣風《はやて》 陣借り平助

陣を借り、戦に加勢する巨軀の若武者平助。上杉謙信の軍師の陣を借りることになって……。痛快武人伝。

宮本昌孝

陣星《いくさぼし》、翔《か》ける 陣借り平助

織田信長に最も頼りにされ、かつ最も恐れられた漢《おとこ》——だが女に優しい平助は、女忍びに捕らえられ……。

祥伝社文庫の好評既刊

鳥羽亮　真田幸村《さなだゆきむら》の遺言（上）奇謀《きぼう》

〈徳川を盗《と》れ！〉戦国随一の智将が遺した豊臣家起死回生の策とは一体!?豪剣・秘剣・忍術が入り乱れる！

鳥羽亮　真田幸村の遺言（下）覇《は》の刺客

まさに悲願の時――吉宗に立ちはだかる御三家筆頭・尾張。亡き幸村が描いた、最後の天下分け目の戦が始まる。

山本兼一　白鷹伝《はくようでん》　戦国秘録

浅井《あざい》家鷹匠《たかじょう》・小林家次《いえつぐ》が目撃した伝説の白鷹「からくつわ」が彼の人生を変えた……。鷹匠の生涯を描く大作！

山本兼一　弾正《だんじょう》の鷹

信長の首を獲《と》る――それが父を殺された桔梗《ききょう》の悲願。鷹を使った暗殺法を体得して……。傑作時代小説集！

山本兼一　おれは清麿《きよまろ》

葉室麟氏「清麿は山本さん自身であり鍛刀《たんとう》は人生そのもの」――源《みなもと》清麿、幕末最後の天才刀鍛冶の生きた証。

門井慶喜　家康、江戸を建てる

湿地ばかりが広がる江戸へ国替えされた家康。このピンチをチャンスに変えた日本史上最大のプロジェクトとは！